SAINT-CYR

Yves Dangerfield fut très remarqué à dix-huit ans pour son roman *Les Petites Sirènes* dont un film fut tiré. À vingt-quatre ans, il récidive avec *La Chambre d'ami*, aussitôt adapté à la télévision. Yves Dangerfield est mort en 1992. *Saint-Cyr* fut adapté au cinéma par Patricia Mazuy, avec Isabelle Hupert dans le rôle principal.

Les Petites sirènes
Grasset, 1978

La Chambre d'ami
Grasset, 1984

L'Enfance de l'art
Coécrit avec Francis Girod
Calmann-Lévy, 1998

Yves Dangerfield

SAINT-CYR
La Maison d'Esther

ROMAN

Grasset

TEXTE INTÉGRAL

ISBN 2-7578-0143-0
(ISBN 2-246-42602-2, 1ʳᵉ publication)

© Éditions Grasset & Fasquelle, 1991

À Patrick Sébert,
qui a soutenu avec ferveur ce projet.

JE TIENS À REMERCIER

M. Alain Viala et M. Charles Frostin, pour leurs conseils de lecture,

Mme Jo Boudine pour son aide précieuse dans mes recherches,

Mlle Odile Roire pour ses conseils et Mme Noëlle Deler, enseignante digne des femmes de Saint-Cyr, qui sut inspirer aux adolescents dont elle avait la charge la passion de l'écriture.

Si l'on avait pu prévoir comment nous allions, moi, l'enfant se développant lentement, et toi, l'homme fait, nous comporter l'un envers l'autre, on aurait pu supposer que tu allais me réduire en poussière et qu'il ne resterait rien de moi.

Franz Kafka (*Lettre au père*).

AVIS AU LECTEUR

Tous les faits relatés dans ce livre sont authentiques.
Si, ici et là, cependant, quelques infimes libertés ont
été prises avec la vérité historique, ce sont celles de
l'« arrangement » romanesque. Les dates, parfois, ont
été bousculées et nous avons aussi, de temps en temps,
concentré sur un seul personnage des anecdotes qui en
concernaient plusieurs.

15 mars 1706

Encore un instant, et Catherine Travers du Pérou sera seule. Dès que la grille se sera refermée derrière Mme de Maintenon, il lui faudra faire face, sans aucune aide, sans pouvoir s'enfouir dans l'ombre protectrice de la marquise.

Seule, comme tous les soirs.

Seule avec la nuit glaciale, avec une charge trop lourde pour elle : supérieure de la Maison royale de Saint-Louis...

Dans la pénombre de la cour du Dehors, le carrosse royal attend, prêt à reprendre le chemin de Versailles, mais la vieille marquise de Maintenon s'est arrêtée sur le seuil de son appartement, hésitant à le franchir.

Sa main cherche celle de la mère supérieure : le contact de ses doigts froids étreint le cœur de Catherine du Pérou... Sentir la paume fripée de la marquise, la peau tavelée par soixante et onze années, quand, hier encore, sa grâce était l'admiration de toutes. Aujourd'hui, Madame s'est plainte de son grand âge ! La supérieure l'a noté dans le grand Mémoire des dames où elle copie chaque jour les propos de leur directrice... Scrupuleuse, elle a consigné les mots précis de Mme de Maintenon pour être sûre de ne pas trahir sa pensée, pour laisser à la postérité ses paroles exactes :

Il est désagréable de côtoyer des gens de qui l'on n'est point connu, qui n'ont point été témoins de la vie qu'on a menée, en un mot qui sont d'un autre siècle que nous. Et voilà ce que je gagne à vivre si long-temps !

Pour Catherine Travers du Pérou, le temps d'appe-ler au secours est passé, lui aussi. À trente-neuf ans, elle ne se sent plus le droit d'exprimer son sentiment d'abandon. Bientôt, peut-être – pourquoi aujourd'hui parvient-elle si bien à l'imaginer ? –, leur bienfaitrice les quittera pour toujours, et il lui faudra diriger à sa place son plus beau rêve, sa fondation. Cette Maison que, depuis le commencement, la petite vérole décime.

« Mansart ! Maudit soit cet homme ! »

Comment Mme de Maintenon a-t-elle encore la force de s'indigner ? À l'invective de la marquise, le visage de Mme du Pérou s'est figé. Depuis longtemps elle a scellé sa bouche et ses oreilles au seul nom de l'architecte... Il y a vingt ans que l'on a découvert ses lourdes fautes ! Vingt ans que Catherine, chaque matin, a devant les yeux la colline sur laquelle tous s'accordent à dire qu'il aurait fallu édifier les bâti-ments, au lieu de ce marais mal asséché, putride l'été, envahi l'hiver par les pluies descendues des coteaux voisins. Depuis vingt ans la maladie a élu son domi-cile à Saint-Cyr ! Vingt ans exactement, autant de sai-sons que la royale institution. Qui pourrait, en effet, oublier le premier enterrement de cette jeune novice, un seul jour après la visite inaugurale du souverain... Y songer, Catherine le sait trop bien, c'est entrer en fureur à la simple vue de l'infirmerie et haïr les murs mêmes de la Maison, ces murs qui ruissellent d'humidité, hiver après hiver, malgré les travaux sans cesse renouvelés. Y songer, c'est prendre peur à l'entrée de chaque nouvelle pensionnaire alors que le petit cimetière de l'établissement compte maintenant tant de croix ! En ces jours d'épidémie – la plus grave peut-être qu'ait jamais connue la communauté –, y songer, c'est devenir folle...

Mme de Maintenon s'est tue. Elle écoute un dernier moment l'écho des prières qui parvient de l'église, à l'autre angle de la cour. Et puis la main glacée se retire ; déjà la sœur tourière s'efface pour laisser passer la compagne du roi.

Le temps d'une ultime recommandation, Madame cherche l'assentiment de sa mère supérieure.

« Veillez bien sur elle ! »

Catherine acquiesce, ses forces réunies pour affecter un air rassurant. Elle sait, bien sûr, vers laquelle de ses filles vont les pensées de la marquise. Après tant de vie commune, quel besoin de paroles entre les deux femmes ? En cette nuit d'un hiver qui ne veut pas finir, le regard qu'elles échangent à la porte de la clôture dit toute leur intimité.

Sous les combles, dans la cellule attenante au dortoir des bleues, Madeleine de Glapion ouvre les yeux. Du brouillard dont elle émerge perce presque aussitôt la conscience de la nuit tombée. Mon Dieu, combien de jours ont pu passer pendant qu'elle était là, endormie. Elle se redresse pour mieux voir la silhouette qui se tient au pied de son lit, une chandelle à la main, seule tache de lumière dans l'obscurité de la chambre.

« Où sont les autres ? »

L'élève a sursauté, interrompue dans sa lecture sainte. Elle approche aussitôt de la convalescente, bienheureuse de la voir enfin s'animer.

« Tout le monde est à l'église pour le repos de notre apothicaire... On l'a enterrée cet après-midi. Mais Madame a ordonné qu'on n'interrompe pas votre repos. »

Elle ajoute en baissant les yeux, rougissante :

« Vous en aviez tant besoin. »

Ainsi on a enterré l'assistante de Madeleine à l'infirmerie. Elle a donc fini de lutter et tout est pour le mieux. Mme de Glapion ne pleurera plus les défuntes. Depuis dix jours, aux premiers signes de la nouvelle épidémie, Madeleine a quitté leur hôpital pour s'enfermer dans le bâtiment, au fond des bosquets, qui inspire ici tant de frayeurs : le pavillon des contagieuses.

Tandis que les médecins amenés de Versailles ou de Paris se succédaient, elle assurait la relève. Mais ses connaissances, patiemment acquises, en matière de soins semblaient toujours plus vaines.

Glapion a vu de telles souffrances dans cette « infirmerie de la petite vérole », comme disent les élèves ! À la fin, Mme de Maintenon a craint que la santé physique mais aussi mentale de Madeleine en soit trop éprouvée et elle lui a intimé cet ordre exprès – trois phrases impératives écrites de sa main sur un petit billet :

Sortez d'auprès de ces mourantes. Vous vous abandonnez trop à votre ferveur. Il faut vous conserver pour notre Maison.

Maintenant la demoiselle, amicale, s'active autour du lit de la religieuse. Elle replace ses couvertures, borde avec application ses draperies en simple serge de Mouy.

« Madame vous a confiée à moi, en précisant bien que c'était une grande marque d'estime, car elle tient tendrement à vous. Vous vous êtes si fort épuisée dans cet affreux pavillon, savez-vous combien de jours vous avez dormi ? Plus de deux. C'est un vrai miracle que la maladie n'ait pas eu de prise sur... »

Si seulement la marquise avait pu aussi lui recommander le silence... L'infirmière se recouche, docile, impuissante à endiguer ce flot de paroles. Depuis longtemps, Madeleine de Glapion n'est plus qu'obéissance à l'esprit de l'institut.

Quand Mme de Maintenon lui a commandé de quitter le mouroir du fond des jardins, elle s'est exécutée aussitôt, laissant là son auxiliaire, dont la fin semblait si proche. Et voilà qu'aujourd'hui on l'a enterrée ! Pauvre garde-malade, bien peu instruite, et que pourtant on avait laissée dans la maison à cause de sa dévotion aux infirmes... Le visage au chevet de Madeleine semble si curieux, si avide de ses souvenirs, qu'elle se laisse entraîner à penser tout haut :

« Elle conservait comme une relique un billet que Madame lui avait écrit, vingt ans auparavant. C'était une recette de bouillon pour les alitées, soigneusement expliquée. Elle la montrait à tout le monde pour qu'on sache combien Mme de Maintenon s'y entendait, même dans les plus petits détails... Elle a suivi cette recette à la lettre toute sa vie ! »

La jeune élève exulte quand la religieuse raconte. Mme de Glapion sait tant de choses et elle en partage si peu ! « À Saint-Cyr, le souvenir du passé tue le présent. » La mère supérieure a prononcé cette phrase énigmatique, tandis que les pensionnaires l'interrogeaient sur *les débuts de la fondation. Impossible de se rappeler ces mots sans y associer l'image de Mme de Glapion.*

« Depuis hier, y a-t-il eu de nouveaux cas, de nouvelles visites du médecin ? »

Obligeante, la petite se hâte de la renseigner. Celle-ci se voudrait la gazette de l'école.

« Oh ! M. Daudat est venu hier matin pour la maîtresse des petites : Mme de La Haye. Il l'a fait transporter à l'infirmerie de la peti..., des contagieuses.

Mme du Pérou a traversé la maison d'une extrémité à l'autre, pour parvenir, depuis la grille de la cour du Dehors, jusqu'à la chambre de Madeleine de Glapion. Elle s'engage dans l'escalier qui mène au deuxième étage quand, parmi le silence absolu du bâtiment, un écho lui parvient.

« ... On dit qu'elle est perdue ! Qu'elle ne passera pas la nuit ! »

Affolée, aussi vite qu'elle le peut, elle gravit les derniers degrés. Pourquoi faut-il que leur infirmière se soit déjà réveillée ! Pourquoi aussi l'avoir laissée avec cette inconsciente ? La supérieure s'élance dans le couloir, aux cent coups : Quel choc a dû causer à Madeleine la brutalité de la nouvelle ! Comme elle aura mal répondu à la dernière prière de la marquise !

Quand Mme Travers du Pérou pousse la porte de la petite pièce, la vision désolante qui l'attend l'empêche d'avancer. Sous les yeux effarés de la pensionnaire, impuissante à l'en empêcher, Madeleine enfile son manteau de religieuse de Saint-Louis par-dessus la jupe de ratine des invalides. Son regard croise celui de la mère supérieure, et il semble plus bleu que jamais. Si résolu, si déterminé. Où Catherine trouvera-t-elle la force de l'arrêter.

« *Je vais assister ma sœur de La Haye.* »

Mme du Pérou secoue négativement la tête.

« *Vous ne pouvez pas retourner au pavillon, Madame l'a interdit.* »

Devra-t-elle se mettre sur le passage de Madeleine ? Elle se sent si faible, tout à coup, si misérable, que des larmes d'enfance lui viennent aux yeux.

Catherine la connaît bien, l'amitié qui lie depuis toujours Madeleine de Glapion et Anne de La Haye. Comment pourrait-elle empêcher à Madeleine l'accès de l'infirmerie des contagieuses ? Elle l'a connue si petite... À chaque étape elle l'a vue devenir cet être exceptionnel, la fille préférée de Madame, auprès de qui la pauvre « supérieure » n'est rien.

Mme de Glapion s'est approchée en souriant et, cette fois Catherine, effrayée, voudrait presque reculer, s'enfuir.

« *Je vais sauver Anne. Vous allez voir, ma mère, je la sauverai.* »

Un jour, les Dames de Saint-Louis écriront dans leur Mémoire que Catherine Travers du Pérou n'a pas su résister à Madeleine, parce qu'elle avait vu une couronne de feu entourer sa tête. Mais la scène sera tant de fois racontée parmi la communauté qu'elle finira par acquérir une allure de fable.

Dans l'encoignure de la cellule, l'élève regarde avec étonnement Mme du Pérou qui s'est adossée au chambranle de la porte. Si la supérieure a montré tant de faiblesse, alors ce n'est pas à elle de retenir la malade.

Toutes deux écoutent, en silence, les pas de la religieuse qui descend, degré après degré, l'escalier du bâtiment. Bientôt la porte qui donne sur les jardins claque, et la petite baisse la tête, triste à mourir.

À présent, suivre en pensée la Dame de Saint-Louis fait trop peur.

À présent, Madeleine de Glapion traverse les bosquets, elle s'enfonce derrière les quinconces des jardins, elle dépasse les potagers. Indifférente à la bise glaciale qui doit transpercer sa jupe mince d'hospitalisée...

Sans hésiter, elle avance jusqu'à ce bâtiment sombre, dont le seul aspect fait frémir, ce cauchemar des pensionnaires... À nouveau, elle s'y enferme, après en avoir été tirée par ordre de Madame ; au risque de n'en plus jamais ressortir.

Pour toujours, l'adolescente se sentira responsable. Pourquoi a-t-elle appris à Mme de Glapion la maladie de Mme de La Haye ? Mais aussi, comment aurait-elle pu imaginer cet accès de folie ?

Les Dames de Saint-Louis ont des liens si ténébreux. Comment savoir quelles sont leurs amitiés privilégiées ? Comment savoir ce qu'il faut dire ou taire ?

Leur mère supérieure, ce soir, peut-être, lui contera la vérité ; elle lui expliquera ce qu'elle a une trop grande peine à se figurer. Appuyée contre l'huis, se soutenant au mur pour ne pas tomber, Catherine du Pérou voit déferler en elle tant d'images de Madeleine, d'Anne de La Haye, tant de scènes... Le passé dont elle rejette d'ordinaire la moindre sensation et qui l'envahit à présent, comme une nappe d'eau tenue trop longtemps stagnante, briserait les fondations d'une maison. Les premières années de l'institut, il y a plus de vingt ans, au temps où elle était encore une jeune fille. Le jour où tout a basculé. Oh ! oui, elle retrouve soudain jusqu'au son de la voix qui l'appelle. Tout surgit, déborde en elle... Sa jeunesse, les jours... les jours d'autrefois qui à Saint-Cyr tuent le présent.

I

UNE MAISON D'ÉDUCATION,
PAS UN COUVENT

De l'instruction des filles

NOISY, MAI 1685

« Du Pérou, Loubert, Saint-Aubin, et vous aussi Buthéry, hâtez-vous… »

Émilie d'Auzy a surgi au détour d'un bosquet, rouge, essoufflée, pour sonner le rappel des grandes. Bien vite, la première récréation du printemps sous les peupliers de la petite pension de Noisy n'est plus qu'agitation, effervescence et questions sans réponses. Les plus âgées des jeunes filles, celles qui s'apprêtent à retourner bientôt dans le monde, lâchent leur ouvrage. Elles lissent leurs habits et ajustent leur coiffure, pour répondre à l'étrange convocation qu'est venue annoncer d'Auzy.

« Madame veut nous voir. Madame veut nous parler. »

Bientôt, le sentier qui mène jusqu'à leur modeste maison est battu par une cavalcade bruyante et désordonnée.

Assise au milieu des enfants, Madeleine de Glapion a mis sa main en visière pour suivre cet envol d'hirondelles affolées qui se déploie dans le soleil, soulevant la poussière de l'allée. Ces aînées qu'on leur donne toujours en exemple pour leur sagesse et qui soudain paraissent plus déraisonnables que les plus jeunes d'entre elles. Sous les hauts arbres, la paysanne chargée de les garder doit user de son autorité pour ramener un peu de calme parmi les fillettes. Contraint et forcé au silence, le parterre de gamines reprend sa couture, mais tous les regards, toutes les pensées convergent vers l'extrémité du jardin, ce bâtiment où la marquise de Maintenon entretient – mais de quoi donc ? – celles dont les dix-huit ans font envie aujourd'hui comme jamais.

« Allons bon, qu'est-ce qui se passe encore ? »

Une nouvelle rumeur force la surveillante à lever le nez de ses aiguilles. Dès qu'elle reconnaît la silhouette qui se profile à l'orée du chemin, elle demande aussitôt, prise par la curiosité générale :

« Est-ce Mlle de Mursay qui vient vers nous ? »

Madeleine de Glapion le confirme la première, certaine de reconnaître la nièce de Mme de Maintenon. Sa tante, sans doute, l'a emmenée avec elle, ce matin, en accompagnatrice. Plus leur ancienne camarade de jeux s'approche et plus le silence gagne l'assistance. Pendant la durée de son trajet, Glapion scrute chaque détail de la tenue de la visiteuse. Sans l'uniforme des pensionnaires de Noisy, comme elle lui semble déjà différente !

La paysanne qui les surveille leur glisse vivement :

« Plus d'enfantillages. Plus de Marthe. Dites madame la Comtesse ou madame de Caylus. »

Madeleine ne partage pas l'amusement sans arrière-pensée de celles que le conseil fait rire. Il y a si peu, Marthe de Mursay nouait comme elle le ruban des « petites », et pourtant Mme de Maintenon a jugé qu'il était temps de la marier. À treize ans, treize ans, l'âge que Madeleine aura dans moins de deux ans, un jour tout proche, finalement, puisque tout semble aller si vite. Dans sa poitrine, le cœur de Glapion bat plus vite à l'idée du mystère essentiel dont l'arrivante porte peut-être les traces. Ce nouvel état, cette nouvelle… nature qui la lui rend pour toujours étrangère.

« Je peux me joindre à vous ? »

Sans attendre de réponse, la toute nouvelle comtesse de Caylus a relevé sa robe de jeune femme et s'est assise dans l'herbe, un coup d'œil sur l'ouvrage de chacune. Affectant le plus grand naturel, elle passe aux commentaires, aux conseils, joue à assister la maîtresse de couture. Peu à peu il devient évident que la nièce de Madame se plaît à être le centre des observations, qu'elle cherche avant tout à bavarder et à raconter sa situation présente.

« Mon mari a été envoyé à la frontière servir le roi… Je pourrai donc revenir vous voir en accompagnant ma tante. »

Elle a fait si fort claquer le mot de mari que Madeleine a risqué sur elle un regard. Mme de Caylus ne semble différente en rien de Mlle de Mursay. Elle pérore sur sa condition, singe le comportement d'une épouse, mais il crève les yeux que c'est dans le seul but d'exciter leur envie. Elle fait contraster le tissu rose de ses nouveaux vêtements avec les ternes tenues de pensionnaires, et ses efforts pour impressionner ses anciennes condisciples laissent Glapion muette de surprise.

Sa peur de signes inconnus sur le visage de Marthe était-elle vraiment absurde ? Est-ce si peu de chose d'être la femme d'un homme pour qu'on s'en sépare avec joie sitôt noce finie et qu'on prenne tant de plaisir à revenir babiller sur l'herbe ? Bien sûr, Madeleine n'est qu'une enfant de onze ans qui ne connaît rien à ces choses, mais elle ne peut pas croire que le mariage soit seulement cette… façade qui fait de vous une poupée déguisée en dame, comme dans un bal costumé. Glapion comprend surtout que la nièce de Madame, dorénavant, compte jouir de sa situation privilégiée d'intermédiaire entre les grandes personnes et les pensionnaires – petite espionne qui ne perdra pas une occasion de faire entendre qu'elle est au cœur des secrets de sa tante. Peut-être alors n'y a-t-il pas de mal à profiter d'une vanité si ridicule…

Elle se risque, brave le regard désapprobateur de leur surveillante :

« Savez-vous, *madame la Comtesse*, pourquoi la marquise de Maintenon a demandé à parler aux grandes ? »

Malgré l'insolence de la question, la paysanne n'intervient pas, brûlée par l'envie de savoir. Elle guette, comme toute l'assemblée, la réponse de Mme de Caylus.

« Saint-Cyr, Glapion… Est-ce que vous n'avez aucune idée de la Maison qu'on vous prépare ? »

Jamais Madame ne s'est confiée à elles aussi librement, avec une pareille flamme. L'ardeur qui anime ses propos lui donne un tel éclat ! Aux yeux de Catherine Travers du Pérou, elle n'a jamais paru plus belle et la jeune pensionnaire croit soudain comprendre la fortune de cette femme de cinquante ans que le roi aime en dépit – ou peut-être à cause ? – de la maturité.

Debout, les mains croisées derrière le dos, les grandes pensionnaires suivent, immobiles, le discours ininterrompu de la marquise. Il y a près d'une demi-heure que l'entretien a débuté, et pourtant aucune de ces jeunes filles ne donne signe de fatigue.

Mme de Maintenon leur parle à cœur ouvert, partage avec *elles*, des demoiselles sans fortune, élevées par charité, son indignation la plus secrète, la plus profonde : l'instruction négligée, à vau-l'eau, des filles de France. Elle brasse les exemples, en examinant chaque couche de la société, et n'hésite pas à faire appel à ses propres souvenirs :

« Quelle éducation pensez-vous qu'une gouvernante peut donner ? Ce sont ordinairement des paysannes ou tout au plus des petites-bourgeoises qui ne savent que faire tenir droites et montrer la révérence. La plus grande faute, selon elles, est de chiffonner son tablier, d'y mettre de l'encre : un crime pour lequel on a le fouet, parce que la gouvernante a la peine de les blanchir ; mais mentez tant qu'il vous plaira, il n'en sera ni plus ni moins, parce qu'il n'y a rien là à repasser ni à raccommoder… En revanche, on a grand soin de vous parer pour aller en compagnie, où il faut que vous soyez comme une petite poupée. Là, on s'évertue à vous faire briller et l'enfant la plus habile est celle qui sait quatre petits vers bien sots, quelques quatrains de Pibrac… »

À ce nom, personne ne peut réprimer son envie de rire. Pas même la directrice de la pension, Marie de Brinon, qui écoute en silence sa protectrice. Elle aussi, sans doute, comme chacune, a en mémoire les stupides dictons de M. du Fau de Pibrac que toutes les familles de France font apprendre à leurs bambins.

Madame, s'amusant de l'hilarité générale, insiste alors, avec cette franchise que du Pérou juge parfois confondante :

27

«Moi-même, quand j'étais jeune, je me souviens que ma cousine et moi, nous passions une partie du jour à garder les dindons de ma tante. On nous mettait au bras un petit panier où était notre déjeuner avec un petit livret des quatrains de Pibrac, dont on nous donnait à apprendre quelques pages par jour. On nous les faisait réciter en toutes occasions, comme des perroquets… Ainsi, le monde dit : La jolie enfant ! La jolie mignonne ! La gouvernante est enchantée et s'en tient là. Je vous défie d'en trouver une qui parle raison. »

Cette fois, les sourires s'évanouissent. La foi qu'a mise Madame à ce mot de « raison » semble faite pour façonner leurs esprits, les marquer au fer rouge. Comme un credo, un idéal à porter toujours.

« Mais montons jusqu'à nos altesses ! Croyez-vous qu'elles sont bien élevées ? On leur donne pour maîtresse la femme d'un favori ou la parente de quelques ministres, qui souvent est une sotte créature ! Comment pensez-vous qu'elle parle à la petite princesse ? Est-ce de piété ou de raison ? Cela serait bien à désirer, mais, pour l'ordinaire, son seul propos est de briller dans le monde. Et le roi lui-même… »

Madame a repris sa respiration, sentant bien toutes les oreilles aux aguets. Mais l'indignation est la plus forte, et elle continue, emportée :

« Le roi me surprend toujours quand il me parle de son éducation. Ses gouvernantes jouaient, dit-il, le jour entier et le laissaient entre les mains de leurs femmes de chambre. Il mangeait ce qu'il attrapait sans qu'on fît attention à ce qui pouvait être contraire à sa santé. Si l'on fricassait une omelette, il en dérobait quelques pièces, que Monsieur et lui allaient manger dans un coin. Il raconte parfois qu'il était le plus souvent avec une paysanne : sa compagnie ordinaire était la petite fille d'une des femmes de chambre de la reine. Il l'appelait la reine Marie parce qu'ils jouaient ensemble à ce qu'on appelle "à la Madame" et lui faisait toujours faire le personnage de souveraine. Il lui servait de page ou de valet de pied, lui portait la queue, la roulait dans une chaise ou portait le flambeau devant elle. Jugez si la petite reine Marie était capable de lui donner de bons conseils et si elle pouvait lui être utile en la moindre chose… »

Catherine du Pérou ne peut s'empêcher d'observer leur directrice, Mme de Brinon. À l'évidence, celle-ci se rengorge, si heureuse que la marquise puisse confier quelques détails de l'intimité du monarque. Le plaisir de la religieuse se voit sur son visage, mais y a-t-il, parmi elles, une seule jeune fille qui ne sente son cœur enfler d'orgueil ? Dans ces moments-là, tout le paradoxe de leur situation de reléguées apparaît. Pauvres, au point que leur famille n'a pu soutenir la charge de leur entretien, et pourtant protégées de la première dame du royaume, dans la faveur inimaginable d'entendre rapporter des confidences du souverain.

À l'exemple de ses compagnes, Catherine baisse la tête en croisant les yeux sombres de la marquise. Il ne s'agit pas de lui montrer le plaisir éprouvé à une pareille anecdote, elle l'a contée avec trop d'exaspération, comme la preuve extrême à porter à sa démonstration. Depuis le début de l'entretien, Madame ne parle que d'éducation. Elle a brossé le tableau archinoir de l'abrutissement des demoiselles, montré la faiblesse des « petites écoles » des villages, dont les filles du peuple ressortent aussi incultes qu'en y entrant. Quant aux couvents… Catherine n'aurait pu imaginer que Madame, si soucieuse de leur foi en

Dieu, pût leur parler crûment du ridicule de l'enseignement des congrégations religieuses.

« Lectures puériles, prières multipliées... L'accent est mis sur la pratique d'une piété mal comprise qui tourne à la dévotion. Aucun regard sur le monde... Comment pourrait-il en être autrement, puisque les religieuses elles-mêmes ne sont pas instruites ? En bref, on fait des petites Françaises des coquettes ou des bigotes. Et vous savez que notre monarque n'aime ni les unes ni les autres. »

Dans l'assistance, toutes retiennent leur souffle, effrayées par une assertion aussi définitive. Que cherche exactement Madame, ce matin, en leur dévoilant ainsi la société entière ? À présent, la marquise se tait, comme absorbée par un trop déplorable bilan.

Certaines, apeurées, imaginent qu'elle englobe la pension de Noisy dans son mécontentement. Tremblantes, elles rentrent déjà la tête dans les épaules, attendant que la colère de la prédicatrice fonde sur elles. Pendant l'instant de silence qui se prolonge, Catherine, elle, essaie de maîtriser ses nerfs, convaincue que Mme de Maintenon ne cherche pas à les mortifier. Depuis le début de sa diatribe, elle a pris pour cible les enseignantes : gouvernantes, sœurs Ursulines, Augustines ou Visitandines, maîtresses dans les « petites écoles ».

Comment la marquise pourrait-elle accepter leur incapacité, elle qui fut, à l'inverse, la préceptrice scrupuleuse des enfants de Louis XIV et de Mme de Montespan ? Elle qui fit rédiger au duc du Maine ces belles lettres qu'aujourd'hui, à Noisy, on donne comme modèle d'écriture...

Combien tout à l'heure a-t-elle dit qu'il y avait en France de femmes capables de signer de leur propre nom ? Catherine repasse en pensée le discours de Madame et croit entendre résonner sa voix : « Sur une centaine, vous n'en trouverez pas quinze ! »

Par chance, Mme de Maintenon s'avise bientôt de l'air craintif de quelques-unes et leur sourit avec affection ; alors la jeune du Pérou croit entrevoir, toucher au cœur son désir :

La marquise a besoin d'elles !

Elle ne leur a pas exposé brutalement la situation pour les attrister mais pour y remédier, pour mieux leur faire mesurer le travail à accomplir. Pour tracer à l'envers le portrait de ce qui devrait être. Dans un tel désastre, elle a besoin de leurs forces vives.

Au moment où elles sont en âge de fonder un foyer, Madame a voulu tirer un signal de détresse. Elle a besoin d'éducatrices enseignant non pas pour leur seule famille, mais pour faire progresser la société entière. Des jeunes femmes modelées sur son propre exemple, capables de se donner sans retenue, même à des enfants qui ne sont pas les leurs. Cette pensée, nouvelle pour Catherine, bourdonne dans ses tempes. Jusqu'ici elle a toujours écarté la vision de son avenir, de la sortie de leur pension. Mais ce matin, sans aucun doute, Madame est venue les placer face à la question.

Maintenant la marquise leur demande d'approcher, de s'asseoir autour d'elle, et Catherine pense saisir dans son sens plein l'*appel* de ce jour.

L'image des petites élèves de la maison vient brouiller la réalité qui l'entoure. Le visage de certaines fillettes, plus attachantes que les autres, comme Madeleine de Glapion. Guider une enfant comme celle-là, dissiper ses interrogations, l'aider à cultiver ses dons, certainement, cela doit valoir la peine d'y consacrer sa vie. Autour d'elle, toutes se sont avancées, d'un seul élan, rassurées. Mme de Maintenon sait bien souffler en elles le froid et le chaud ! Complice avec Marie de Brinon, elle pose sur ces filles un regard bienveillant. Ainsi rassemblées, à l'écart des petites, il paraît évident à la plupart que leur bienfaitrice ne cherche que leur assentiment, une communion « adulte » des pensées.

Face à cette tristesse de la sottise des femmes, elle leur dit la satisfaction qu'elle ressent à Noisy. Elle fait l'éloge de Mme de Brinon en assurant que le roi est lui-même fort content des succès de cette maison de charité.

« … Si content, si content qu'une seconde idée est née de ce premier établissement. Il y a quelque temps, Sa Majesté a annoncé au Conseil sa décision de fonder une institution visant à l'éducation de deux cent cinquante filles de la noblesse pauvre, qu'on recueillerait jusqu'à l'âge de vingt ans. Aujourd'hui, les travaux ont commencé dans la plaine de Saint-Cyr, sur l'emplacement du domaine du marquis de Saint-Brisson ; voici qui m'autorise à rompre le secret… »

Pourquoi faut-il qu'en prononçant ces mots, Madame ait distraitement passé sa main sur la joue de Catherine ? Cette caresse, mêlée à l'incroyable nouvelle, lui donne l'impression d'être en pleine irréalité. Elle enregistre comme dans un rêve, par bribes, l'annonce inouïe du projet.

Pas seulement une œuvre de bienfaisance comme leur simple établissement, mais une fondation solide, destinée à durer après la mort de Madame, après celle du roi, pour l'éternité… Une communauté de deux cent cinquante enfants, nourries, habillées, logées aux dépens de l'État, arrivant de tous les coins du royaume pour repartir à vingt ans, bien élevées, aptes à être ou de bonnes mères de famille ou des filles de l'Église si elles en ont la vocation… Une école dont Marie de Brinon sera la supérieure, et Mme de Maintenon la directrice spirituelle…

« … Une maison d'éducation, pas un couvent, car Sa Majesté estime qu'il y en a trop et ne veut rien qui sente le monastère, ni par les pratiques extérieures, ni par l'habit, ni par les offices. La vie devra y être active, pieuse, mais aussi aisée et commode, sans austérités… »

Derrière Madame, l'Ursuline Marie de Brinon dissimule à grand-peine son sourire. Leur directrice a souvent avoué qu'elle était entrée en religion contre son inclination, par obéissance à ses parents. Elle a beau affecter un air modeste, chaque pensionnaire peut comprendre que l'ordonnance de Sa Majesté comble ses vœux.

Parmi l'assemblée, Catherine frissonne, comme Marie-Anne de Loubert à côté d'elle, comme Émilie d'Auzy. Elles sont aux pieds de leur bienfaitrice, tel un parterre de fleurs cueillies par Madame à la racine, au tréfonds de leur être. Après la brutale exposition de l'ignorance des femmes de France, l'établissement de Saint-Cyr paraît un si beau cadeau ! Les larmes aux yeux, Catherine ne peut chasser la vision de sa mère, éternellement silencieuse, écoutant sans broncher cette citation de Montaigne qu'affectionnait son mari : « La plus utile et honorable science et occupation à une mère de famille, c'est la science du ménage ! » Pauvre victime ! Oh ! oui, victime, le mot aujourd'hui s'impose à Catherine ! Comme le nouvel institut va donner tort à ceux qui pensent qu'il faut tenir les femmes à l'écart du savoir. À partir d'aujourd'hui, tous sauront que le roi lui-même tient à leur instruction.

Presque négligemment, la marquise promène son regard sur son auditoire et conclut :

« Il nous reste maintenant à attacher à la Maison de bonnes maîtresses… Les "Dames de Saint-Louis", car Mme de Brinon veut les nommer ainsi. »

La directrice baisse la tête, comblée : voir une personne au faîte de la faveur exprimer sa soumission à vos volontés, quel honneur pour une humble Ursuline ! À cette heure, l'accord entre les deux femmes paraît indestructible.

« C'est sur elles que tout repose, car aucun maître étranger n'entrera dans la Maison royale… Et elles devront continuer notre ouvrage quand nous ne serons plus. »

Françoise d'Aubigné, marquise de Maintenon, feint-elle de ne pas savoir qu'elle a créé, en chacune, le désir éperdu d'avoir sa part dans cette école ? La conviction de pouvoir donner à sa vie un sens plein, nouveau ? N'aperçoit-elle pas le visage bouleversé de Catherine, en ce moment, qui lui adresse, comme la plupart de ses compagnes, la même prière muette : « S'il vous plaît, prenez-moi avec vous… Je veux être… Non, je serai Dame de Saint-Louis ! »

« … Il a fallu que Mme de Maintenon vienne à bout de nombreux obstacles pour convaincre Sa Majesté. Aux premiers mots sur la fondation qui ont été dits à M. de Louvois, savez-vous quelle fut sa réponse ? "Le Trésor n'en saura souffrir la dépense." »

Un frisson d'indignation parcourt en même temps les enfants et leur surveillante, suspendues aux lèvres de Marthe de Caylus. La petite comtesse sait tant de choses, elle peut rapporter au mot près les phrases qui circulent à Versailles.

« … Quand on pense au luxe dans lequel vivait Mme de Montespan… Son seul château de Clagny a, paraît-il, coûté deux millions à la Couronne, sans parler de ses jardins avec leur bois d'orangers, de sa ménagerie aux bêtes rares, de sa volière… Tandis que Mme de Maintenon, au sommet de son crédit, n'a rien demandé pour elle. Hors cet utile établissement ! »

Jamais peut-être la nièce de la marquise n'a eu autant conscience de sa supériorité, de son appartenance désormais au monde envié de la Cour. Des instants comme ceux-ci justifieraient presque à eux seuls l'affreux Jean de Caylus, toujours pris de boisson, que Madame lui a choisi pour mari. Elle jubile de l'effet qu'ont ses révélations sur ses anciennes condisciples, des visages qui l'entourent, yeux écarquillés, souffle retenu, cœurs qui battent au rythme de ses paroles. Il est plaisant de leur faire peur en insistant sur les adversaires du projet.

« Mme de Montchevreuil m'a même rapporté que M. de Louvois a voulu braver ma tante en proclamant haut et fort : "Jamais reine de France n'a rien entrepris de semblable !" »

À ce moment, les petites à l'unisson voient le ministre comme un ennemi personnel. Depuis que *madame la Comtesse* a rompu le secret de la Maison royale, même les plus jeunes ont compris que cet asile serait le leur. Celui de leurs sœurs, de leurs cousines, de leurs camarades d'enfance restées en province.

Saint-Cyr est fait pour elles, pour les filles de la noblesse dont les familles sont réduites à la misère. Pour elles dont les pères ont payé l'impôt du sang en

engloutissant leurs biens dans les campagnes guer-
rières de Louis XIV, quand ils n'y ont pas perdu la
vie…

Malgré leur jeunesse, pas une parmi les enfants de
Noisy ne connaît vraiment l'insouciance, pas une n'a
pu ignorer tout à fait la précarité de sa situation. Dorénavant, nulle ne craindra plus que le roi cesse un jour
sa bienveillance pour la pension de Mme de Brinon.
Madame s'est employée à faire prendre en charge leurs
destins par l'État !

Marie de Brinon apparaît alors à la porte de leur
maison et s'efface pour laisser passer Madame. D'un
seul élan, les petites se précipitent pour lui faire une
haie d'honneur.

La surveillante a beau leur recommander de maîtriser
leur enthousiasme, Marthe de Caylus leur rappeler que
« tout est encore confidentiel », les vertes ne peuvent
pas cacher leur allégresse. En souriant, Mme de Maintenon découvre cette escorte qui lui semble aujourd'hui
particulièrement enjouée. Sans s'étonner, sans paraître
soupçonner les bavardages de sa nièce, elle entraîne
avec elle la petite Mme de Caylus sur le chemin arboré
de la pension. Marie de Brinon à ses côtés, elle flâne
jusqu'à son carrosse, profitant de la douce chaleur de ce
mois de mai. Peut-être sent-elle confusément la ferveur
des pensionnaires qui la suivent car, à voix basse, elle
confie à la directrice :

« Quel plaisir de revenir le long de cette avenue
suivie par toutes vos filles… Noisy ! (Elle inspire
profondément, comme pour s'emplir de l'air léger,
exquis, de cette matinée.) Noisy est mon lieu de
délices. »

Aujourd'hui chaque visage de ce cortège lui renvoie tant d'amour. Il s'en faudrait de peu pour que

les petites exaltées qui lui emboîtent le pas veuillent baiser sa robe.

À présent la communauté entière s'est reformée. Les grandes ont rejoint les autres pour raccompagner, elles aussi, la marquise. Mais elles paraissent bien étranges au sortir de leur entretien…

Autour de Glapion, certaines gamines plus excitées que les autres se poussent du coude en dévisageant les aînées. Elles se moquent de leurs regards mystérieux, de leurs airs de conspiration secrète. Au comble de l'échauffement, elles ont envie de leur crier qu'elles en savent peut-être plus qu'elles (on peut faire confiance à Marthe de Caylus) sur le projet royal. Pourtant, si les plus âgées les observent avec cet attendrissement soudain, c'est que la limite entre les deux groupes est tracée pour toujours. Les filles de dix-huit ans savent en retrouvant les petites qu'elles en auront bientôt la charge.

Lorsque Catherine du Pérou s'approche de Madeleine de Glapion, son visage semble à la fillette d'une fixité qui fait peur. Plus émue qu'elle ne devrait, Catherine livre à Madeleine son secret, très vite, pour révéler un peu du bonheur immense qu'elle a la sensation de porter :

« On nous sépare de vous. À partir de demain, le confesseur de la marquise vient nous mettre en retraite pour nous préparer à nos nouvelles fonctions. »

Elle s'en veut alors de la fièvre trop visible qui l'a poussée à faire cette confidence à laquelle la fillette ne peut rien comprendre. L'enthousiasme de sentir son destin en marche bat si fort en elle… En pensant à Madeleine, à une enfant semblable à elle, Catherine discerne la puissance de sa vocation qui s'affirme, irrésistible. À ce tournant de sa vie, elle a besoin de dire à cette gamine qu'elle veut se consacrer à elle, aux demoiselles pauvres comme elle. Est-ce que la petite est capable de le percevoir sans s'alarmer, sans penser qu'elle est devenue folle ?

Madeleine de Glapion ne sourit pas, ne se moque pas de cette absence de retenue dont du Pérou n'est pourtant pas coutumière. Elle parvient à soutenir le drôle de regard de la grande fille, qui semble la traverser ; comme si Catherine du Pérou projetait devant elle son avenir. La petite attrape alors la main de cette jeune fille, une femme presque, qui cherche visiblement à lui transmettre son euphorie mystérieuse. Mais, par ce geste, l'enfant voudrait plutôt ramener du Pérou sur terre. Glapion n'a pas une idée exacte des « nouvelles fonctions » de Catherine, mais elle devine qu'elles doivent concerner Saint-Cyr ; il lui faut obtenir l'aide de cette aînée avant la séparation annoncée. Depuis les révélations de Marthe de Caylus, une seule pensée guide Madeleine, concrète.

« Est-ce que Madame a déjà disposé de toutes ses places ? »

La question a réussi à dégriser Catherine. Elle fixe Glapion, sans répondre, sans même comprendre le sens de sa phrase.

« Vous le saurez peut-être, n'est-ce pas, vous allez être dans les secrets de la Maison, non ? Il faut m'aider, je vous en prie. Nous allons être complices.

– Complices ? »

Catherine hésite à sourire, l'air inexpressif. Décidément, cette du Pérou n'a jamais été très vive. Quand Marie de Brinon confie les petites à la surveillance des plus âgées, de cette pensionnaire-là, les enfants réussissent toujours à faire ce qu'elles veulent. Elle est crédule et sage, agaçante presque à force de docilité, les plus malignes peuvent à plaisir la faire « tourner en bourrique » – une expression de leur rustique maîtresse de couture qui ravit Glapion.

« Madame vous a-t-elle expliqué ce qu'il convient de faire pour obtenir une place à Saint-Cyr ? »

Catherine balbutie et Madeleine, s'échauffant de plus en plus, presse davantage sa main.

« J'ai une amie, du Pérou. Elle est plus qu'une sœur. Imaginez que son père est revenu estropié de la victoire de Luxembourg. Sa famille est maintenant presque réduite à la mendicité. Elle mériterait avant quiconque de nous rejoindre à Saint-Cyr. Je vous en prie, si quelque chose est possible, soyez mon alliée. »

Une sorte de tristesse parcourt Catherine. Elle reconnaît cette sensation vague de déception que, déjà, la petite lui a procurée. Impossible de partager une émotion avec Madeleine, même cet instant de joie. Glapion, déjà, tout entière tournée vers sa compagne d'enfance, échafaude des plans, ne voit plus vraiment Catherine. Comment une gamine de six ans sa cadette peut-elle lui procurer en permanence ce sentiment d'infériorité ? Est-ce seulement à cause de la joliesse, de la grâce que lui donnent son regard bleu sombre, sa blondeur ? Devant elle, Catherine perçoit très fort le manque de couleurs de sa personnalité, de son corps. Elle, sait qu'elle sera toujours une « châtaine », terne d'yeux, de cheveux et d'esprit. Comme elle était timorée, elle, en comparaison, à l'âge de Madeleine. Muette et craintive, à l'imitation de sa mère…

Heureusement, elle est de bonne volonté ! Voilà sa consolation. Cette seule raison justifie – qui sait ? – sa venue sur la terre ; elle peut aider les êtres qui lui semblent d'une autre nature, d'une autre espèce. Ceux qui ont reçu en naissant la beauté ou l'intelligence.

« Nous parviendrons à faire venir cette amie. Comptez sur moi. J'intercéderai dès que j'en verrai la possibilité. »

De bonheur, Madeleine pourrait embrasser du Pérou si la marquise n'avait interdit les démonstrations physiques entre les demoiselles recueillies à Noisy.

Madame n'aime pas les intrigantes.

Les yeux grands ouverts sur le plafond du dortoir, Glapion ne parvient pas à trouver le sommeil. Depuis trois jours, depuis que les grandes sont entrées en retraite, Madeleine, anxieuse, remue sans cesse les mêmes craintes. Pourquoi s'en est-elle remise à cette du Pérou, si gauche d'habitude ? Est-ce qu'elle ne devrait pas s'ouvrir franchement à Marie de Brinon et lui demander d'appuyer son instance auprès de Madame ? Chaque fois qu'elle en prend la résolution, aussitôt la peur d'une réponse négative surgit, lui fait battre les tempes.

Madame n'aime pas les demandeuses.

De nombreuses fois déjà la marquise de Maintenon leur a recommandé de ne jamais se faire les ambassadrices des requêtes de leurs proches.

Il ne faut surtout rien dire ! Seulement connaître la marche à suivre des demandes de places à Saint-Cyr et prier pour que le roi veuille bien accepter Anne. Depuis deux ans que Madeleine est à Noisy, au milieu de dizaines de filles de son âge, pas une n'a réussi à prendre dans son cœur la place d'Anne de La Haye. Au point que, sans sa compagne d'enfance, la merveilleuse nouvelle de l'école qui attend la petite verte n'a plus pour elle aucune saveur.

À son arrivée à la pension, Madeleine de Glapion ne songeait jamais à leur séparation sans fondre en larmes. Aussi a-t-elle pris l'habitude de garder son chagrin pour les heures de dortoir, quand on peut enfouir ses sanglots dans ses draps sans attirer l'attention des autres.

Mais aujourd'hui, Madeleine ne pleure pas. Elle refoule l'image, toujours la même, du domaine de La Haye-Le-Comte sous la neige, pendant la campagne de M. de Louvois en Flandre espagnole. Parfois, Glapion croit encore sentir la main vigoureuse du vieux curé du village plaquée sur son épaule pour l'obliger à avancer, pour l'empêcher de se retourner vers Anne. Anne que sa mère retient de force, qui crie d'impuissance et de rage à la vue de son amie qu'on fait monter dans la voiture de Paris. Silhouette furieuse, que Madeleine, le visage collé à la vitre, voit se débattre jusqu'au bout, jusqu'à devenir minuscule et disparaître au tournant de la route…

Leurs mères les ont attendues ensemble. Parents lointains, amis de longue date, les seigneurs de Glapion et de La Haye ont toujours vécu à quelques lieues l'un de l'autre, tous deux de même race normande, pays d'Ouche, diocèse Évreux !

Dans les plus vieux souvenirs de Madeleine, il y a des séjours hors de sa maison de Marcilly-la-Campagne, dans la demeure de leurs cousins. Avec précision, elle revoit les bocages, la forêt de Conches qu'Anne lui fait explorer. Les bouvreuils dont son amie sait imiter le cri et qu'elle parvient à attirer. Parfois, dans la nature, avec ses cheveux noirs et bouclés, Anne lui fait l'effet d'être une sauvageonne. Un jour – elles doivent avoir sept ans l'une et l'autre –, tandis qu'avec patience sa camarade lui apprend à siffler, Madeleine affirme soudain, sous l'effet d'une révélation :

« Anne, tu es un peu sorcière, n'est-ce pas ? »

En guise de réponse, la petite tourne alors lentement son visage vers elle et lui sourit d'un air mystérieux et triomphal que Madeleine n'oubliera jamais. Même aujourd'hui, après deux ans de Noisy, Glapion ne peut combattre l'embrasement qu'a créé cet instant sur son imagination. Comme si Anne avait voulu lui faire comprendre d'un regard qu'elle l'avait percée à jour et que ses pouvoirs magiques constituaient un secret entre elles, inviolable…

Gamineries ? Ce soir, au fond de son dortoir, Madeleine imagine bien comment ici on traiterait cette histoire. « Mlle de La Haye cherchait seulement à vous faire peur ! » Peut-être, mais, comédie ou pas, c'était si bien fait, si excitant, que Glapion y songe toujours avec le même frémissement délicieux.

Et pourtant ces scènes – Madeleine le voit bien – appartiennent à un monde secret et révolu, un monde qui n'existe plus que dans sa mémoire, de l'autre côté d'une ligne de fracture. Un monde d'avant l'âge de raison – qualité emblématique de l'éducation de Noisy.

À présent, dans sa tête de pensionnaire, sa crédulité de l'époque vient choquer la scène de leur séparation. Anne pleurant, se débattant, inconsolable, ne pouvant empêcher qu'on emmène Madeleine vivre loin d'elle, c'est l'illusion de ses pouvoirs occultes qui se brise, dans le crissement des essieux de la diligence de Paris.

« Vous êtes sauvée ! Réjouissez-vous et louez Dieu. Le roi a bien voulu prendre en considération les services de votre père.

– Et ma mère ?

– Votre mère se remet de sa maladie. Elle vous écrira. »

Le curé de La Haye-Le-Comte n'a rien expliqué de plus à Madeleine. Il l'a traitée comme une innocente, sans s'apercevoir qu'elle était en train de grandir, à chaque secousse du carrosse.

Les adultes lui avaient menti.

Un an plus tard, quand elle avait revu sa mère au parloir de Noisy, elle avait découvert qu'on lui avait sans cesse joué la comédie. Thérèse de Glapion des Routis tenait contre elle un bébé, qu'elle voulait montrer à Madeleine : son petit frère Tanneguy. Un enfant né en décembre, l'année précédente, à l'époque même où la pauvre baronne de Glapion se disait si souffrante qu'elle avait envoyé sa fille au domaine de La Haye-Le-Comte, auprès de son amie Anne.

Derrière la grille du parloir, Madeleine avait brusquement compris que le nourrisson était, sans doute, le résultat de la prétendue maladie de sa mère. Elle avait… *fait* cet enfant à ce moment-là, par on ne sait quel mystère.

Toute à sa joie de bercer ce garçon endormi, Mme de Glapion avait confié à sa fille :

« Ton père dit toujours que, grâce à ta place ici, nous serons davantage en état de soutenir l'éducation de notre fils au service de Sa Majesté. N'en es-tu pas bien contente, Madeleine ? »

La fillette avait hoché la tête, acceptant cet ordre qui semblait faire tenir l'univers en équilibre. Pas de raison donc de s'insurger. On l'avait sacrifiée à ce petit mâle, car la pauvreté de leur famille les empêchait de supporter un nouveau rejeton. Ses parents s'étaient débarrassés de la plus jeune de leurs filles pour pouvoir faire un jour de ce garçon tant espéré un capitaine, comme son père, un commandant de bataillon dans l'armée du roi.

Madeleine était heureuse à Noisy, elle avait examiné cette mère comblée, sans regrets pour la clôture qui les séparait. Pas de danger qu'elle pleure comme certaines poules mouillées au retour du parloir. En une seule visite, Thérèse de Glapion lui permettait d'envisager Marie de Brinon et la marquise de Maintenon comme les plus enviables, les plus chéries des mères adoptives.

Cette heure-là, faite d'indifférence et presque d'ennui, n'avait été traversée que d'un éclair, par un seul prénom :

« Anne n'a pas eu ta chance, Nicolas de La Haye a été blessé à la victoire de Luxembourg. Le pauvre, il a dépensé jusqu'au dernier de ses biens dans l'entretien de sa compagnie. Qui voudra de ses malheureux enfants ? Je sais que la petite prie chaque jour pour te rejoindre ici, mais Mme de Brinon n'a plus de places. On la presse de toutes parts… »

Madeleine avait seulement pu prononcer quelques mots :

« Dites à Anne que je… »

… l'aime ! l'aime toujours ! Ces deux vocables s'étaient perdus, noyés dans la boule d'émotion qui l'avait alors submergée, inattendue. Comme si de ce seul prénom jaillissait tout ce qu'il y avait de tendresse en elle. Comme si y étaient accrochées les seules évocations heureuses de sa vie là-bas, loin derrière, dans les sentiers de la forêt de Conches.

Depuis son départ, Anne demandait chaque jour à la rejoindre : la jolie sorcière était prête à abandonner ses arbres, ses oiseaux et sa chère campagne normande ! Madeleine avait perçu soudain qu'il n'y avait personne d'autre dans le pays de son enfance pour regretter son absence, pour ne pas s'en consoler, hors cette petite fille. Grâce à Anne, elle n'était pas seule sur cette terre et leur amitié était scellée pour toujours, éternelle.

Dans le dortoir de Noisy privé des grandes, Glapion écoute la respiration de ses condisciples endormies. Combien rêvent de retrouver une sœur, une parente, à Saint-Cyr ? Combien seront satisfaites ? Madeleine, elle, est prête à remuer ciel et terre, à tout mettre en œuvre aussi habilement que possible, afin de pouvoir – mon Dieu, je vous en supplie, exaucez-moi ! – prouver son amitié à Anne. Pas seulement l'avoir auprès d'elle, mais aussi l'associer au projet royal. Mme de Maintenon, hier, a dit de la fondation de Saint-Cyr qu'elle devrait « renouveler en France la perfection du christianisme » puisqu'en sortirait une nouvelle génération de femmes, bonnes chrétiennes et bonnes épouses, instruites, Anne doit y avoir sa place !

Bientôt, dans la cour de la pension, un seul sujet occupe les fillettes. Les grandes, à ce qu'elles comprennent, sont, pour longtemps, tenues à l'écart.

Muette, Madeleine écoute sa condisciple Charlotte d'Ablancourt, une Picarde, qui, elle, a toujours réponse à tout :

« Si on les garde à part, c'est qu'elles ont été acceptées pour devenir maîtresses à Saint-Cyr ! Il me semble que cela crève les yeux ! »

Glapion hausse les épaules, furieuse de devoir nourrir son impatience des conjectures d'une gamine qui fait l'intéressante.

Au souper, enfin, la directrice de Noisy annonce à toutes ses petites que les douze pensionnaires de Noisy âgées de dix-huit ans font leur « noviciat », car elles sont destinées à devenir les premières éducatrices de la future fondation. Jamais vraiment disposée à encourager les vocations religieuses, l'Ursuline Marie de Brinon prend soin d'expliquer aux enfants que les « novices » n'appartiendront pas à un ordre régulier, mais qu'elles doivent cependant se soumettre à une année entière d'épreuves afin d'être dignes de leur charge. L'abbé Gobelin, confesseur de la marquise, dirigera l'instruction.

« Il va partager notre vie pendant un an. »

Dès lors, des lettres de Madame arrivent chaque jour au vieux François Gobelin, à propos de l'examen des futures maîtresses.

> *Il me semble, monsieur l'Abbé, que nos postulantes seraient bien plus utiles si, au lieu de les enfermer dans le noviciat, elles passaient cette année en fonction dans les charges qu'elles auront et surtout dans le gouvernement et l'instruction des enfants, qui est le fondement de leur institut. Je sais bien qu'il ne faudrait pas les y assujettir si entièrement qu'elles n'eussent pas le temps de prières, silences, oraisons et conférences ; mais on pourrait faire un mélange qui ferait connaître et aux autres et à elles-mêmes de quoi elles sont capables. Occupez-vous de cette affaire-là, je vous prie, puisque vous espérez, vous aussi, que la Maison royale de Saint-Louis pourra être utile et que, Dieu et le roi m'en ayant chargée, vous devez m'aider à m'en bien acquitter...*

Malgré ses besicles, l'abbé se penche davantage sur ces derniers mots. Combien de centaines de fois pourtant a-t-il eu à lire cette écriture depuis qu'il y a vingt ans il est devenu le confesseur de Mme Scarron ! Après toutes ces années, justement, le prêtre sait que derrière les tournures les plus innocentes se cachent souvent d'importantes décisions.

« *Vous devez m'aider à m'en bien acquitter…* » La missive de ce soir vient lui confirmer ce que Marie de Brinon, déjà, lui avait laissé entendre. La mission du vieux prêtre ne se bornera pas seulement à l'instruction des futures Dames. Madame le veut au sein de sa fondation, elle a demandé à l'évêque de Chartres de le désigner comme supérieur ecclésiastique de Saint-Cyr.

François Gobelin abaisse un instant sa feuille et pousse un profond soupir. Il regarde autour de lui les murs de l'appartement qu'on lui a attribué ; pour qu'il s'y sente à l'aise, M. Manseau – l'intendant de la marquise – a pris la peine d'aller faire chercher les meubles de la maison que l'abbé possède à Paris. Trois jours de retraite se sont déjà transformés en une installation pour un an, et voilà ce soir que Madame l'attache pour toujours à sa communauté !

Pourquoi est-il incapable d'en concevoir de la joie ? Un instant, il évoque son premier métier des armes, juge en souriant que ce passé lui fait trouver impropre d'avoir à gouverner une communauté de plus de trois cents femmes !

Pourtant, pendant les trois jours d'examen, il n'a rien trouvé que d'honnête aux douze jeunes filles dont il devait sonder les intentions. Même parmi les protestantes que Madame a fait recueillir à Noisy pour forcer leur conversion, même Marie-Isabelle de… Buthéry (trouver les noms, ces derniers temps, lui est un vrai calvaire) dont la marquise lui avait dit qu'elle avait été la plus récalcitrante à abjurer sa foi première.

Pendant leur retraite, les futures Dames de Saint-Louis lui ont paru plus enfantines, plus innocentes qu'il aurait cru pensable. En proie à des fous rires pour la première bêtise venue. Au lieu de se fâcher, le vieil homme d'Église, surpris, ému presque, s'interrompait et les laissait donner libre cours à leur gaieté. Depuis lors, l'altière Mme de Brinon lui a souvent recommandé de masquer son indulgence. Sans doute ce trop grand attendrissement est-il un signe de sénilité – M. l'Abbé est prêt à s'en faire le reproche ! Si l'on songe au chemin que doivent parcourir ces enfants afin de devenir les préceptrices modèles dont rêve la marquise ! Tout est neuf dans leur congrégation ; Madame a inventé pour cet ordre libre, sans engagement envers l'Église, un serment spécial d'éducation, afin de bien faire sentir aux postulantes qu'elles se vouent non pas au Christ, mais à… l'enseignement des demoiselles.

Peut-il, lui, au terme de sa vie, guider des jeunes filles dans des dispositions aussi singulières, sans exemple auquel se conformer ? Quand Madame attend toujours des idées, des suggestions, quand tout est à inventer, comment pourrait-il, lui, si ancien, être l'homme de la situation ?

Une fois de plus, le pauvre abbé voit défiler en un instant l'absurde enchaînement qui l'a mené à cette fonction enviée ; diriger la conscience de la personne la plus proche du souverain – et lui, par la confession, sait bien ce qu'il en est des rumeurs du mariage secret de Madame et de Louis XIV !

Pourtant, il a seulement accepté il y a vingt ans d'être le confesseur de la pieuse Françoise d'Aubigné, épouse du poète Scarron, voilà où s'est limitée son ambition. La solidité de leur lien a résisté aux faveurs de plus en plus éclatantes, et la veuve Scarron l'a entraîné dans son incroyable ascension.

Aujourd'hui, le prêtre ne sait plus, n'ose plus parler à cette âme en vue. Sans cesse, dans ses dernières lettres, Mme de Maintenon lui fait le reproche d'avoir trop d'égards, de ménagement pour sa position quand elle se sent, elle, exactement telle qu'à l'époque où elle vivait rue des Tournelles.

Machinalement, l'ecclésiastique, ce soir, reprend la lettre envoyée du nouveau pavillon de Marly, où Madame a accompagné le roi. Il espère vaguement que la suite du message l'éclairera quant aux dispositions à prendre :

> *Vous ne pouvez trop en public et en particulier prêcher à nos postulantes l'humilité, car je crains que Mme de Brinon ne leur inspire une certaine grandeur qu'elle a...*

Une seconde, le discret coup de griffe ramène une ombre de sourire sur le visage de l'abbé.

> *... et que le voisinage de la Cour, cette fondation royale, les visites du souverain, et même les miennes, ne leur donnent une idée de chanoinesses ou de dames importantes qui ne laisse pas d'enfler le cœur, et qui s'opposerait au bien que nous voulons faire. Le reste va, ce me semble, fort bien et je suis heureuse que vous pensiez qu'il y a une solide piété dans cette maison. Néanmoins, nous avons à prendre un milieu entre la superbe de notre dévotion et les misères et petitesses de certains couvents que nous avons voulu éviter.*
>
> *Pour les habits des Dames, mandez-moi vos avis. Il me paraît qu'ils devraient être noirs, de la forme*

approchant de l'usage et sans ajustements, ne laissant
pas voir les cheveux. Tels, je crois, que Saint-Paul les
demande aux veuves chrétiennes.

Portez-vous bien, mon très cher Père.

Françoise d'Aubigné, Marquise de Maintenon.

Un instant, François Gobelin se perd dans l'examen du trait de plume qui paraphe le message. Netteté de l'écriture. Fermeté de la pensée. Ces deux caractéristiques sont de plus en plus frappantes dans les dernières missives de Madame. Le vieil homme d'Église achève sa lecture avec au cœur le sentiment d'une reddition obligée. Même à des lieues de distance, la fondatrice de Saint-Cyr contrôle le moindre détail de son projet, jusqu'au caractère quelque peu fier de Marie de Brinon !

Rien ne peut échapper à sa vigilance, à la précision de sa conception. S'incliner devant la justesse de vue de la marquise, exécuter ses décisions, voilà ce que sera à coup sûr la fonction du supérieur ecclésiastique de Saint-Cyr. Pour cela, le vieux François Gobelin est toujours assez vaillant ! Il faut capituler ! Catéchiser, apprendre à faire l'oraison à des enfants, après tout, si on ne lui demande que cela !

Pour le reste il n'y a qu'à laisser faire le temps et ne pas se bercer d'illusions. Dans combien de mois Madame le jugera-t-elle trop déficient pour être encore son directeur de conscience ? Six ? Trois ? Il peut bien vivre ce sursis de la manière qu'elle a jugé être pour lui la meilleure !

« La dotation du roi à la fondation s'élèvera à cent cinquante mille livres par an au moins, on dit même cent soixante-cinq mille.

– Deux mille cinq cents ouvriers venus des provinces travaillent à la construction de la maison et l'on a aussi rassemblé des troupes qui campent à Bouviers, pour leur prêter main-forte.

– Le souverain lui-même vérifie chaque détail. Il veut que nous ayons à dîner un potage, du bouilli, une entrée et du fruit ! Il paraît qu'il ne trouve jamais rien à redire aux devis de M. Manseau, si ce n'est pour les améliorer. Ainsi, au chapitre des draps, l'intendant proposait deux paires par lit, M. Manseau a raconté à Mme de Brinon que Sa Majesté a protesté : "Ah ! non, trois paires", et elle l'a écrit de sa main en marge du registre de l'économe. »

Chaque jour contient sa moisson de nouvelles, glanées parfois par les petites auprès de Mme de Caylus ; car la jeune comtesse ne manque pas, lors de ses visites, de colporter les dernières rumeurs. La moindre de ses paroles, bien sûr, vole de bouche en bouche, de cours en dortoirs, suffit pendant au moins une semaine à faire le bonheur de la pension. Plus grisants l'un que l'autre, les échos de la Maison royale donnent à chacune le sentiment merveilleusement rassurant de faire partie des élues. La conviction que la chance veille sur leur destin. Pour ces enfants abandonnées ou orphelines, la sensation n'est pas si familière.

Parmi elles, une poignée de jeunes filles seulement ne sont pas demoiselles, mais même à celles-ci Mme de Brinon a assuré qu'elles pourraient être admises à Saint-Cyr sur le pied de sœurs converses, chargées des tâches ménagères. Remplies de crainte pour leur avenir, convaincues déjà qu'on se débarrasserait d'elles dans le premier couvent venu, ces quelques filles de basse extraction se sont réjouies, elles aussi, sincèrement. Fondues dans l'impatience commune, il leur tarde de faire partie, même avec modestie, de l'aventure.

Au milieu de cette effervescence, Glapion, sur la réserve, garde secret l'espoir de retrouver Anne. Catherine du Pérou, dès qu'elle a eu à instruire un groupe dans lequel se trouvait Madeleine, a profité du remue-ménage de la fin de l'heure. Bravant la faute grave de « messe basse » – Madame ne peut les souffrir – la novice a chuchoté à Glapion qu'elle pouvait soustraire sa lettre au contrôle de leur directrice. La semaine prochaine, en effet, son service était celui de la porterie.

La porterie ! La loge qui sépare la pension des visiteurs extérieurs, le service consistant à remettre aux courriers les lettres que Mme de Brinon a lues et approuvées. Librement, l'enfant pouvait renseigner les parents d'Anne, leur recommander de presser leur instance tant qu'il restait encore des places, sans risques d'être taxée d'intrigues, d'être réprimandée pour se mêler d'affaires qui ne sont pas du ressort des pensionnaires…

Pour remercier du Pérou, Madeleine avait voulu étreindre son bras, mais la grande postulante aussitôt s'était reculée, refusant l'attouchement. Surprise elle-même, Catherine avait bredouillé, afin de justifier cette brusquerie :

« Je ne fais pas ça pour vous… je veux dire… vous m'avez dit que cette amie était défavorisée… »

Glapion s'était écartée, refroidie comme par un baquet d'eau qu'on lui aurait lancé au visage. Au plus fort de leur conspiration, pourquoi du Pérou tenait-elle à marquer ses distances ?

Immobile, la grande avait regardé la fillette filer avec les autres sans comprendre, sans demander son reste, son élan d'amitié tout à fait brisé.

Dans la classe déserte, Catherine avait dû s'imposer longtemps de respirer profondément pour retrouver son calme, se persuader que ses directeurs l'approuveraient… Chacun de ces derniers jours, du Pérou s'interrogeait sur le sentiment privilégié qu'elle éprouvait pour Glapion. Au mépris de toutes règles, elle avait décidé de tenir sa promesse d'aider la petite à faire venir à Saint-Cyr son ancienne compagne. Seulement, il ne fallait en retirer aucune gratitude, aucun remerciement.

Chacun de ces derniers jours, l'abbé Gobelin ou Marie de Brinon les entretenaient de l'amitié particulière qui pourrait les lier à une enfant. Madame surtout en parlait comme de la négation de leur vocation de Dame de Saint-Louis, qui exigeait qu'elles fussent la mère de toutes. Il n'y avait donc qu'à se féliciter d'avoir repoussé Madeleine, de s'être – physiquement – détachée d'elle. C'était une épreuve de son noviciat qu'elle venait, avec violence, de réussir.

Deux semaines plus tard, au domaine de La Haye-Le-Comte, Anne de La Haye court se pelotonner sur elle-même, sous *son* arbre, celui auprès duquel elle va toujours chercher refuge. Un orme dont le faîte dépasse les autres, tordu, un peu bizarre, dont Madeleine lui a affirmé un jour qu'il lui ressemblait ; elle, plutôt, aurait dit qu'il évoquait Glapion, avec cette hauteur qui lui fait surplomber la forêt, les plus grands hêtres, les châtaigniers.

Combien de fois déjà l'a-t-il protégée de ses frères, des autres ? L'été, il est lourd d'un feuillage emmêlé, au point qu'il peut la dissimuler entièrement. Depuis qu'on lui a arraché – de force – sa meilleure amie, Anne n'a jamais plus partagé cette cachette avec personne. Il y a déjà si longtemps, dans cette partie de la forêt, remplie de marais, elle a passé des journées entières avec Madeleine, elle s'amusait à lui faire peur ; il y a déjà si longtemps !

Aujourd'hui, la petite sorcière ne voit plus comment elle pourrait impressionner Mlle de Glapion, elle qui sait à peine lire, très mal écrire, tandis que la pensionnaire de Noisy a envoyé à ses parents cette lettre que sa mère, hier, lui a lue en pleurant.

Quel fossé s'est creusé en deux ans ! Plusieurs fois, Anne a demandé à sa mère de redire les mots de Madeleine pour être certaine de tous les comprendre. Comme elle lui a paru sûre d'elle, savante, disant « Madame » pour parler de la compagne du souverain ! Et ce n'est pas forfanterie. Mme de Maintenon les visite, il est probable – qui sait ? – qu'elle leur fait même parfois la classe. Nicolas de La Haye, lui, à chaque fois qu'il nomme cette marquise, dit des injures, sans se gêner devant ses enfants, des mots qui font mesurer aujourd'hui à Anne l'écart de leurs deux familles. « Madame », quand elle n'a jamais entendu que : « la vieille ordure, la guenon, la catin du P. de La Chaise ». Et dire que, parfois, elle en riait avec les garçons, alors qu'il aurait fallu se confesser, peut-être, de ne pas avoir fui à toutes jambes.

Et pourtant, dans sa pension de Noisy, nourrie et proprement habillée sans doute, Madeleine ne l'a pas oubliée. Elle est venue ouvrir l'avenir dont son père lui faisait un tableau si noir.

«Vous dans la nature et moi aux Invalides! En remerciant Sa majesté d'avoir fait un bel hôtel pour ses officiers! AUX INVALIDES!»

Depuis que Nicolas de La Haye est revenu du Luxembourg, estropié, en perpétuelle fièvre, il parle ainsi, par formules ressassées le jour entier et beuglées soudainement.

«Trop de malheur pour un seul homme!» Dans La Haye-Le-Comte, les villageois n'ont que cette phrase à la bouche. «Mais aussi, il est trop fier!» Anne s'est battue bien des fois avec des morveuses et même des petits mâles qui répétaient les bêlements de leurs parents. Cogner sur eux, frapper d'une rage aveugle était son seul recours puisque personne ne voulait comprendre la loyauté qui les avait menés à la ruine. Il n'y a rien dont Anne soit plus orgueilleuse que l'histoire de son père. Elle revendique chaque goutte du sang qu'elle lui doit. Dès la guerre des Droits de la Reine, à dix-huit ans, le cadet des seigneurs de La Haye s'est précipité avec ses deux frères pour offrir ses services au nouveau souverain, il a vendu ses premiers biens pour recruter une compagnie. Conformément au devoir d'un gentilhomme!

Qui aurait pu deviner que le roi, pendant dix-neuf ans, mettrait à l'épreuve son sens féodal de l'honneur? Dix-neuf ans de guerre presque ininterrompus, car chaque traité de paix était suivi de nouvelle batailles, de défense des frontières, jusqu'à la perte totale de ses terres, de ses derniers biens, jusqu'à la ruine de leur maison.

Depuis Luxembourg, Nicolas de La Haye est le premier à se couvrir d'ordures, à diffamer sa vie, une «gigantesque duperie». Jamais sa fille unique ne s'est avisée de lui dire qu'elle l'admirait bien fort, qu'elle n'aurait pas voulu agir autrement si elle avait été un homme ; même s'il lui en coûte son éducation, même si ce que l'invalide passe son temps à répéter est vrai : « Dans le plus pauvre des couvents, comme servante, voilà ce que tu peux espérer ! »

Aujourd'hui, une louange, une simple approbation met l'officier en rage. Tous les jours, il fait jurer à ses fils de se mutiler, de devenir moines plutôt que de suivre son exemple.

« Nos pères s'enrichissaient, à chaque campagne où ils combattaient. Vous, vous aurez une pension de deux cents livres si vous êtes infirmes. Après dix-neuf ans. Et pendant ce temps, le Roi-Soleil donnera des millions aux courtisans de Versailles qui sauront intriguer. Voilà la seule chose que vous devez apprendre, vous m'entendez, l'intrigue… »

Anne a pris l'habitude de se fermer, sans en donner l'apparence, au flot de calomnies que M. de La Haye répand à son propre endroit. Elle sait maintenant l'entendre sans l'écouter, sans le croire, imperméable. L'infirme qu'elle et ses frères ont vu revenir de Luxembourg est un homme poignardé, blessé autant par son invalidité que par le peu de reconnaissance de ses services. Un homme dont la mémoire crache jour et nuit les luttes harassantes menées par des hobereaux aujourd'hui aussi pauvres que lui.

Faire taire ceux qui le jugent, qui se permettent ne serait-ce qu'un mot de blâme à son encontre, quelle autre preuve d'amour Anne pourrait-elle donner à son père ? Elle n'en voit pas une seule qu'il accepterait.

Anne, à présent, s'est blottie contre le tronc de l'orme, cherchant des forces.

Est-ce que Dieu permettra que Madeleine lui ait fait en vain un signe d'amitié ? Depuis leur séparation, chacune, à des centaines de lieues de distance, réclame la présence de son amie à ses côtés.

Sans aucun doute, Nicolas de La Haye croit que sa fille souhaite le quitter par désaveu, parce que leur pauvreté lui pèse. Mais c'est faux, archifaux. Hier, sa mère, bouleversée après la lecture de la lettre de Noisy, l'a prise contre elle en lui disant : « Pour toi, les épreuves sont finies, ma chérie ! » Jeanne de La Haye l'étreignait trop fort et Anne a compris que sa mère pleurait sur son propre sort. Elle a essayé de lui dire qu'il ne fallait pas se faire de soucis. Pour Anne, les « épreuves » n'étaient pas si dures. À la vérité, elle ne craignait pas le froid, elle n'enviait aucune richesse. Elle était seulement heureuse de pouvoir enfin retrouver Madeleine, parce que personne, depuis son départ, ne lui avait jamais manqué autant. L'amour intact de son amie, malgré la différence de leur condition, la rendait fière, voilà tout, et impatiente de répondre à son appel, de la serrer dans ses bras.

Jeanne ne l'avait même pas entendue ; elle lui murmurait dans l'oreille, secrètement : « Comme je t'envie, Anne. » Alors, la fillette avait perçu à quel point voir son enfant devenir une paysanne inculte, comme elle, chagrinait Mme de La Haye. La petite s'était tue, mesurant pour la première fois son ignorance ; il fallait qu'elle fût criante pour que sa mère en souffre si fort, bouleversée à la seule éventualité d'une place dans l'école royale ! Tête baissée, l'enfant s'était alors juré qu'elle se montrerait digne de ce vibrant espoir. Elle apprendrait ! Oh ! oui, sa mère pouvait sécher ses larmes ! Elle apprendrait bien !

Et puis, comme elles auraient dû s'y attendre, Nicolas de La Haye avait injurié la fille Glapion, injurié la « vieille mule du roi » et dit : « Non… Plus jamais. Plus jamais rien demander à ces gens-là… Exiger que l'évêque nous délivre un certificat de pauvreté, quelle humiliation n'auront-ils pas infligée à la misérable noblesse ! »

À présent, tandis que le soir descend sur la forêt de Conches, Anne se demande en combien de jours sa mère vaincra la résistance de son père. Alors que la lettre de Noisy insistait sur l'urgence de leur demande ! En ces jours de plein été, un vent annonciateur d'orages vient balayer le feuillage de l'orme, avise Anne qu'elle doit rentrer. La petite rebrousse chemin, sourire aux lèvres à la pensée qu'il faut y voir un signe de protection. Des années auparavant, n'a-t-elle pas réussi à persuader Madeleine que les arbres lui parlaient ?

Lorsqu'elle parvient à la salle à manger de leur maison – la pièce unique maintenant de leur domaine délabré, où tous vivent et dorment –, des phrases étranges lui parviennent, ponctuées par les rires de ses frères.

« Cependant, l'heure approchait, le révérend de La Chaise se rendit à l'antichambre où il trouva la Maintenon qui l'attendait. Il se déshabilla et prit la robe de chambre et le bonnet qui servait à l'autre dans ses expéditions, après quoi il fut introduit jusqu'au lit où il entra doucement et sans parler, commença de monter à l'assaut. Quoiqu'elle fût endormie, elle le sentit bien et, croyant que c'était son taureau de coutume, l'embrassa avec des étreintes si amoureuses que le pauvre père pensa expier de ce charmant exercice… »

Anne s'immobilise, tétanisée. Son père lit à haute

voix son pamphlet satirique préféré, dont maintenant la petite ne veut plus entendre la moindre ligne.

« … ils poursuivirent le reste de la nuit, car il est vrai que si elle est la cavale du roi, elle est tout autant la haquenée… »

L'enfant fait volte-face. L'orage a éclaté tout à fait, lui barre la forêt. Aussi s'adosse-t-elle à la porte, les mains sur les oreilles, pour se protéger de ce flot de boue. Au milieu des bribes incompréhensibles qui lui parviennent alors émerge soudain la voix étouffant de rage de Jeanne de La Haye – une voix si peu familière qu'Anne ne la reconnaît pas d'emblée.

« ASSEZ ! ASSEZ ! Pour moi, pour elle, je vous en prie, par pitié ! »

Dans l'entrebâillement, Anne distingue la silhouette de sa mère qui tend à son mari un papier et une plume. D'une voix usée par des mots trop répétés, elle insiste encore :

« "Ni avant sept ans ni après douze ans accomplis. Sans aucune difformité ni infirmité." Elle remplit toutes les conditions… "En possession d'au moins quatre degrés de noblesse du côté paternel." Rendez-vous compte, le roi n'exige rien, RIEN du côté mater-nel. Elle ne souffrira pas de mon peu de naissance à moi ! »

Pétrifiée, Anne assiste à l'effondrement de Jeanne de La Haye. À l'évocation de ses origines, elle a frappé du poing sur la table, fondant brusquement en larmes.

« Sup-plie Hum-ble-ment Vo-tre Ma-jes-té ! Quatre mots, quatre petits mots ! Qu'est-ce que ça peut bien vous faire d'écrire quatre mots ? Est-ce que vous êtes devenu trop fou pour leur sacrifier votre fille ? »

Les rejetons mâles de La Haye dans leur coin, Anne contre la porte, tous se sont recroquevillés, terrifiés, guettant la réaction de leur père, la suite redoutable de la scène avec leur mère si violente qu'on peut l'imaginer rendre coup pour coup ou se laisser tuer sur place sans reculer d'un pouce.

Dans le fauteuil face à la cheminée où il passe ses journées entières, Nicolas de La Haye ne bronche pas, ne fait pas un geste. D'une voix sans humeur, glaciale, il laisse tomber :

« Il prend déjà les garçons dans ses compagnies de cadets, maintenant il lui faut nos filles, et pour nous, il fait les Invalides… Il nous a réduits à l'état de misère, alors il se charge de nos enfants pour qu'ils puissent refaire plus tard exactement comme nous. Je ne m'y prêterai pas. »

Désarçonnée par ce langage qui, pour une fois, ne tient pas de la passion – plutôt du délire ! –, Jeanne de La Haye capitule. Un silence de caveau, à présent, est tombé dans la pièce, opaque et angoissant.

Sans faire de bruit, sans attirer l'attention sur elle, Anne pénètre alors dans la salle à manger, vient poser sa tête sur le genou valide de son père, comme un animal familier. Elle ne dit rien, ne demande rien, et le capitaine du roi, surpris, la garde sans broncher contre lui. Spontanément, les lourdes mains de l'homme se posent sur cette crinière frisée de sauvageonne. L'attitude de cette petite fille de douze ans laisse entrevoir un amour pour lui, grave, plein de compassion. Le seigneur de La Haye, involontairement presque, ne peut s'empêcher de la questionner :

« Tu veux vraiment vivre là-bas ? »

Anne ne prend pas le temps de réfléchir, acquiesce. Elle ne veut pas résister au signe que lui a fait Madeleine. C'est une évidence, même si elle ne la comprend pas.

Son père la dévisage alors un long temps puis, sans violence, l'écarte doucement de lui. Anne sait que Nicolas de La Haye vient de consentir. Il lui semble qu'il l'a regardée vraiment, peut-être pour la première fois, et qu'il a enfin pris conscience des sentiments qu'elle éprouve. Elle ne cherche pas à le fuir dans cette maison de Saint-Cyr. Bien sûr que non ! Elle l'emporte au contraire, présent pour toujours en elle, quoi qu'il arrive. Avec comme plus beau souvenir cette seconde de fusion, la tête posée contre ce corps d'homme ; l'instant de leurs deux vies où Anne a pu croire que son père tentait de la connaître, au moins un peu, avant de la perdre.

Cet été 1685, la Maison de Saint-Louis est annoncée officiellement, jusqu'aux frontières du Royaume. Dans son cabinet particulier de Versailles, le monarque, chaque jour, consacre une heure à la lecture des placets adressés pour lui au P. de La Chaise. Scrupuleux, le souverain se penche lui-même sur chaque demande et s'enquiert avec soin de l'état du pétitionnaire.

Sire,

Le Métayer de La Haye, capitaine de son régiment royal des carabiniers, qui a l'honneur de servir depuis dix-neuf ans.

J'ai eu plusieurs compagnies où j'ai dépensé la plus grande partie de mon bien à les soutenir, j'ai été estropié et Votre Majesté, dans la paix, m'a accordé une pension de deux cents livres. J'ai eu deux frères tués au service de Votre Majesté, où ils ont aussi dépensé leur bien. Présentement que je me trouve chargé d'une grosse famille et que je ne suis pas en état de l'élever dans une éducation convenable à sa naissance, je supplie très humblement Votre Majesté de vouloir bien m'accorder, en considération de mes services, une place dans la Maison royale de Saint-Cyr pour ma fille âgée de douze ans, dont l'évêque d'Évreux a produit le certificat de pauvreté.

Le 28 août, en marge de cette lettre, le roi apostille, de sa propre main :

Accordé si elle a les qualités requises.

Louis.

Si le roi venait à mourir...

De partout, de Champagne, du Poitou, du Lot, arrivent chez M. d'Hozier, juge des généalogies de France, des lettres d'évêques certifiant le dénuement extrême d'une famille. Les titres de noblesse qui y sont joints prouvent parfois jusqu'à quinze filiations aristocratiques.

Dans tout le royaume, la Manche, la Dordogne, l'Allier, des enfants entre sept et douze ans apprennent qu'après examen elles ont été acceptées comme demoiselles de Saint-Cyr. À Marseille, à Metz, dans les Pyrénées, depuis les provinces les plus reculées, les fillettes empruntent alors de longues routes convergeant vers Paris, pour former cette communauté au nombre résolument fixé par le souverain : deux cent cinquante élèves, trente-six Dames professes et vingt-quatre sœurs converses.

La Maison de Saint-Louis pas encore achevée, la pension de Noisy bien trop petite pour les accueillir, Madame se voit contrainte de les tenir « en entrepôt ». Le temps que d'Hozier fasse peindre sur vélin leurs preuves de noblesse. Le temps que la femme du généalogiste, en compagnie d'un médecin, soumette les enfants à une inspection générale. Parmi les consignes de la marquise que Madeleine a pu faire connaître aux seigneurs de La Haye figurait ce mot d'ordre : « Nulle ne sera admise qui n'ait fait preuve de sa santé physique. »

Depuis près d'un an que Mme de Brinon travaille aux constitutions, secondée par les premiers hommes de l'État, plus rien de ce qui concerne l'école n'est laissé au hasard. M. d'Aquin, le médecin du roi, consulté à cet effet, a désigné les maladies qui seront une cause de renvoi des demoiselles : « la paralysie, les écrouelles, le scorbut, le cancer, l'épilepsie et des vapeurs continuelles qui iraient à la folie. Exclues aussi celles qui sont borgnes, louches, bossues, boiteuses, manchotes, qui ont mauvaise odeur, quelque infirmité ou incommodité de nuit. La teigne et les vapeurs ordinaires se peuvent guérir. »

Dieu soit loué, Anne n'a présenté aucun de ces symptômes. De Noisy, Madeleine suit sa trace. Elle sait que son amie demeure à Paris, chez Mme Balbien, la mère de la servante qui suit partout Mme de Maintenon. Depuis les premiers secrets de Catherine du Pérou – et l'étrange froideur qu'elle lui a marquée dès lors –, Glapion, heureusement, a étendu son réseau d'informateurs.

Il est bien facile, ces derniers temps, d'en savoir plus sur la fondation. Tous les adultes croisés à Noisy y ont leur part. Chacun vient prendre des ordres auprès de Madame ou de Marie de Brinon et leur en soumet ensuite l'exécution.

À présent, les silhouettes des serviteurs de la marquise sont tout à fait familières aux élèves ; celles de M. Manseau et de Mlle Nanon Balbien en premier lieu, chargés à eux deux du temporel du futur établissement. Plus d'une fois, les apercevant, la compagne du souverain a interrompu son instruction aux petites et s'est écriée : « Ah ! voici mon conseil. » « Je dois écouter l'avis de mon conseil. »

Ces deux personnes sont d'un bon naturel et ont toujours paru contentes des rires des enfants à ces railleries. Glapion n'a pas hésité longtemps à demander à Mlle Balbien s'il était vrai que sa mère logeait les candidates approuvées par le roi. Complaisante, la vieille demoiselle l'a renseignée :

« Mais oui, mon enfant. Que faire d'autre ? Il en arrive chaque jour de nouvelles ! On a dû faire appel à quelques personnes de confiance qui ont plusieurs lits et plusieurs chambres à disposition. Madame paye tout cela ! »

On aurait pu croire, à son soupir profond, que l'argent dépensé par la marquise était tirée de sa propre cassette !

Par bonheur, cette Nanon Balbien est d'un très bon caractère. Madeleine a poussé la hardiesse jusqu'à lui demander assistance :

« Si vous vouliez être assez bonne, mademoiselle, pourriez-vous savoir si Mme Balbien a une certaine Anne de La Haye parmi ses pensionnaires ? C'est une amie… » Elle avait rectifié, rougissant : « Une parente ! »

La cameriste de Madame avait promis de s'en enquérir. Quelques jours plus tard, elle assurait à l'enfant que la demoiselle de La Haye en question vivait depuis plus d'un mois chez sa mère, allait fort bien, s'était « déjà fait quelques camarades »... Une de ces expressions insignifiantes qu'on ne peut pourtant plus chasser de sa tête. « Quelques camarades », bien sûr ! Madeleine l'imagine déjà, apprenant aux plus petites à siffler, à différencier les arbres. Elle aurait pu se douter qu'Anne aurait le don de s'attirer tous les suffrages, mais pas trop, pas trop. Impatiente, elle refuse de la partager, voudrait déjà l'avoir à elle seule. Heureusement, à chaque nouvelle, la distance et le temps qui la séparent de son amie se réduisent un peu plus, comme si elle-même les grignotait à coups de dents. Jusqu'au jour proche, maintenant, de leurs retrouvailles. Glapion le sait. Elle a vu, ce matin, le signe manifeste de l'imminence de la nouvelle Maison : les brodeurs du roi ont apporté les robes des Dames.

De cellule en cellule, Mme de Brinon doit frapper dans ses mains, dire aux postulantes de se hâter. Toutes ont devant la toilette la même attitude respectueuse, comme frappées de stupeur. Pas une qui veuille, par frivolité pure, passer aussitôt la belle jupe noire d'étamine du Mans, se draper du manteau ou enfiler les gants de chevreau. Dix mois de noviciat leur ont suffisamment mis en tête l'importance des effets que Mlle Balbien, ce matin, a placés sur leur paillasse.

Ainsi, le jour est venu de prendre l'habit. Sans cérémonie, chacune en son particulier, car il ne s'agit pas – elles le savent bien – d'un vêtement religieux. Mais tout de même, la tenue, réalisée, cousue jusqu'au dernier point, rend leur état si concret ! On a étalé devant elles l'étoffe tangible dont elles se pareront, désormais, chaque jour de leur vie.

Sans doute Marie de Brinon pressent-elle le sursaut craintif qui pourrait parcourir les novices. Le désir soudain de reculer ou bien la sensation d'écrasement sous la fonction, la conviction de ne pas être prête. Ces légitimes effrois ravivent de lointains souvenirs. Un matin – elle était si jeune alors –, il lui a fallu revêtir en frissonnant une robe d'Ursuline qui lui faisait horreur…

Quelle différence pourtant avec le magnifique costume des Dames de Saint-Louis, dont la forme ample et majestueuse imite les habits de la Cour. La directrice de Noisy voit bien qu'il suffit de briser le caractère rituel de l'instant pour allumer en une seconde l'enthousiasme dans ces cœurs de jeunes filles. En prenant Mlle Balbien à témoin, elle empêche les demoiselles de prolonger une confrontation muette avec leurs atours, noie la solennité sous la coquetterie.

« Comme je serais heureuse, si je pouvais échanger mon voile pour ce joli bonnet de taffetas ! »

Multipliant les anecdotes, elle entre dans chaque cellule et vient aider les futures Dames à s'habiller :

« Vous savez que le roi a corrigé de sa main le dessin des coiffes ? Mlle Balbien peut en témoigner, puisqu'elle servait de mannequin, racontez, mademoiselle. »

La vieille Nanon, flattée de citer le Monarque, répète à plaisir :

« Sa Majesté craignait, je crois, qu'on ait fait votre habit trop monacal. Madame m'en a donc vêtue pour le lui présenter. Tout a paru parfait sauf le premier projet de coiffure que la marquise avait voulu très simple. Le roi s'est écrié en me regardant : "Quel diable de petit bonnet est-ce là ?" Mme de Maintenon a souri sans rien dire et, quelques jours plus tard, elle m'a fait reparaître, montrant un peu de cheveux par-devant, avec la coiffe de taffetas et la gaze godronnée tout autour que vous voyez là.

– Le Souverain, renchérit Marie de Brinon, veut que vous ayez du beau linge, il aurait même souhaité que vos chemises fussent de toile de Hollande, mais Madame a pensé que ce ne serait pas conforme à votre vœu de pauvreté. »

La directrice de Noisy connaît son monde. Personne ne peut résister à la délectation d'une tenue dont chaque pièce a été approuvée par le prince. On peut même justifier la crainte qui vous a saisie en la découvrant comme une marque de révérence obligée.

Bien vite, l'enfance, l'excitation envahissent l'aile du château réservée aux novices. L'heure n'est plus qu'à l'euphorie de se montrer les unes aux autres dans cet équipage somptueux, qui leur confère – chaque postulante sortant vêtu de sa cellule le vérifie – un air digne et imposant. Grisées, elles imaginent à l'avance l'impression qu'elles feront sur les petites ! Douze jeunes femmes ceintes de la même étamine qui descend jusqu'au sol, gantées, le cou dissimulé par un noble bord de batiste, une collerette de taffetas. Et ces longues manchettes… Et ces rubans sombres… Des Dames ! Oh ! oui, personne ne pourra leur dénier ce titre. Toutes drapées de noir, du maroquin de leurs souliers jusqu'à la gaze des bonnets !

Mme de Brinon ramène bientôt au recueillement ces esprits échauffés par une commune louange du roi : le père de leur communauté, Louis, dont – selon le vœu de la future supérieure de Saint-Cyr – les Dames portent le nom.

« Il a aussi exigé qu'au réfectoire vous ayez des écuelles, des gobelets, des cuillers et des fourchettes d'argent, que votre vie enfin soit aisée et commode, car il veut vous rendre heureuses. »

Ces jours-ci, de tels propos, dans leur simplicité, frappent au cœur. Alors qu'elles n'ignorent rien des ravages du mal du monarque, l'assurance de son intérêt pour elles bouleverse ces jeunes filles. Dans un accès de ferveur, Catherine du Pérou propose alors à celles qui l'entourent de rendre grâces au souverain pour l'habit qu'il leur donne. Elle s'agenouille aux pieds de Marie de Brinon, bientôt imitée par ses compagnes. Lorsque Mme de Maintenon pénètre dans le pavillon des postulantes, elle trouve ses filles en prière, joignant leurs voix à celle de Marie de Brinon pour demander au ciel le soulagement de leur fondateur.

« Pour que la plaie guérisse, pour éviter à Sa Majesté la souffrance et les dangers de la grande opération… »

En ces heures d'incertitude, la scène, bien sûr, émeut la marquise. Elle répète à voix basse les paroles que prononcent d'un seul cœur les novices, la vieille Nanon :

« Prions le Seigneur. »

La première, du Pérou découvre leur directrice spirituelle. Rougissant de plaisir, elle songe qu'elle n'aurait pu disposer la communauté en un tableau plus propre à lui plaire.

Au milieu de l'hiver, en plein carnaval, Madame n'a pu leur dissimuler son affliction ; elle leur a révélé la gravité d'une fistule qui incommode terriblement le roi. « Un supplice qu'il endure comme s'il était sur la roue ! »

Comment ne pas être torturé à son tour par de telles paroles ? Il y a là de quoi se tordre les mains et se tourmenter. Leur avenir à toutes, de même que celui de la marquise, dépend de la vie du roi. La position de

Madame au sein de la Cour s'effondrerait au trépas du Monarque. Dans ces jours d'intimité profonde avec la communauté de Noisy, Françoise d'Aubigné ne le cache pas : le projet de Saint-Cyr court le risque de ne jamais voir le jour. Tant qu'il n'est pas entièrement mené à bien, la volonté seule de Sa Majesté lui assure existence.

Dans un effort désespéré, la marquise a recommandé de continuer sans s'affliger, sans en dire un mot aux enfants, soumise à la volonté du roi qui souhaitait que tout aille toujours plus vite. L'éventualité de sa disparition, à l'évidence, taraude le souverain ; il veut précipiter le cours des choses pour protéger Madame et sa fondation. Dans la tourmente, Marie de Brinon a trahi cette confidence de Mme de Maintenon :

« Si ce terrible malheur arrivait, le roi regarde Saint-Cyr comme une retraite propre à m'accueillir, à sauvegarder ma réputation et ma dignité. »

Par bonheur, ce matin, la marquise apporte de meilleures nouvelles. À la fin de la prière, elle se mêle à ses futures Dames, contemple avec joie leur habillement, émue de voir ses desseins près de toucher à leur but.

« Les pierres de cautère que MM. les archiatres ont appliqué sur la plaie ont un peu soulagé notre souverain. Dieu merci… Il marche avec plus d'aisance. Il a été décidé qu'il se rendrait à Barèges, à la fin de ce mois, pour prendre les eaux. Mais, d'ici son départ, Saint-Cyr devra être entièrement prêt et la communauté installée. »

Devançant l'affolement de Mlle Balbien, Madame confie à sa servante, d'un air insistant :

« Il nous faut faire vite, Nanon. »

Pour leur plus grand amusement, les Dames voient alors Nanon Balbien demander la permission de rejoindre l'intendant et se retirer à pas pressés. Elle grommelle sous sa coiffe, submergée à l'avance devant la rapidité de l'échéance :

« Tant de choses, Seigneur, comment ferai-je ? »

Du Pérou, près de Madame, observe le regard attendri que la marquise porte sur sa cámeriste – un attachement vieux de vingt-cinq ans… Après de nombreuses heures que Mme de Maintenon a consacrées à leur formation, Catherine croit bien connaître la marquise.

Pendant dix mois de noviciat, elle a vu près d'elle les débats qui agitaient les protestantes récemment converties, placées par Madame à Noisy pour leur salut. La pauvre Marie-Isabelle de Buthéry, plus que les autres, a révélé qu'elle n'avait pas extirpé le calvinisme de son cœur. Du Pérou, compatissante, lui a prêché à maintes reprises la raison. Depuis octobre, le roi a signé l'édit de Fontainebleau qui révoque celui de Nantes. Les familles de huguenots en France sont pourchassées ou en fuite, et certains hérétiques aux galères. Grâce à Saint-Cyr, Mme de Maintenon pourra recueillir bon nombre de protestantes soustraites à leur famille, à l'exemple de Marie-Isabelle. La fondation, asile inespéré, va contribuer « au grand ouvrage de la conversion de nos frères égarés ». Ces formules ressassées par l'abbé Gobelin ont embrasé l'imagination de Catherine qui les a répétées à l'envi, désireuse de prolonger les efforts de leurs directeurs. Ses attentions particulières ne venaient pas, cette fois, s'opposer aux préceptes de Madame, telle l'amitié qu'elle avait éprouvée – qu'elle éprouvait encore, malgré l'âpreté de ses efforts – pour Madeleine de Glapion.

D'ailleurs, l'intérêt de Mlle du Pérou envers les plus troublées des futures Dames l'a fait remarquer de ses examinateurs. Ce matin, lorsque Madame se tourne vers elle et la désigne à la communauté, Catherine devine qu'elle doit son honneur aux affres des jeunes filles de l'Église réformée.

« Du Pérou, Loubert, d'Auzy et Saint-Aubin. Vous avez été choisies toutes les quatre pour être les premières Dames de Saint-Cyr. Que les autres ne voient pas là un désaveu et que cette décision, vous quatre, ne vous rende pas vaniteuses. Un conseil tenu par M. l'abbé Gobelin et Mme de Brinon a estimé que vous étiez les plus… prêtes, voilà tout. Jeudi, vous prononcerez vos vœux simples et ensuite vous vous joindrez à nous pour refuser ou accepter les autres novices par la voie du scrutin. Allons, mesdemoiselles, c'est assez de bouleversement pour aujourd'hui. Il faut vous retirer afin de préparer la cérémonie de jeudi. » Elle s'est tournée vers les autres jeunes filles et leur sourit avec chaleur :

« À présent, allons ensemble à la chapelle, voulez-vous. Car il nous faut prier pour que nos premières Dames fassent une bonne profession. »

La matinée entière, elle ne s'occupe que de ces huit postulantes, en bonne mère qui redoute les envies que créent les distinctions entre les enfants.

Le jeudi matin, la chapelle de Noisy, qui contient les reliques de saint Candide, est presque vide. Dans leur réfectoire, les petites, un peu dépitées, ne peuvent que suivre en pensée la cérémonie secrète, où seules sont admises les jeunes femmes du noviciat.

Marie de Brinon, la première, prononce le vœu particulier que réclame le titre de supérieure à vie de la fondation.

« Je m'engage devant Dieu à garder et faire observer les constitutions de la royale Maison de Saint-Louis. »

Ensuite, les quatre Dames s'agenouillent à leur tour devant la grille du chœur, face au saint sacrement que porte l'abbé Gobelin. L'une après l'autre elles répètent les mêmes paroles : « Je promets devant Dieu de demeurer, ma vie entière, pauvre, chaste et obéissante, et de me consacrer à l'éducation et à l'instruction des demoiselles. »

Le supérieur ecclésiastique de Saint-Cyr leur donne alors la sainte communion et les jeunes filles retournent au bas du chœur s'incliner devant Mme de Brinon et la marquise de Maintenon. Des mains de leurs examinatrices et non de celles du prêtre, elles reçoivent les marques de leur consécration, pour bien attester qu'elles ne prononcent pas des vœux solennels de religieuses régulières. Les deux directrices leur passent autour du cou une grande croix d'or parsemée de fleurs de lys, gravée d'un Christ d'un côté et de l'autre d'un Saint Louis. Puis elles posent sur leurs épaules un grand manteau d'Église et sur leur coiffe un long voile de pomille froncée.

À la sortie de la chapelle, la lumière blanche de l'été éblouit les quatre jeunes filles que l'allégresse submerge. Chacun vient les féliciter et M. l'abbé Gobelin, avant quiconque, leur témoigne de ses bontés pour elles. À l'oreille presque, il leur souffle sa joie d'avoir pu leur faire l'honneur d'être les premières mères de l'institut. Marie-Anne de Loubert, Émilie d'Auzy, Catherine du Pérou et Louise de Saint-Aubin, il a aimé ces novices plus qu'aucune autre. Toutes quatre tellement sages et bonnes, désespérées chaque fois qu'on n'était pas satisfait d'elles. Devant leurs vocations, résolues, clamées, le vieil homme se sentait dépassé. Quatre jeunes filles absolues !

Absolu… Ce mot danse souvent dans son cerveau usé, prend d'autres formes… ab sol… sol aboli… Il s'est parfois cru trop près de la terre pour contrôler leur ardeur.

En balbutiant, les professes tâchent de témoigner leur bonheur et leur reconnaissance à Mme de Maintenon. Louise de Saint-Aubin, la première, se tourne aussi vers Marie de Brinon et lui assure qu'elle a sujet de la remercier :

« Pour les peines que vous vous êtes données à nous instruire et à nous faire arriver au but où nous sommes parvenues. »

Sans la conjugaison extraordinaire de leurs deux directrices, sans les premières malheureuses recueillies par l'Ursuline, que Madame a regardées avec bienveillance, la Maison de Saint-Cyr, en effet, n'existerait pas. Les autres Dames, conscientes de la bénédiction de leur double gouvernement, se joignent à Saint-Aubin.

Marie-Anne de Loubert, riant et rougissant à la fois, fait à Marie de Brinon ce drôle de compliment :

« Il est heureux, madame, que vous soyez nommée notre supérieure à vie parce qu'il ne faudra pas moins que le reste de notre existence pour nous mettre en état de gouverner par nous-mêmes ! »

Sans aucune amertume, les autres postulantes viennent à leur tour congratuler leurs amies, et bientôt le perron de la chapelle n'est plus que joie et embrassades, dans la flaque immaculée d'un soleil à son zénith.

Le lendemain, dans la chapelle, sous la présidence des trois directeurs, on propose aux quatre nouvelles vocales les huit sujets encore novices à admettre ou à refuser parmi elles. À cet effet, on a préparé vis-à-vis de l'abbé Gobelin, à la grille du dehors, une boîte pour les suffrages, une autre pour les renvois, et des pois de différentes couleurs.

Dans un esprit d'indulgence, toutes sont élues. Même les récentes converties, encore embarrassées pourtant de pratiques aussi simples que la confession. Dès lors, le corps de la communauté est composé d'une supérieure à vie et de douze professes.

Bientôt, la diligence de Manseau et de Mlle Balbien aidant, il n'y a plus d'obstacles aux commencements de Saint-Cyr.

Dans la cour de Versailles, M. Bontemps, valet de chambre du roi, a rassemblé le plus grand nombre de voitures qu'il pouvait réunir. Allons les cochers, en avant les carrosses, roulez qui à Noisy, qui à Paris, prendre votre cargaison d'enfants : tout est prêt pour l'installation !

Quel merveilleux charivari ! Jamais dans la tête de Madeleine une journée n'aura autant résonné de cris et de tumulte que ce 30 juillet 1686.

Bientôt la communauté aura à cœur de faire de l'institution le temple de la sagesse et de l'ordre, mais aujourd'hui, jour de merveille, d'or pur, jour d'arrivée dans la Maison, qui voudrait calmer ces effusions ? À chaque découverte, des exclamations de bonheur éclatent devant une accumulation de surprises plus belles les unes que les autres.

Malgré une année entière d'impatience, malgré les questions posées aux postulantes qui revenaient du chantier des travaux, nulle n'aurait imaginé la grandeur, la magnificence de cette maison CONSTRUITE POUR ELLES ! Et d'une architecture nouvelle, audacieuse ! Deux bâtiments parallèles coupés perpendiculairement par un troisième d'au moins cent toises. La disposition laisse trois intervalles vides de chaque côté du corps central de la maison mis à profit par Mansart pour en faire des cours et des jardins somptueux.

« Et toutes ces fenêtres ! »

Chaque arrivante, bouche bée, a la même interjection ! Il semble y en avoir des milliers, car les murs sur trois étages sont percés par des rangées de hautes et étroites vitres de même taille.

Les ouvriers ont dû presser leur labeur depuis les dernières visites des novices ! Parfaitement finie, l'enfilade des cours laisse voir des parterres fleuris, des orangers, un bassin. Un palais, un véritable palais de Versailles !

Lorsqu'elle pénètre dans l'aile des professes, Marie-Anne de Loubert s'écrie, afin de témoigner sa reconnaissance à Mme de Maintenon :

« De quelque côté qu'on se tourne, on ne voit que des objets capables de nous ravir. »

Car les Dames de Saint-Louis ne peuvent dissimuler leur joie à la vue de leurs cellules, leur linge rangé en assortiments de douzaines, chemises, mouchoirs de cou, mouchoirs de poche, et tout en proportion, de sorte qu'elles se sentent bien au large, au prix de ce qu'elles ont été auparavant.

« Rendez-vous compte ! Pour chacune un bois de lit à colonnes, un bureau de noyer qui s'ouvre en armoire, trois chaises, un rideau, un prie-Dieu, un écritoire garni de ce qu'il faut pour écrire et pour cacheter des lettres, enfin jusqu'à des vergettes de deux sortes pour nettoyer les habits, et des balais de plume et de crin.

Bien des années plus tard, Catherine du Pérou, par une seule formule, évoquera ces instants dans son registre de Mémoires :

> *Sitôt que nous entrâmes dans la maison, elle nous représenta l'image du paradis terrestre.*

A-t-elle encore en tête en écrivant ces lignes l'écho des rires et des vivats qui ponctuèrent cette arrivée. Le bonheur s'est tonné si librement ce beau jour d'été que Manseau, le soir, en regagnant hors la clôture, dans la cour du Dehors, son logement de fonction, voudra, lui aussi, en témoigner en son Journal :

> *Les acclamations des nouvelles venues n'ont point fini de la joie qu'elles avaient de trouver leur néces- saire avec tant d'abondance et de commodité ; car si l'on eût consulté chacune d'elles en particulier, elles ne se fussent pas avisées de demander les choses qu'elles ont trouvées, chacune se récriant qu'il y avait du superflu.*

Personne, ce soir-là, dans la touffeur des dernières heures de juillet, ne songera à se plaindre du chaos dans lequel la communauté s'est trouvée groupée. Et pourtant quelle confusion ! Les spectateurs accourus de Versailles ou des villages voisins, qui se sont tenus sous le soleil de plomb tout le jour au bord de la route, ont pu voir défiler un invraisemblable convoi !

D'abord ouvrant la marche, s'efforçant dignement de donner pompe et majesté à ce « déménagement », les prêtres, futurs confesseurs de la Maison royale, portaient la croix et les reliques de saint Candide. Derrière suivaient les carrosses royaux qui conduisaient les Dames de Saint-Louis ainsi que les nouvelles postulantes acceptées au noviciat par Mme de Brinon. Ensuite les enfants sous escorte des suisses de Sa Majesté, tassées, incapables de maîtriser leur excitation, se bousculaient à la fenêtre pour apercevoir, de loin, les bâtiments de Saint-Cyr. Enfin, l'une derrière l'autre, les voitures de Paris amenaient les fillettes tenues en entrepôt dans la capitale à leur vraie destination. Il y en avait tant à acheminer que M. Bontemps, à Versailles, s'était trouvé à court de véhicules, et il avait fallu réquisitionner des charrettes pour embarquer les dernières gamines. Si bien que ce cortège suivait un ordre déclinant, depuis le corps d'un saint donné par Rome à la marquise de Maintenon, jusqu'à de petites filles assises sur de la paille !

Pourtant, même ces humbles voyageuses n'étaient pas les dernières à participer à la joie générale. Les badauds les avaient particulièrement applaudies et, à leur arrivée, le vieil abbé Gobelin, les voyant s'extirper de leur fourrage, avait raillé :

« L'image même de la résurrection ! »

Pour Anne de La Haye, assise sur une humble carriole, la journée tenait du délire, de l'enthousiasme à crever le cœur. « Transportée », elle était ! Oh ! oui, c'était bien le mot ! Assurée enfin d'en avoir fini avec le dénuement, les hardes ! Elle inaugurait aujourd'hui son costume de demoiselle (soigneusement préservé jusqu'alors), pour qu'enfin rassemblée la communauté se découvre, toutes pareillement vêtues. Deux cent cinquante filles distinctes seulement par la couleur de leurs rubans ; de jolis colifichets aux teintes vives noués à la ceinture et sur leur coiffe : rouges les petites, vertes les moyennes, jaunes à partir de quatorze ans et bleues jusqu'à leur sortie.

À présent que la hâte de retrouver Madeleine faisait vibrer son corps, La Haye sentait soudain que les «camarades» faites dans les temps d'entrepôt – Mlles de Lastic, de Marsilly – comptaient presque pour rien.

Cependant la grandeur de la maison était telle que toutes, ce premier jour, s'égaraient dans son étendue. Les Dames de Saint-Louis avaient été chargées chacune d'un groupe de demoiselles afin qu'elles fussent rassemblées dans la Cour verte, dite aussi de Maintenon, cour d'honneur qui ouvrait sur le parc de Versailles.

Madeleine derrière Émilie d'Auzy, Anne suivant Catherine du Pérou, marchaient impatiemment, dans l'espoir de la minute où elles seraient face à face.

«Vertes toutes les deux, bien sûr, et c'est là la merveille ! Même âge, même classe, même dortoir ! Nous serons plus de cinquante, mais je la verrai immédiatement, je me glisserai, je me retrouverai à ses côtés. »

Pourtant, elles avaient beau passer de cours en couloirs, la plupart de ces troupes commençaient à se demander si elles ne parcouraient pas toujours le même chemin, en revenant sur leurs traces.

Consciente des dimensions de l'institut – normales pour une si grande communauté –, la marquise avait laissé à Manseau le soin de faire écrire sur les portes et avenues, corridors et vestibules, leur nom et leur destination : « Réfectoire des Dames ou des demoiselles », « Cour des cuisines » ou « Route de Versailles ». Les peintres, à qui l'intendant avait confié cette tâche, lui avaient assuré qu'ils feraient des merveilles. Malheureusement, quand ce matin il était venu vérifier leur ouvrage, M. Manseau avait trouvé, fort surpris, les plus beaux caractères du monde, mais si mal disposés que personne n'en pouvait trouver la signification : ces artistes ne savaient, pas plus l'un que l'autre, ni lire ni écrire.

Il était trop tard pour y remédier le jour même, aussi les Dames n'avaient pour point de repère que ces incompréhensibles pancartes qu'elles guignaient, ahuries, tels des hiéroglyphes. Quelle singulière façon de commencer leur mission ! Elles baladaient leurs cliques hilares, ravies de ces dédales, commençant, elles, à éponger leur front à l'idée de ne jamais trouver la cour de Maintenon. Catherine du Pérou, affolée, imaginait déjà qu'elle était la seule à avoir perdu son chemin et que Madame n'attendait plus que sa section ! En poussant une porte, pleine d'espoir, elle s'était retrouvée, effondrée, dans le vestibule qui menait à l'église attenante à la fondation. Découragée, elle aurait pu fondre en larmes quand une de ses ouailles lui avait soudain pris la main :

« Regardez, madame, par la fenêtre, le grand bois d'ormes, à perte de vue. Il n'y a pas de mur d'enceinte, donc nous sommes du côté du parc de Versailles. Longeons-le et nous devrions atteindre la Cour verte forcément, puisque vous dites qu'elle y donne… »

Catherine, pleine de reconnaissance, avait considéré cette débrouillarde dont l'accent paysan montrait l'habitude des forêts. Elle s'était laissé entraîner par la petite sauvageonne en lui demandant :

« D'où êtes-vous ?

– De Normandie ! »

Bien sûr, ça s'entendait assez ! Et soudain, près d'elles, s'étaient distinctement fait entendre des voix amusées et des gloussements de peur, joués pour le plaisir. Un autre groupe de vertes qui se frayait un chemin à travers les arbres leur avait alors fait face.

« D'Auzy, Dieu merci, vous aussi, vous vous êtes perdue ? »

Égayée, Émilie contemplait du Pérou défaite, les cheveux hors de sa coiffe, les joues vermillon.

« Avez-vous vu ces espèces de signaux d'Indien qu'on nous a mis pour mieux nous confondre ? »

Émilie d'Auzy – au grand étonnement de Catherine qui jamais ne l'avait vue ainsi – riait sans pouvoir s'arrêter, courbée en deux, insouciante des demoiselles confiées à sa garde. Quel beau début pour une œuvre si importante et si coûteuse à l'État ! Quelle belle preuve de maturité donnaient les Dames de Saint-Louis ! Même la plus sérieuse d'entre toutes, du Pérou, devait s'en remettre à une verte qui l'entraînait par la main. Dépassées ! Dépassées et perdues, voilà ce qu'elles étaient, dès le premier jour ! Comme si leur année de noviciat, les tentatives de leurs directeurs d'en faire de dignes enseignantes respectées volaient en éclats, d'emblée. Ses paroles se mêlaient à ses hoquets convulsifs car tout lui semblait… comique !

« Comment ferons-nous pour nous retrouver dans une maison si… Oh ! mon Dieu ! Comment ferons-nous pour les guider ? »

Catherine du Pérou, contaminée, souriait à son tour de plus en plus largement, les épaules secouées. Heureuse, elle aussi. Un fou rire partagé, depuis quand, depuis quelle classe enfantine ne lui était-ce pas arrivé ?

Parmi les enfants réjouies de l'excitation de leurs maîtresses, deux adolescentes se dévisagent avec gravité. En deux ans, elles ont tant changé, toutes deux… Elles sont face à face, sans oser un geste, paralysées. Comme si elles cherchaient à reconnaître sur les traits de l'autre l'ancien visage de leur amie d'enfance. Bientôt, Mlle de Glapion, consciente du ridicule de leur attitude, sourit à La Haye, et tout, après ce signe d'amitié, redevient possible.

Catherine du Pérou, à ce moment, égayée par les propos d'Émilie d'Auzy, se soutient à une branche basse, des larmes d'allégresse plein les yeux. En promenant son regard sur l'assistance, elle finit par découvrir deux vertes, Madeleine de Glapion et la petite Normande qui l'a menée jusqu'ici, étreintes dans les bras l'une de l'autre. La vision, cependant, ne la dessoûle pas, comme si elle ne parvenait pas vraiment jusqu'à son cerveau trop grisé. Les deux demoiselles, nullement sur la défensive, s'approchent d'elles, l'air radieux. Peu à peu, Catherine reprend haleine, se redresse, Madeleine a poussé Anne devant elle et lui révèle en chuchotant :

« Mme du Pérou a bien voulu faciliter votre venue. »

Une seconde, La Haye reste pétrifiée, déconcertée par ce vouvoiement qui lui révèle son ignorance des codes de leur nouvelle société. Et puis, dans un éclair d'innocence, elle pose rapidement un baiser sonore sur le dos de la main de Catherine. Pure marque de gratitude, sans aucune obséquiosité.

Qu'Anne de La Haye soit ainsi, du Pérou n'aurait jamais pu le croire, trop peu conforme à ce qu'elle imaginait comme amie pour Glapion, la brillante élève. La Normande lui a paru si tendre et si naïve tout à l'heure en la guidant vers le bois. Une paysanne aux joues rondes qui est loin de faire penser au mal.

Leurs esprits retrouvés, les deux Dames de Saint-Louis remettent alors un peu d'ordre dans leur troupe et s'avancent de concert le long du bois, d'où, bientôt, on peut distinguer la Cour verte. Intimidée un peu devant sa compagne, qui la dépasse encore plus qu'avant et qui parle sans aucune trace d'accent, Anne tâte de la pointe du pied leur connivence :

« On s'est retrouvées sous un orme… »

Elle en a eu bien peur, mais Mlle de Glapion ne la regarde pas, éberluée. Elle sourit à l'allusion, au contraire, d'un air plein de souvenirs. À cet instant, Madeleine, par-devers elle, fait une promesse solennelle. Elle sent bien qu'elle doit être digne d'une heure intense, parfaite, d'une heure de joie… pleine ; celle exactement dont on parle dans les sermons, dont elle avait une idée très vague jusqu'alors ! Rien jusqu'ici ne peut lui donner à croire qu'elle l'a méritée ? Il est vrai, mais elle sera si bonne dorénavant que ce bonheur ne lui sera plus jamais ôté. Plus jamais méchante ni moqueuse, ses impatiences et ses accès d'humeur jugulés.

Elle n'est plus seule ! Voilà ce qu'elle peut constater, paisible déjà, rassurée par la simple présence physique d'Anne à côté d'elle. Aujourd'hui, tout vaut davantage la peine, tout est plus amusant : désormais, tout peut se partager.

II

LE PARADIS TERRESTRE

… Jusqu'à leur poussière

FÉVRIER 1688

« … Si l'on trouvait chose plaisante d'abord de voir une femme enseigner dans une chaire l'éloquence et la médecine en qualité de professeur, marcher par les rues suivie de commissaires et de sergents pour y mettre la police, haranguer devant les juges en qualité d'avocat, être assise au tribunal pour y rendre la justice à la tête d'un parlement, conduire une armée et livrer une bataille, faire office de pasteur ou de ministre, parler devant les républiques ou les princes comme chef d'une ambassade, ce n'est que faute d'habitude, ON S'Y FERAIT ! »

Pendant une seconde de stupéfaction, l'auditoire d'élèves, médusé, retient son souffle. Alors, l'oratrice relève les yeux de son livre et éclate de rire, libère dans la gaieté la surprise de l'assemblée.

Décidément, cette Sylvine de La Maisonfort est folle. Le constat dans des instants comme ceux-ci effleure autant les demoiselles que la plupart des Dames venues assister à sa conférence. Mais pour Marie de Brinon, à ce moment, la déraison de cette chanoinesse que Madame a voulu placer à la tête des jaunes semble un cadeau merveilleux.

87

À plaisir, la vieille religieuse observe l'effet jubilatoire de ce discours, les rires qui courent de table en table, tandis que les élèves presque scandalisées se figurent en pouffant les destins que la lectrice leur a soudain ouverts : « Vous voyez-vous en commissaire de police, mademoiselle ? Et avocat plaidant dans un palais de justice ? »

En ce matin d'hiver, près du feu qui réchauffe la vaste salle de classe, Mme de Brinon pense voir ses désirs les plus chers se réaliser. Chaque jour, les récréations que dirige la chanoinesse de La Maisonfort regorgent ainsi de surprises, de matières inouïes : hier, elle expliquait les divinités grecques et romaines ; avant-hier, elle donnait à lire les *Conversations* écrites par Mlle de Scudéry, prisées entre toutes par la vieille religieuse.

Celle-ci n'aurait jamais pu imaginer que Mme de Maintenon introduise en la Maison une maîtresse qui comble autant ses vœux. Depuis son arrivée, le vent fou de l'Éducation que la supérieure de Saint-Cyr souhaitait si fort voir souffler sur l'institut semble enfin s'être levé.

Car cette jeune chanoinesse est un grand esprit. Elle a acquis, par elle-même, des connaissances que seuls pourraient lui envier les élèves des Jésuites ou des petites écoles (aujourd'hui dissoutes) de Port-Royal. Sylvine de La Maisonfort sait le latin mais aussi le grec et des langues étrangères, si bien que Madame a déjà dû intervenir pour limiter son enseignement.

Quel phare pour éclairer des adolescentes ! Avec bonheur, Marie de Brinon voit ses jaunes, ses chères jaunes – c'est-à-dire les pensionnaires entre quatorze et dix-sept ans –, guidées, à l'âge peut-être le plus important de leur formation, par une femme d'une exceptionnelle qualité !

Dans un instant d'allégresse, la supérieure promène son regard sur l'assistance, permet à son vieux cœur le régal d'une symphonie de tons chamois. Car chacune des salles de Saint-Cyr abonde de marques vives qui reproduisent la couleur distinctive des demoiselles : les tapisseries, les rubans qui suspendent les cartes de la terre, les tentures, tout concourt à faire de l'institut une toile en quatre teintes fondamentales : safran, émeraude, azur ou vermillon. Mais, sans conteste, au milieu de ce parterre jonquille, l'Ursuline se réjouit le plus. À ses yeux, l'enseignement des petites rouges et vertes – savoir lire, compter, découvrir l'histoire et la géographie –, tout cela n'est que préparation, base pour accéder enfin aux vraies beautés du savoir. Au sortir des deux premières classes seulement, les élèves peuvent découvrir l'or véritable, l'or de la connaissance dont leur nouvel uniforme, au fond, porte le symbole. La musique et la danse, la langue française dans sa perfection, la rédaction de petites pièces de leur composition, il ne pourrait, selon la vieille religieuse, se concevoir de programme plus séduisant que celui des jaunes ; plus propre à éclore leurs dons, leurs personnalités. À dix-sept ans, lorsque les jeunes filles deviendront bleues, leur départ de l'établissement sera proche et Mme de Maintenon a estimé avec raison que leur instruction devait en priorité traiter de morale, afin que la piété d'une pensionnaire de Saint-Cyr fût dûment attestée dans le monde. Mais tant qu'elles sont jaunes…

Il semble à Marie de Brinon que les trois années sous le ruban doré forment un moment de grâce pur dans l'éducation d'une demoiselle, le temps privilégié

89

pour s'épanouir, pour porter, sans songer à l'avenir, ses qualités jusqu'à la perfection.

Devant la supérieure, une pensionnaire fraîche issue de la classe verte, de celles qui viennent d'entrer dans leur quatorzième année – Anne de La Haye –, interroge sa voisine Mlle de Glapion. Mme de Brinon, alors, surprend cette réponse :

« Demandez-le à haute voix… Mais si, c'est la question que nous nous posons toutes… Allez, n'attendez pas… »

Ravie, elle observe la petite Normande qui, poussée par sa compagne, lève le doigt pour consulter l'assemblée des femmes. Ces deux élèves, spécialement, réjouissent le cœur de la supérieure. Malgré la vigilance avec laquelle Madame demande qu'on prévienne les amitiés particulières, nulle ne voudrait blâmer le lien établi entre Glapion et La Haye. Car Madeleine est pour sa condisciple comme un autre professeur. Elle s'attache de toutes ses forces à combler le retard que son amie d'enfance – presque illettrée – a montré à son entrée dans la fondation.

Mme de La Maisonfort demande le silence à la classe pour que chacune profite de l'intervention, et Marie de Brinon, s'enfonçant davantage dans son fauteuil, savoure cette minute.

La règle de Saint-Cyr, approuvée par Mme de Maintenon, veut que lors des temps de repos on débatte des sujets les plus divers en parfaite licence. Lorsque la communauté est réunie, élèves ou Dames ont la possibilité à leur gré de répondre aux questions posées à l'assemblée. Sans aucun souci de hiérarchie, pour se persuader que l'on peut apprendre de chacune ; de la bouche d'une rouge de sept ans comme de celle d'une bleue, aussi bien que des maîtresses.

Dans ces expérimentations d'un mode d'enseignement inusité, Mme de Brinon, triomphante, se dit chaque fois que leur institut est en train d'inventer, d'établir des principes d'éducation qui, peut-être, feront date. Après seulement un an et demi d'existence, comme la fondation semble porteuse de succès !

Gauche, Anne de La Haye tente d'exprimer le fond de sa pensée et la supérieure, souriant par-devers elle, juge cet effort méritoire. Pour bon nombre des provinciales dont l'accent prête à sourire, les prises de parole publique constituent un des plus difficiles exercices de Saint-Cyr. La vieille Ursuline sait que Mlle de La Haye s'efforce à grand-peine de calquer le parler châtié de ses camarades élevées à Noisy. En ces jours de carnaval où le théâtre est de saison pendant les récréations, Anne a sollicité un rôle dans une des tragédies écrites par Marie de Brinon, afin – elle l'a expliqué à sa maîtresse – «de saisir l'occasion de corriger son langage».

Le ton mal assuré, la petite Normande interroge, devant toute la communauté, leur nouvelle maîtresse.

«Madame la Chanoinesse, est-ce que ceci est entièrement bouffon ? C'est-à-dire, je ne comprends pas… Faut-il seulement rire en pensant que des femmes exerceraient ces emplois ou bien… y a-t-il là quelque sérieux ?»

Dans le silence qui accueille l'interrogation, Sylvine de La Maisonfort demande à son tour, portant à son comble la rougeur de l'élève :

«Qu'en pensez-vous, La Haye ?»

Une seconde, la demoiselle – encore bien farouche, peu adaptée aux mœurs courtoises des enfants de Saint-Cyr – jette un regard furieux à sa voisine – message explicite : « Dans quel traquenard m'as-tu envoyée me fourrer ? »

En guise de réponse, Glapion l'encourage à poursuivre d'un air toujours plus persuasif. La voix rauque de La Haye énonce alors, très vite, à la manière d'un supplicié qui voudrait achever brutalement sa torture :

« Il me semble… enfin, je ne sais pas mais… que tout cela n'est peut-être pas si ridicule que ça en a l'air à première vue ! »

Bien sûr, parmi les rangs des jaunes, quelques railleuses ricanent, mais le regard doux que Mme de La Maisonfort pose à ce moment sur La Haye devrait la rassurer. Bien loin de penser qu'elle vient de dire une énormité, la chanoinesse, chaleureuse, acquiesce, et son ton semble être une caresse passée sur le visage de la questionneuse.

« Eh bien, La Haye, je suis du même avis que vous… »

La maîtresse des jaunes hésite un instant, de peur de trop ouvrir son cœur, mais elle prononce pourtant, dans un souffle :

« Beaucoup de Dames ici en sont la preuve… »

Ces mots, à peine audibles pourtant, chavirent aussitôt l'auditoire. La plupart des maîtresses ont baissé la tête, craignant de montrer une satisfaction malvenue devant un compliment. Mais toutes travaillent si dur pour gouverner leur Maison, seules, sans l'aide d'aucun homme, que cet hommage rendu à leurs efforts par la plus estimée des enseignantes de Saint-Cyr est propre à les bouleverser.

À présent, Anne s'est rassise près de Glapion qui la couve des yeux avec fierté. Car, même parmi les plus jeunes filles, les moqueries, soudain, ont fait place à des spéculations, des « pourquoi pas ? » jamais envisagés jusqu'alors. Voilà bien la marque des conférences de la chanoinesse ; des idées qui semblent d'abord vous mettre la tête à l'envers et qu'ensuite on ne peut plus oublier.

Mme de Brinon, elle, a laissé libre cours à son plaisir, persuadée que leur institut accrédite la conférence fantaisiste de ce matin. La fierté grise peut-être la mère supérieure car elle se voit soudain elle-même comme l'application directe des dires de Sylvine de La Maisonfort. Ces derniers temps, chaque fois que Marie de Brinon prêche les Dames dans la chapelle de Saint-Louis, une assemblée – venue du palais même – se tient derrière la grille pour l'écouter. Tous les jours, de nouveaux courtisans lui font l'éloge de ses oraisons, l'appellent un autre Bourdaloue ou un Le Tourneux – ces prédicateurs dont les fidèles, lorsqu'ils montaient en chaire, «craignaient qu'ils n'en sortent»… De tels satisfecit ne prouvent-ils pas qu'elle est devenue une véritable ministre-femme, l'égale des plus grands !

«Peut-on savoir, madame la chanoinesse, d'où vous tirez ces propos si originaux ? Sont-ils de votre fait ?»

La froideur du ton sort aussitôt la supérieure de son orgueilleuse rêverie. Près d'elle, les demoiselles Glapion et La Haye ont échangé un regard alarmé, envie immédiate de partager la même réflexion ; la colère manifeste, palpable presque, que l'on croit ressentir dans la personne de Mme du Pérou.

La Dame de Saint-Louis paraît pourtant lutter pour garder une attitude courtoise. Mais son corps tendu, muscles tétanisés, montre assez combien les libres propos de ce matin la choquent ; debout pour prendre la parole, elle semble vouloir s'opposer en rempart vivant aux folies de l'assemblée. Par malheur, l'éloquence n'est pas le fort de Catherine Travers du Pérou et l'indignation la fait bégayer, impuissante :

« Car je croyais… moi… enfin, MADAME nous a quelquefois dit qu'une femme, même savante, ne savait jamais qu'à demi… »

Aussitôt Mme de Brinon exhorte du regard La Maisonfort – son champion – à entrer en lice pour ce tournoi d'idées ! Transportée, l'Ursuline se croit, sans doute, dans les salons de la moitié du siècle, quand des cercles savants mettaient en question les règles de l'amour ou rivalisaient par épigrammes. Ce que, dans sa jeunesse, Marie de Brinon idéalisait comme un monde hors d'atteinte. Quels anciens jardins secrets la fondation royale ne lui permet-elle pas d'explorer ! Il semble souvent à la religieuse que le bonheur inespéré dans lequel se déroulent ses derniers jours tient du miracle – le miracle même qui a porté Françoise d'Aubigné au comble de la faveur. Entraînée dans ce sillage vertigineux, la vieille nonne reçoit dorénavant, chaque jour, des visites des ministres, car Sa Majesté, depuis sa guérison, proclame partout son enchantement de la Maison et de sa supérieure. Des félicitations bien douces pour une œuvre si agréable à diriger, grâce à laquelle Marie de Brinon pense avoir atteint, à la fin de sa vie, les plus hauts degrés de l'échelle sociale.

Amusée, Mme de La Maisonfort paraît d'avance avoir balayé, d'un seul revers de main, l'argumentation de Catherine de Pérou. (Entre elles, certaines jaunes se font parfois la réflexion que leur maîtresse déplace un air d'une composition chimique particulière, faite d'un gaz entièrement léger et euphorisant.)

« Voyons, chère madame du Pérou, vous connaissez mieux que moi Mme de Maintenon… Par modestie, elle préférera toujours laisser croire qu'elle en sait moitié moins qu'un homme, même quand celui-ci ne lui arrive pas à la cheville. Quant au texte d'aujourd'hui, rassurez-vous, je n'en suis pas l'auteur. Il est tiré du livre de M. Poulain de La Barre qui s'appelle *De l'égalité des sexes*, et c'est M. Fénelon qui me l'a offert, car il a trouvé cette lecture fort profitable pour écrire son *Traité de l'Éducation des filles*. »

Aucune des demoiselles présentes, bien sûr, n'ose murmurer le moindre commentaire, mais Catherine du Pérou sait que toutes en cet instant ont l'impression de la voir rouler dans la poussière, toucher le sol des deux épaules, écrasée par son adversaire. Comment peut-elle éviter le ridicule, quand Mme de La Maisonfort a des fréquentations si confondantes ? Car la chanoinesse – Madame l'a voulu ainsi – n'est pas soumise à la clôture, ni d'ailleurs à aucune des règles des Dames de Saint-Louis. Elle est ici libre et autonome, et va deux fois la semaine visiter la marquise à Versailles. Il lui est facile de briller face à Catherine, cloîtrée, ses journées consacrées aux humbles novices de Saint-Cyr dont elle dirige les épreuves. Ravalant sa rage, Mme du Pérou demande à Marie de Brinon l'autorisation de se retirer avant la fin de la récréation. Ne pas vivre une nouvelle fois l'habituel triomphe modeste de la maîtresse des jaunes !

Le givre des allées vient à point nommé adoucir la sensation de honte qui cuit encore les joues de Catherine. À grandes bouffées, elle s'efforce d'avaler l'air de février pour qu'il emplisse de glace sa poitrine.

Quel bonheur pour notre Maison que la chanoinesse de La Maisonfort ! Elle est plus dévote, plus abstraite, plus aimable et plus étourdie que jamais.

Pourquoi ces petites phrases dans la correspondance de Mme de Maintenon tournent-elles ensuite si longtemps dans la pauvre tête de Du Pérou ? Il semble que les défauts mêmes de la maîtresse des jaunes ravissent l'Institutrice de Saint-Cyr !

À cette pensée, la vision de l'assemblée autour de la conférencière remonte comme un flot de sang au cerveau de Catherine : l'air conquis des Dames, l'admiration des élèves, de Glapion ! Jusqu'ici, la maîtresse des novices se réjouissait tant des progrès de cette petite… La venue de son amie d'enfance et le bonheur qui en découlait avaient littéralement fait s'envoler l'élève. Transformée, l'intelligente pensionnaire de Noisy au caractère ombrageux, devenue une sorte de demoiselle radieuse, attentive aux autres, la « perle de Saint-Cyr » vantée dans ses lettres par Mme de Maintenon. L'amitié de Madeleine pour La Haye, bien loin des premières peurs de Catherine, lui était une source vive de satisfaction ; car Glapion, à plusieurs reprises, avait exprimé à Mme du Pérou combien elle lui en était redevable. Mais, aujourd'hui, la Dame de Saint-Louis se sent incapable de suivre l'évolution d'une jaune influencée, modelée par une Mme de La Maisonfort.

Désemparée, Catherine promène son regard autour d'elle, cherche à puiser des forces dans la contemplation de leur institut. Comme il est beau, pourtant, son Saint-Cyr ! Tapissé de blanc, depuis la flèche enneigée de leur église jusqu'à la colline à perte de vue. Face à elle, des milliers de troncs dénudés surplombent le val de Gally.

Que d'amour elle pense ressentir pour leur Maison. Mélange de détresse et de froidure hivernale, la jeune femme sent une larme rouler sur sa joue et il lui semble alors, de bonne foi, que la jalousie n'y est pour aucune part. Elle pleure sur Saint-Cyr en ce moment, sur le rêve qu'elle avait conçu, humblement, de cette fondation. Jamais elle n'aurait pu croire que Madame voie avec tant de plaisir une éducation mondaine donnée aux demoiselles – ces divertissements d'esprits forts qui la laissent, elle, ainsi que la plupart des Dames de Saint-Louis, définitivement en arrière.

Aussi vite que le lui permet son corps perclus de douleurs, l'abbé Gobelin a traversé la cour du Dehors pour rejoindre l'église de Saint-Candide, seul point de rencontre des prêtres attachés à la Maison et des jeunes femmes qu'ils guident. Machinalement, le supérieur ecclésiastique de Saint-Cyr se dirige vers les confessionnaux attenants à la grille du chœur. Il pousse l'un après l'autre les rideaux de serge verte qui isolent les pénitentes, sans pourtant apercevoir âme qui vive.

Allons bon, que se passe-t-il encore ? Du Pérou aurait-elle fui avant son arrivée ? En plein déjeuner, Mme de Brinon a fait avertir le vieux prêtre que Catherine demandait à le voir ; des circonstances particulières justifiaient cette prière de confession extraordinaire car la jeune femme, dès le matin, avait déserté son poste auprès des novices. Exténué à l'avance, l'abbé soupire à l'idée des affres que sont capables de s'infliger de jeunes idéalistes. Dans quelle épuisante fin de vie Françoise d'Aubigné ne l'aura-t-elle pas conduit ? Entrer dans les arcanes des âmes des filles de la Maison, de leurs maîtresses, voilà, en plus de la direction spirituelle de la marquise, de quoi précipiter le trépas d'un pauvre pasteur.

L'abbé, par réflexe, a tourné son regard vers le ciel, témoin suprême de ses peines, et découvre alors, sous un vitrail, la silhouette de Mme du Pérou, serrée contre la pierre, agenouillée dans le rai de lumière. Soulagé, François Gobelin s'aperçoit que la jeune femme n'est pas en train de s'imposer quelque macération. Elle tient seulement dans la lueur des papiers dont la lecture l'absorbe au point qu'elle n'a pas entendu l'entrée du prêtre dans la chapelle.

« Que lisez-vous, du Pérou ? Apportez-moi cela. »

Catherine sursaute mais vient sans trouble à la grille du chœur remettre sa missive au supérieur. Une dizaine de pages dont l'abbé, derrière ses besicles, reconnaît aussitôt la fine écriture :

Dieu ayant voulu se servir de moi pour contribuer à l'établissement de Saint-Cyr, je crois devoir vous communiquer ce que mon expérience m'a appris sur les moyens de donner aux demoiselles une bonne éducation ; cette tâche, assurément, est l'une des plus grandes austérités que l'on puisse pratiquer puisque toutes les autres permettent de temps en temps quelque relâche tandis que, dans l'instruction des enfants, il faut y employer toute sa vie...

Depuis la conférence de ce matin, Catherine, isolée dans la chapelle, cherche un refuge dans ces mots sus comme un credo. Dès que le prêtre relève les yeux vers elle, la jeune femme, aussitôt, débonde son cœur, en pleine église, sans prendre le temps de gagner le confessionnal :

« Connaissez-vous cette lettre, mon Père ? Madame l'a écrite aux premières Dames de Saint-Louis le soir même de notre installation ici. Je ne sais si les autres maîtresses comme moi y ont été sensibles, mais moi, j'ai lu et relu chacune de ses phrases, le cœur aux cent coups, car j'avais l'impression de partager au plus fort le désir de Madame et j'aurais voulu m'en montrer digne. Ces pages, depuis lors, ne m'ont jamais quittée et j'en ai fait mon bréviaire. »

François Gobelin, sans rien dire, soutient ce visage emporté autant par la détresse que par la ferveur. Pour mieux comprendre ou peut-être pour gagner du temps, il reprend sa lecture, impassible :

> *Quand on veut seulement orner la mémoire des enfants, il suffit de les instruire quelques heures par jour, et ce serait une grande imprudence de les accabler plus longtemps ; mais quand on veut former leur raison, exciter leur cœur, élever leur esprit, détruire leurs mauvaises inclinations, en un mot, leur faire connaître et aimer la vertu, on a toujours à travailler. On leur est aussi nécessaire dans les divertissements que dans les leçons, et on ne les quitte jamais qu'ils n'en reçoivent quelque dommage.*
>
> *Dans cet emploi plus que dans aucun autre, il est besoin de s'oublier entièrement soi-même ou au moins, si l'on s'y propose quelque gloire, il n'en faut attendre qu'après le succès, et cependant se servir des moyens les plus simples pour y parvenir. Quand je dis qu'il faut s'oublier soi-même, c'est qu'il ne faut songer qu'à se faire entendre et persuader ; il faut abandonner l'éloquence, qui pourrait attirer l'admiration des auditeurs ; il faut badiner avec les enfants dans de certaines occasions et s'en faire aimer pour acquérir sur eux un pouvoir dont ils puissent profiter. Mais il ne faut pas se méprendre aux moyens de se faire aimer ; il n'y a que les moyens raisonnables qui réussissent, et les intentions droites uniquement attirent la bénédiction de Dieu.*

Le seul moyen pour se faire estimer des enfants est de ne leur point montrer de défauts, car on ne saurait croire combien ils sont éclairés pour les démêler ; cette étude de leur paraître parfaite est d'une grande utilité pour soi-même. Il ne faut jamais les gronder par humeur, ni leur donner lieu de croire qu'il y a des temps plus favorables les uns que les autres pour obtenir ce qu'ils désirent. Il faut caresser les bons naturels, être sévère avec les mauvais, mais jamais rude avec aucun.

À voir seulement l'abbé tourner les pages, Mme du Pérou sait exactement quelles sont les phrases qu'il déchiffre tant il est vrai qu'elle connaît cette lettre par cœur. Arrivée au passage qu'elle préfère entre tous, où Madame recommande d'*épuiser* la douceur avant d'employer la fermeté, la jeune femme, à voix basse, cherche l'assentiment du supérieur :

« Est-ce que vous ne trouvez pas, vous aussi, cette lettre admirable ? Madame y montre une telle perspicacité, une telle intelligence du comportement des enfants… J'y ai vu ce premier soir la nouveauté et la beauté aussi, simple, tendre de l'éducation de Saint-Cyr. Est-ce que j'avais tort ? »

Le visage que Catherine entr'aperçoit à travers la grille ne semble pas marquer beaucoup de compréhension. D'une voix impatiente qui semble signifier : « Au fait ! », le supérieur de Saint-Cyr lui demande :

« Pourquoi auriez-vous tort ? Qu'est-ce qui vous tracasse, du Pérou ?

– Mais est-ce que notre fondation, aujourd'hui, ressemble encore à cet idéal ? »

Il semble alors à Catherine que tout son corps se lézarde, crève enfin de ce qu'elle tient secret. Pourquoi aurait-elle tort d'opposer la lettre de Mme de Maintenon au programme quotidien de l'école ? Mais parce qu'il lui paraît clair que Madame exige d'elles un sacerdoce d'humilité afin que les élèves soient portées à la vertu, et non transformées en singes savants, qui éblouissent les courtisans lors de leurs visites à l'institut. « Abandonner l'éloquence », « N'employer que des moyens droits pour se faire aimer », cette définition peut-elle s'appliquer à Mme de La Maisonfort ? Comment les directeurs de la Maison se satisfont-ils du brio que Mme de Brinon s'évertue à donner aux demoiselles ?

Sans se soucier de mettre en cause leur supérieure, avec tous les risques que cela comporte, Mme du Pérou attaque, plaide, vitupère.

« Le soir, pour nos récréations, Mme de Brinon, toujours désireuse de nous instruire davantage, nous fait la lecture, ce qui lasse fort quelques-unes d'entre nous, qui aimeraient mieux causer, se promener ou s'amuser moins sérieusement. Cependant celles à qui ces lectures étaient ennuyeuses n'en ont rien dit pour être agréables à notre prieure et surtout parce que ses conférences nous contaient la vie des saints pères et des docteurs de l'Église. Mais voilà que le soir après souper, maintenant, notre supérieure nous dit les comédies de Molière. Je suis sotte, mon Père, mais ne trouvez-vous pas ces textes bien dangereux ? Des femmes volages, des servantes complices qui trompent leurs maîtres, je vous avoue que je sors de ces lectures terrifiée de voir les exemples qu'on nous donne… Est-ce que vous me désapprouvez ? »

L'abbé Gobelin, prudent, laisse sa réponse en suspens. S'il devait laisser parler son cœur, sans doute, le vieux ministre conforterait du Pérou. Lui-même se fait parfois la réflexion que Mme de Brinon dirige l'école en précieuse et que les récréations des jaunes, surtout, sont faites d'entretiens insensés : les faux dieux de l'Antiquité, les philosophes grecs… De véritables portes ouvertes à l'hérésie que certaines de ces instructions.

Pourtant le vieux prêtre, depuis longtemps, ne sait plus parler en son âme et conscience. Mme de Brinon est fort en grâce auprès du roi ! Chaque jour on voit dans la cour du Dehors des carrosses de ministres venus la visiter à Saint-Cyr. L'abbé, lui, ne se risquerait pas à parler contre une personne dont le crédit est manifeste. Aux jeux de la Cour, l'ecclésiastique a perdu confiance en lui-même, il ne parvient plus à donner le moindre conseil à Madame sans penser aux conséquences que ses paroles pourraient entraîner. Il lui semble parfois être tout à fait devenu comme M. Félix, le chirurgien de Sa Majesté, qui, l'année dernière, a opéré la fistule du monarque. Le médecin a conçu tant de crainte sur ce qui pourrait advenir de ses gestes qu'aujourd'hui, malgré la guérison du roi, son corps est pris d'un tremblement chronique.

M. Gobelin, de la même façon, a tari ses dernières forces à naviguer au milieu de personnages trop considérables pour lui. Que Saint-Cyr soit un refuge, un asile où il n'y ait aucun parti à prendre, voilà ce qu'il aurait souhaité. Au lieu de cela, la Maison est devenue la mode de Versailles, au point que tous les courtisans sollicitent de Madame l'honneur d'y être conduits. Mener de front la mondanité de cette école donnée en exemple à travers la France et les inquiétudes de ses pieuses maîtresses, ce sont des exercices d'équilibriste pour lesquels le ministre ne se sent plus aucun goût. Il ne lui reste comme recours perpétuel qu'à s'abriter derrière Mme de Maintenon :

« J'en aviserai Madame, du Pérou. Elle nous dira ses intentions. »

Mais le nom de la marquise, bien loin d'apaiser la Dame de Saint-Louis, la dresse un peu plus face au prêtre. Accrochant la grille des deux mains, Catherine questionne comme une demande essentielle pour elle :

« Mais se peut-il qu'elle soit tout à fait satisfaite du tour que prend la Maison ? »

Malgré le froid, l'abbé éponge son front. S'il faut se mêler de savoir ce que pense Mme de Maintenon ! En plus de vingt-cinq ans de direction, François Gobelin n'en est toujours pas capable. Aujourd'hui moins que jamais, car la marquise l'estime incompétent, à présent, pour assumer sa conduite spirituelle, le vieil abbé l'a compris. Madame, par désir de l'épargner, feint de s'en remettre toujours à lui, mais, à la vérité, elle attend sa mort pour nommer officiellement ou M. Fénelon ou les autres guides religieux qu'elle consulte…

Dans les ultimes, les rares confidences de la marquise, l'ecclésiastique, en effet, croit parfois percevoir l'impatience de sa pénitente contre la supérieure de Saint-Cyr… Mais qui pourrait l'affirmer quand on voit tous les jours la « presque reine » de France laisser le pas à l'église à Mme de Brinon, lui manifester sans cesse douceurs et bienfaits… Que dire à une jeune fille pétrie de bonne volonté sinon que la faveur, la bienveillance ou le déplaisir que les puissants montrent à leurs proches procèdent d'un ordre auquel les humbles ne peuvent rien comprendre.

Pourtant, la Dame de Saint-Louis semble prendre tellement à cœur les desseins de leur directrice, que l'abbé, néanmoins, s'efforce de lui répondre :

« Avec ma meilleure volonté, du Pérou, je ne pourrais pas vous le dire absolument. Il se peut aussi bien que des choses ici mécontentent Mme de Maintenon sans qu'on s'en doute. La marquise, vous le savez bien, est d'un caractère très retenu à faire connaître ce qui ne lui plaît pas, et il faut presque toujours le deviner.

– Mais est-il vrai, comme nous l'assène Mme de Brinon, que Madame, dans sa jeunesse, fréquentait les salons, que Mlle de Scudéry a fait son portrait ? Tout ce dont notre supérieure se délecte pour dire qu'une jeune personne éclairée comme Mme de La Maisonfort est son idéal de guide pour Saint-Cyr… »

À présent, M. Gobelin discerne mieux le trouble de la maîtresse des novices. Quelle différence en effet la marquise n'a-t-elle pas fait apparaître en introduisant dans sa Maison une enseignante aussi originale que la chanoinesse ? Pauvres Dames de Saint-Louis qui, après une année entière d'épreuves du noviciat, voient leur institutrice s'enticher d'une jeune femme qu'elle place tout à trac à leur tête. Pourtant le ministre ne souhaite pas mentir à du Pérou. Si les préférences de sa bienaimée bienfaitrice écorchent Catherine, son rôle de prêtre ne consiste pas à les nier. Sans souci d'épargner son interlocutrice, l'abbé ouvre alors un pan de sa mémoire :

« Oui, du Pérou… Je ne peux vous dire autre chose que cela. Il est vrai que lorsque j'ai connu Mme de Maintenon, elle était veuve d'un grand écrivain français qui l'avait introduite dans les meilleurs cercles. Il est vrai qu'elle était l'une des figures de l'hôtel d'Albret et de Richelieu. Vrai aussi qu'elle a composé des madrigaux et des jeux d'esprit qui sont restés célèbres. Vrai qu'elle est soucieuse d'établir la piété ici mais que les talents de Mme de La Maisonfort lui ont paru appropriés et lui plaisent. Voilà mes lumières et je vous demande maintenant de retourner dans la maison, sans plus songer à cela et sans vous attrister. »

Le ton comminatoire du supérieur glace Catherine au plus profond mais fouette sa détermination. Ne pas montrer sa tristesse, en effet, voilà un ordre qu'elle entend. Ne montrer à personne à quel point la vision nouvelle de Madame qui lui a été révélée ces derniers temps l'anéantit. Sans doute Françoise d'Aubigné, marquise de Maintenon, est-elle un personnage trop complexe, aux facettes trop multiples, une énigme en un mot pour que Catherine puisse reporter sur elle, en aveugle, son amour… La pauvre Dame de Saint-Louis est trop naïve. Qu'elle essaie comme auparavant de lui donner satisfaction en dirigeant au mieux les novices et qu'elle renonce à pénétrer son cœur.

Au moment même où du Pérou prononce cette résolution, tandis que l'abbé Gobelin pense déjà reprendre son déjeuner interrompu, la sous-prieure pénètre dans la chapelle pour annoncer l'arrivée de la marquise en la clôture. Rougissant plus qu'à son habitude, Mme de Loubert approche de Catherine et l'avertit qu'elle a un paquet à lui remettre de la part de Madame. À voir l'embarras de l'arrivante, François Gobelin, derrière la grille, devine à l'avance la scène qui va suivre. S'il s'agit de la raillerie dont Mme de Maintenon lui a révélé l'intention, celle-ci va fort mal tomber et l'abbé, compatissant, songe que du Pérou est tout de même peu payée de sa bonne volonté. Mais le vieux prêtre n'est pas arrivé à son âge sans savoir qu'il en est toujours ainsi. Trop d'empressement, d'amour manifesté se retourne toujours contre vous. Cette pensée peu chrétienne afflige assez le ministre pour qu'il veuille quitter la chapelle, sans voir Catherine s'engouffrer dans le piège tendu par la communauté. Une dernière curiosité pourtant l'arrête sur le seuil, comme un lâche désir d'assister – à distance – à la plaisanterie. Catherine Travers du Pérou s'est prosternée devant le saint sacrement : ainsi, chaque fois qu'elle reçoit une lettre de son institutrice, la maîtresse des novices prie le Saint-Esprit de lui accorder la grâce d'en profiter. Ce respect quelque peu ostentatoire pour les avis de la marquise est si souvent tourné en ridicule par les autres Dames, que Mme de Maintenon, un jour, en a eu connaissance. La compagne du roi est d'un caractère parfois inattendu ; l'idée de fustiger l'excès de zèle de Mme du Pérou lui a paru très amusante et le complot s'est mis en place.

Tandis que Catherine, à la fin de ses prières, ouvre le colis d'une main recueillie, Marie-Anne de Loubert et l'abbé Gobelin échangent de loin un regard gêné : eux deux savent que l'on rit déjà, en ce moment, du bon tour de la marquise. Mais pour la toujours confuse sous-prieure autant que pour le supérieur, la petite leçon donnée à Mme du Pérou ne semble pas tout à fait conforme à la charité pratiquée d'ordinaire par Madame. Devant l'abbé Gobelin, Mme de Maintenon, ravie, a qualifié d'innocente espièglerie ce qui soudain, aux yeux du prêtre, ressemble à un mauvais coup.

Maintenant Catherine a détaché la ficelle qui entoure son présent. Elle ôte le papier qui recouvre l'envoi. Ahurie, elle découvre bientôt que le paquet révéré ne comporte rien, que des emballages de papier ; tout au fond, enfin, elle aperçoit un mot de son institutrice – le message dont elle a demandé à Dieu qu'il lui permette d'en retirer la moelle, d'en saisir la grandeur. Se signant une dernière fois, elle approche le parchemin et lit :

Je souhaite que votre rhume passe. Ma santé est bonne.

Ont-elles déjà entendu auparavant le rire de Madame ?

Lorsque Marie-Anne de Loubert, de retour de la chapelle, rejoint la communauté, les demoiselles les plus proches entendent leur fondatrice questionner :

« Est-ce fait ? »

Au signe d'assentiment de la sous-prieure, Mme de Maintenon et les Dames de Saint-Louis donnent libre cours à leur amusement, provoquant la curiosité autant que la surprise des demoiselles.

Mais la marquise a tôt fait de s'apercevoir du regard fureteur des élèves et elle tempère l'hilarité générale, consciente de s'être un peu oubliée ; les plus malignes peuvent alors deviner que la moquerie touche une de leurs enseignantes, ce que Madame ne permet jamais devant les pensionnaires, car elle tient fort à la cohésion des adultes face aux demoiselles. Une des règles de l'institut recommande aux professes de ne jamais blâmer une fillette sortant d'une classe inférieure de ce qu'elle n'y aurait pas appris, car ce serait critiquer sa précédente éducatrice !

Comme bon nombre de ses compagnes, Madeleine de Glapion songe à cet instant que le doux grelot un peu fêlé qui a fusé de la marquise est une musique précieuse, dont l'écho presque jamais ne retentit à leurs oreilles. Non pas que leur institutrice montre généralement de la tristesse ; bien au contraire, elle marque à tout instant sa satisfaction d'être à Saint-Cyr où elle affirme à qui veut l'entendre qu'elle est plus à son aise qu'à Versailles. Mais le naturel retenu de Mme de Maintenon laisse peu de place à des débordements, et découvrir soudain les traces d'une excitation enfantine en leur bienfaitrice ravit les pensionnaires.

« Comme elle semble prendre de plaisir au milieu de nous ! » Glapion, une seconde, ne résiste pas à la fierté que lui procure cette réflexion. Peut-être est-ce là l'effet du carnaval, de ces jours de distribution qui transforment leur Maison en une foire bigarrée d'étoffes et d'accessoires. Quatre fois par an la communauté entière est ainsi rassemblée dans un réfectoire rempli d'étalages parmi lesquels chacune se sert à sa guise : gants, poudres, plumes, papiers à lettres, lacets, aiguilles, cordons ; ce qui s'use et peut venir à manquer est prodigué tout d'un coup aux premiers temps de chaque quartier. Encore une initiative d'organisation spéciale à Saint-Cyr – invention de leur double gouvernement. En laissant les pensionnaires disposer de façon autonome de leur nécessaire, Mmes de Maintenon et de Brinon pensent mieux éviter la malpropreté habituelle des couvents et aussi empêcher les demandes continuelles, pièce par pièce, de trois cents personnes.

L'œil à tout, attentive aux mille dangers que comporte l'éducation d'un si grand nombre d'enfants, voilà la manière dont Madame veille sur leurs jeunesses. En maman !

« La fin de Saint-Cyr est d'élever les demoiselles, non de les instruire, ce qui comprend tous les soins des parents envers leurs petits », ainsi la marquise instruit ses maîtresses à qui elle répète sans relâche cette seule consigne : « Soyez maternelles. » Épithète qui semble résumer le mélange d'exigence et de douceur que Françoise d'Aubigné juge indispensable au développement harmonieux d'une enfant.

Comment les Demoiselles, oubliées pour la plupart au milieu d'une trop nombreuse progéniture, pourraient-elles ne pas s'émouvoir de l'attention extrême qui leur est soudain portée ? Cette chaîne pyramidale de femmes veillant les unes sur les autres dont de Mme Maintenon est l'initiatrice, mère elle-même autant des deux cent cinquante demoiselles que des jeunes professes dont elle dit, souvent avec indulgence : « Ce sont des enfants. » Mère sévère, intraitable sur leurs progrès mais surtout passionnée, ne pouvant dans des jours comme ceux-ci refréner le bonheur que lui procure la seule familiarité de sa marmaille.

Tout à l'heure, alors qu'elles suivaient leurs préceptrices vers le réfectoire de la « grande distribution », la course des fillettes a soulevé la poussière des allées et maculé le beau manteau sombre de Madame. Une maîtresse s'en est offusquée et a prié les demoiselles de se tenir à distance. Mme de Maintenon a alors protesté qu'il y avait là peu de mal et déclaré :

« Ces pauvres enfants, j'aime jusqu'à leur poussière ! »

D'un ton si chaleureux que Mme du Pérou voudra encore en témoigner, vingt ans plus tard, dans leur Registre : « Nous fûmes pénétrées de la manière tendre dont elle prononça ses paroles et nous en pensâmes pleurer. » Madeleine, la première, bouleversée, a pensé entendre une parole qui venait directement – comme jamais de Thérèse de Glapion des Routis – d'un cœur de mère.

Tandis qu'elle passe près du comptoir où sont empilées les feuilles de vélin, la marquise engage les fillettes à se servir largement et se souvient soudain qu'elle n'a pas encore annoncé sa décision :

« Mesdemoiselles, écoutez-moi. Vous savez que je reçois chaque jour des lettres de vos maîtresses et que je leur réponds de même. Eh bien, je vous engage, vous aussi dès aujourd'hui, toutes classes confondues, à me confier vos chagrins, vos doutes, vos espérances, car je me suis avisée que les lettres que vous adressez à vos proches ne sont en général guère bien faites. Ainsi, par mes réponses, vous aurez l'occasion de mieux voir vos fautes, soit pour le style, soit pour l'orthographe… »

Aussitôt la salle entière bruit de la superbe qu'ouvre cette perspective pour des jeunes filles : une correspondance particulière avec Françoise d'Aubigné, marquise de Maintenon ! Marie de Brinon, qui exprime sa surprise à Madame, avive encore davantage le plaisir des demoiselles : « Qu'au milieu de la Cour, vous trouviez le temps de répondre à ces courriers, en plus de vos épîtres quotidiennes à nos Dames, c'est à peine croyable ! »

À peine croyable, la pensée en écho frappe de plein fouet Anne de La Haye. Griffer bientôt une missive de l'en-tête familière : « Madame », « Chère Madame » ; ouvrir en retour un pli en provenance de Versailles qui s'attache à résoudre vos peines, vos problèmes, est-ce qu'autour d'elle ses compagnes ont conscience de l'étendue de leurs privilèges ?

Anne, elle, ne veut pas s'habituer. À chacune des faveurs manifestes de leur directrice, lorsqu'elle voit la marquise dans leur pensionnat depuis six heures du matin assister à leur lever, goûter en cuisine la soupe du dîner, La Haye, décidée à rester plus lucide qu'aucune de ses camarades, n'oublie jamais que ces bienveillances, de la part d'une femme d'un si haut rang, ressemblent à de pures folies. «J'aurais beau frotter le plancher de la maison, aller quérir du bois ou laver la vaisselle des demoiselles, je ne m'en sentirais pas rabaissée ni moins heureuse », Mme de La Maisonfort, un jour, en classe, leur a rapporté les paroles extravagantes de leur fondatrice et Anne, instinctivement, d'un geste irraisonné, a agrippé son pupitre. Sorte de tentative absurde pour résister au vertige que provoquent des déclarations d'amour faites par une dame révérée. Tandis que Glapion, près d'elle, paraît la demoiselle la plus heureuse de tout Saint-Cyr, profite de chaque journée comme d'une bénédiction, La Haye ne peut oublier d'où elle vient et où elle sait qu'un jour elle retournera.

Sans doute – elle s'en fait souvent le reproche – restera-t-elle toujours une paysanne indécrottable, car l'euphorie qui préside à leur gouvernement, cette hotte de surprises déployées à l'infini l'embarrasse autant qu'elles enchantent Madeleine.

Parmi les rangs des jaunes, leur maîtresse attise la flamme de la satisfaction et glisse subrepticement :

«Quelle chance, mesdemoiselles, d'apprendre l'art épistolaire avec une pareille enseignante. Vous verrez comme le style de la marquise est beau, aisé. »

Pur réflexe, Anne aussitôt baisse la tête, inquiète déjà de la maladresse de ses tournures de phrase à une telle destinatrice.

«Mais un style simple, n'est-ce pas, madame la Chanoinesse ? Il me semble que c'est le naturel que Mme de Maintenon nous demande, que c'est cela qu'elle appelle bien écrire. »

Les yeux rivés au sol, Mlle de La Haye ne peut plus réprimer le sourire venu mordre ses lèvres, Glapion lui est si transparente ! Il est clair que, seule, le souci de bien s'exprimer n'effleurerait pas Madeleine tant elle y a d'aisance. Son intervention auprès de Mme de La Maisonfort n'a d'autre but que de rassurer sa compagne d'enfance. Anne, reconnaissante, a déjà de nombreuses fois expérimenté la clairvoyance de son amie devant ses pensées. La prendre dans son bonheur du quotidien, après l'avoir attirée à Saint-Cyr, voilà à quoi s'attelle Mlle de Glapion.

Le «naturel» demandé par Madame, prôné ici comme vertu essentielle, est son thème favori, propre selon elle à dissiper les tracas de la petite Normande.

Renchérissant sur Glapion, Sylvine de La Maisonfort conforte son auditoire. Elle explique qu'il faudra écrire à Madame innocemment ce que l'on pense et Madeleine, ravie, guette l'effet de ces paroles sur Anne. Ne pas se flatter à l'excès de leurs faveurs mais non pas à l'inverse les craindre, prendre cela comme ça vient, comme c'est donné, d'un bon cœur… Ces consignes sentent trop leur pompeux pour que Mlle de Glapion des Routis en assomme sa camarade bien-aimée, aussi se tient-elle aux côtés de La Haye, respectueuse de cette gravité troublante chez une si jeune personne ; pour rien au monde elle ne désirerait changer Anne, mais seulement la voir s'abandonner entre les mains de leurs directrices, certaine que les traces de sa misère passée forment une page tournée, oubliée.

Parmi les rangs des jaunes, une nouvelle venue, ébahie, scrute ses futures condisciples. Elle aussi revient sans cesse aux deux Normandes, sûre de voir en elles les deux personnalités les plus attirantes de sa classe. La dernière arrivée pressent qu'auprès de ces deux élèves plus vite qu'avec quiconque elle pourra prendre la mesure de cette Maison confondante, trop différente de son couvent du Berry. La jeune demoiselle, en effet, débarque de la congrégation de Poussay dont sa sœur Sylvine, parce qu'elle gérait le maigre revenu octroyé par leur père, avait été nommée chanoinesse.

C'est pour cette petite Victoire, pour plaider son admission à Saint-Cyr, que l'aînée des Maisonfort, un jour, a entrepris le voyage jusqu'à la capitale. La cadette, elle, confinée dans son cloître, guettait les nouvelles qui de jour en jour dépassaient ses espérances : Mme de Maintenon accordait une audience à Sylvine. La venue de Victoire à Saint-Cyr n'était plus qu'une question de semaines.

La marquise, de mieux en mieux disposée vis-à-vis de la chanoinesse, la gardait près d'elle au palais. Enfin, Sylvine délaissait définitivement leur Berry pour enseigner dans la Maison royale où elle attendait sa jeune sœur.

En préparant le bagage de Victoire, la prieure du Poussay lui confia, d'un ton bizarrement ému : « Je savais qu'il ne pourrait en être autrement quand j'ai vu la chanoinesse prendre la route de Versaille. Sa destinée, où qu'elle aille, est d'être toujours aimée. » Victoire n'avait alors pu s'empêcher de penser que la supérieure proférait une sorte d'étrange malédiction.

La Sylvine qu'elle a retrouvée ce matin – quatre mois après leur séparation – lui a paru plus… aérienne que jamais, vouée tout entière à ses nouvelles fonctions. Tandis que *Mme de La Maisonfort* lui expliquait l'emploi du temps, les matières qu'ici elle avait loisir d'enseigner, Victoire songeait que sa sœur avait enfin trouvé l'occasion d'exercer ses talents. Les études auxquelles elle consacrait des journées entières à Poussay et qui, aux yeux du couvent, en faisaient une fantasque, nourrie de chimères, ici, au contraire, attiraient l'admiration universelle. Auprès de cela, Victoire pouvait s'imaginer que son arrivée ne pesait pas bien lourd. Cette sœur qu'il faudrait dorénavant vouvoyer et appeler madame lui contait comme une merveille l'organisation de leur fondation où toutes se prenaient en charge l'une l'autre : famille démesurément agrandie au milieu de laquelle Victoire ne comptait pas davantage que quiconque.

D'emblée, la maîtresse des jaunes confie l'arrivante aux soins des anciennes et la petite Maisonfort peut constater que sa parenté avec la chanoinesse attire au plus vif l'attention de certaines – d'une Picarde à l'accent fort reconnaissable, notamment : Mlle d'Ablancourt. Plutôt effrayée par ces marques d'intérêt, Victoire, elle, a envie de fuir. Elle sait trop bien le peu de points communs qu'elle partage avec sa sœur : parfois même, l'idée lui vient que Sylvine a reçu l'esprit dispensé par le ciel à leur famille et qu'il n'est rien resté pour elle.

Face à Charlotte d'Ablancourt qui, manifestement, veut expérimenter son brio, Victoire, mal à l'aise, plus timide que jamais, ne sait que dire. Son prénom si mal approprié, quand elle le décline, lui paraît sonner, dans ce nouveau cadre, comme une mauvaise plaisanterie… Et puis tant qu'à vivre sous la férule de compagnes-mentors, elle tourne son regard parmi les autres demoiselles, en quête de personnalités plus avenantes. Au fur et à mesure que la journée passe, dans un tintamarre d'étonnements, de confusions, le « couple » inséparable et insolite formé par Glapion et La Haye retient toujours son attention : la première, plus grande que les autres, bonne élève identifiable d'emblée à ses interventions, et pourtant inconsciente à ce qu'il paraît de ses qualités ; adolescente épargnée par les troubles de leur âge, les soulèvements du sang qui déchirent la peau, alourdissent le corps ou ternissent le regard des autres d'un voile buté de mal-être ; parée au contraire d'une séduction qui tient à la fois de l'enfance et de la femme déjà apparaissant. Malgré cela, rassurante, grâce à son intimité avec la seconde, elle, sauvage, toute d'une pièce, boule brune à la voix rauque, que Glapion paraît protéger, prête à se battre pour elle bec et ongles, tel un chevalier blond que d'ailleurs elle évoque.

Décidée à se rapprocher d'elles, Victoire de La Maisonfort à présent attend la première occasion.

Bouleversée, sa coiffe en bataille, la responsable de l'infirmerie, Mme de Buthéry, surgit alors au milieu du cercle des Dames et vient parler à l'oreille de la marquise. L'institutrice, aussitôt, impose silence à l'assemblée afin de révéler ce qu'elle a l'air de prendre pour une joyeuse nouvelle :

« Mes filles, écoutez toutes, un enfant vient de naître à la porte de notre maison. Une pauvre femme qui était grosse est venue demander la charité, et voilà qu'elle est soudain entrée dans les douleurs des couches. Mme de Buthéry est venue m'annoncer qu'elle vient de donner la vie à un petit garçon. »

Peut-on imaginer la secousse créée par de tels propos ? Au frisson émerveillé qui parcourt bien des échines se mêle l'effarement des petites qui jamais n'ont entendu ces choses énoncées avec une pareille liberté. Dans le regard qu'Anne échange avec Madeleine, le même souvenir, une seconde, resurgit et les ramène toutes deux à La Haye-Le-Comte : Thérèse de Glapion qui se disait malade alors qu'elle était à la vérité en train d'enfanter son fils.

Victoire de La Maisonfort, elle, si peu habituée, à Poussay, à cette crudité de paroles, contemple, horrifiée, leur institutrice et d'un geste instinctif se signe.

« Qu'y a-t-il, mademoiselle, et de quoi donc semblez-vous si choquée ? »

Tremblant des pieds à la tête, Victoire s'avise soudain que Mme de Maintenon l'interpelle, ELLE, après avoir surpris son geste. Trois cents paires d'yeux, alors, viennent la dévisager – terrifiant cauchemar ! Muette, paralysée, la petite Maisonfort ne parvient même pas à se figurer le courroux qu'elle vient de provoquer en Madame, une seule idée s'est fixée dans son cerveau tétanisé : la piètre idée que sont probablement en train de se faire d'elle les deux élèves qu'elle aurait voulu charmer.

Par bonheur, la marquise de Maintenon ne veut pas l'accabler. Toutes – sauf peut-être l'interrogée – s'aperçoivent que Madame feint plutôt la colère et cherche surtout le prétexte d'une instruction.

« Ne vous troublez pas tant, Maisonfort, et dites-moi pourquoi ces mots de grossesse et de couches vous effraient ? »

Une faible voix, à peine audible, répond alors, tout courage rassemblé :

« … on ne les nommait point dans le couvent d'où je sors… »

D'une espèce de rugissement rageur, Mme de Maintenon, aussitôt, ponctue l'intervention :

« Et voilà ce qui tourne en ridicule l'éducation des cloîtres ! Que voulait-on ? Que vous soyez plus prude que notre Seigneur Jésus-Christ qui évoque, lui, fort librement ces choses ! Il y a plus d'immodestie à ces façons-là qu'il n'y en a à parler de ce qui est innocent, et dont les livres de piété sont remplis ! »

Madame s'aperçoit sans doute qu'elle s'échauffe trop pour ces frêles natures car elle sourit bientôt, essayant la raillerie pour mieux être comprise :

« On m'a dit de même qu'une de nos petites rouges fut scandalisée au parloir de ce que son père avait parlé de sa culotte ! C'est un mot en usage ! Quelle finesse peut-on y entendre ? »

Pouffant, prêtes à exploser, Dames et demoiselles sont suspendues à ces lèvres moqueuses de comédienne qui joue la farce et cherche ouvertement leurs rires :

« Peut-être est-ce l'arrangement des lettres qui fait un mot grossier ? Et nous devrions sans doute avoir aussi de la peine à entendre les mots… curé… cupidité, curieux ? »

Radieuse, l'oratrice contemple le franc succès de sa repartie, la mer d'uniformes agitée par des rafales d'hilarité rougissante. La communauté, complexion embrasée, paraît s'offusquer et tout à la fois jubiler de cette franchise exigée d'elle, revendiquée par la plus haute autorité de la Maison. Il est bien vrai que Madame bannit l'hypocrisie de leurs manières. Elle veut que leur intelligence et leur piété soient développées sans affectation, sans mensonges.

Madeleine, ravie, s'égaye au son du rire d'Anne, libéré, un rire de la forêt de Conches, que Saint-Cyr semblait avoir étouffé.

Dans l'impertinence du badinage de Madame, Anne a retrouvé l'écho des railleries de son père… Cette incitation à la liberté de propos, cette ironie envers les bigoteries des religieuses, comme elle aimerait que Nicolas de La Haye en soit témoin ! Lui qui, à coup sûr, imagine qu'on transforme sa fille en guenon affectée.

Heureuse et en harmonie avec l'esprit de leur Maison, Anne croise à cet instant le regard effaré de la petite Maisonfort. Perdue, la sœur de la chanoinesse semble blessée presque par leurs rires, comme s'ils étaient dirigés contre elle. Attendrie, Mlle de La Haye croit voir son propre reflet à son entrée dans la maison, « nouvelle » passant par les mêmes étapes d'hébétement.

Tant d'idées fausses vous assaillent en arrivant dans cette singulière fondation. La conscience du rang de Madame, le fait de vivre à l'ombre du palais, aux marches de Versailles. Si quelques demoiselles en tirent vanité, La Haye sait bien qu'à l'inverse on peut en être terrorisée… Dans l'affolement de la petite Maisonfort, Anne projette soudain, rétrospectivement, ses effrois, et l'idée d'avoir, à son tour, quelqu'un à rassurer lui plaît – plus qu'elle n'aurait pu l'imaginer. Le pli de leur éducation conviviale est pris, sans doute, car Mlle de La Haye pense qu'il lui revient maintenant de dispenser à son tour ce que Madeleine, patiemment, s'est attachée à enfoncer dans son crâne.

De sorte que Victoire de La Maisonfort, désolée, voudrait rentrer sous terre, songe qu'elle s'est ridiculisée à jamais aux yeux de sa sœur, de ses compagnes, au moment précis où l'une d'entre elles se promet de la prendre sous son aile.

De nouveau, Mme de Maintenon frappe dans ses mains pour ramener l'attention sur elle, précipitant la fin de la collecte :

« Mesdemoiselles, compte tenu de la naissance imprévue qui vient consacrer notre Maison, il me semble que nous devrions tricoter, en hâte, la layette du nouveau-né… Allons, songeons au dénuement de cet innocent et mettons-nous à la tâche ! »

Embarrassée, Mme de Brinon rappelle à la marquise que les jaunes s'apprêtaient, « se faisaient une fête » de jouer pour leur bienfaitrice les tragédies qu'elle-même a composées. Devant la déception visible de la supérieure de Saint-Cyr, Madame assure que l'ouvrage ne durera pas longtemps, que le théâtre est seulement repoussé à la fin de l'après-midi.

Les maîtresses, s'inclinant, débarrassent les tables avec l'aide des sœurs converses et répartissent les enfants selon leurs groupes. Cette bonne action improvisée fait apparemment les délices du gynécée ; des plus vieilles aux petites, on évoque avec tendresse le bambin inconnu pour lequel Madame les transforme en fées-marraines. Quiconque assisterait à la scène songerait que cette fondation est régie par la plus grande fantaisie !

Le remue-ménage qui s'ensuit est l'exacte opportunité que guignait Anne de La Haye. Elle entraîne Madeleine par le bras afin de venir avec elle escorter la nouvelle. Tandis qu'on installe tables et bancs, qu'on partage les pelotes de laine, La Maisonfort, troublée, s'aperçoit que les deux demoiselles estimées se sont placées près d'elle – exprès peut-être ?

La communauté entière n'a plus qu'à imiter Madame qui, joyeusement, a chaussé ses besicles et manie ses aiguilles comme une bourgeoise à la tête d'une nombreuse famille. À ses côtés Mme de Brinon, moins à son aise, semble une bien plus grande dame de cour ; impatiente de faire entendre ses vers, ce tricot, de toute évidence, l'ennuie à périr.

Sans paraître s'en apercevoir, la Marquise, telle une ménagère heureuse de bavarder lorsque ses mains sont prises, laisse à voix haute vagabonder ses réflexions :

« Ah ! il me revient qu'aux récréations – c'est à vous

les vertes que je voulais le dire en particulier – bon nombre d'entre vous passez une partie du temps consacré aux divertissements à vous entendre sur le choix du jeu. Voilà bien des moments gâchés. En cas de dissentiment, c'est simple, il faut tirer au doigt mouillé ou que la pluralité des voix décide sans délai. »

À la table des jaunes, tandis que Madame devise ainsi, sans négliger aucun détail de leur intendance, Sylvine de La Maisonfort, rêveuse, observe la compagne du souverain.

« Voulez-vous que je vous amuse, mesdemoiselles, avec ce qui me traverse l'esprit. Je songe que cette Mme de Maintenon que vous voyez, heureuse, travailler au milieu de vous à l'habillement d'un vagabond est la même personne dans l'appartement de laquelle, au palais, se pressent les courtisans, des journées entières, dans l'espoir qu'elle favorisera leurs requêtes. »

L'ouïe aiguisée de la marquise a surpris sans doute cette confidence, car elle lève le nez de son travail pour toiser le groupe de la chanoinesse :

« Madame de La Maisonfort, sachez que les affaires que nous traitons à Versailles sont des bagatelles, celles de Saint-Cyr sont les plus importantes puisqu'elles tendent à établir le royaume de Dieu ! »

Devant un tel oracle, Victoire reste une seconde la bouche ouverte, comique image de la stupéfaction. Bon moyen pour La Haye de tenter de l'amuser en lui adressant pour la première fois la parole :

« Et vous n'êtes pas au bout de vos surprises ! »

La cadette des Maisonfort dévisage, confuse, cette voisine malicieuse et manifestement amicale. D'emblée, la jaune s'attaque à sa maladresse face à Madame, dont Victoire ressent encore la honte :

« Ne croyez pas que Mme de Maintenon vous cherchait querelle. Elle provoque toutes les occasions de nous parler des… choses de la vie, car c'est l'essentiel de ses entretiens, vous verrez. Ici, il n'y a pas de programmes établis à l'avance, c'est d'une question ou d'un exemple pratique qui vient au hasard du jour que naissent nos leçons. »

L'autre demoiselle alors, la fine et gracile Madeleine de Glapion, se penche à son tour sur elle – sur son sort ! – et vient lui expliquer :

« Ne vous troublez pas, on ne peut comprendre d'abord notre Maison ! On est au début comme devant un trésor de pirates, les poches trop petites pour s'emparer de tant de merveilles. »

Le délicat sourire de La Haye face à son amie Madeleine n'échappe pas à Victoire : bémol tendre, manière d'atténuer aux yeux de la nouvelle un enthousiasme qu'Anne respecte, sans le partager tout à fait. Glapion – Victoire s'en fait tout de suite la réflexion – ne cherche pas, pourtant, à faire de jolies phrases : sa conviction, sa sincérité à décrire leur fondation tel un jardin d'Éden sont absolues. Désireuse d'initier au plus vite l'arrivante, Madeleine, spontanément, vante l'organisation de leur Maison, « sans une seconde d'inactivité ». Elle s'amuse à marquer leur différence avec la vie conventuelle :

« À quelle heure vous réveillait-on dans votre abbaye ?

– À quatre heures.

– QUATRE HEURES ! Ici, jamais avant six. Et l'on mange bien et l'on a chaud. Et l'on nous veut pieuses mais gaies et libres, même à l'église où l'on ne souffre pas de nous voir courber le corps, car Madame le répète sans cesse : "C'est le cœur seul qui doit être prosterné devant Dieu." Et l'on ne reçoit pas non plus le fouet…

– N'est-on jamais punies ? » (Aussitôt dit, Victoire voudrait se battre pour le miaulement plaintif qui est sorti de sa gorge !)

Anne de La Haye intervient de sa voix rauque, et ce son voilé, écorché, rassure Victoire, lui semble – absurdement – familier.

« C'est-à-dire, on tâche de corriger nos travers. Une indolente et trop délicate doit faire un tour extraordinaire de balayage, une trop lente au travail reçoit une tâche de surcroît à finir en temps prescrit, une glorieuse ira à l'infirmerie rendre aux malades les plus humbles soins, ainsi de suite.

– En vérité, on n'a pas souvent besoin de nous contraindre car on apprend ici à plaisir.

– Et les jeux aussi, suggère La Haye, comme un argument que Madeleine ne devrait pas oublier.

– Les jeux aussi ! Vous ne trouverez pas la moindre poupée chez nous, même pour les plus petites, et les maîtresses nous ont fait comprendre qu'elles sont abêtissantes, mais toutes sortes de divertissements les remplacent bien mieux. Le jonchet, les quilles, le trou-madame. Ce n'est pas difficile, nous vous montrerons.

Emportée par ce boniment de bateleur en guise d'entrée en matière, Victoire peut à peine se faire une idée raisonnable de sa future existence : l'élève qui la lui décrit est trop éprise de leur établissement ; sa cordialité ne ressemble guère à une marque d'amitié : le plaisir de Mlle de Glapion à décrire leur vie idéale l'entraînerait sans doute à parler, indifféremment, à la première venue.

Mais se voir ainsi encadrée tandis que votre maîtresse de sœur n'a plus à votre égard le moindre regard complice, pour toujours envolée dans les sphères de ses sciences, voilà de quoi réchauffer le cœur d'une petite provinciale débarquant dans un monde inconnu. À l'abri entre celles qu'elle désirait le plus avoir pour anges gardiennes, Victoire, tout au long des trois heures que dure leur couture inopinée, distingue peu à peu les différentes alvéoles de leur rayon d'abeilles jaunes. Au milieu de cette ruche, Madeleine de Glapion semble une reine exaltée, suivie par une petite cour sous le charme : Claire Deschamps de Marsilly et Gabrielle de Lastic, en premier lieu, ses admiratrices ferventes.

Reine jalousée aussi, objet d'envie manifeste pour Charlotte d'Ablancourt, et Victoire s'avise que les rivales de Madeleine sont les jeunes filles dont elle a souhaité, d'instinct, se tenir à l'écart.

De plus en plus conquise, elle fait l'après-midi même l'expérience du tissu très solide tendu entre celles dont elle souhaiterait, orpheline empressée, d'ores et déjà s'assurer l'amitié.

Quand Mme de Maintenon, passant de table en table, vient examiner le trousseau du nourrisson à présent presque achevé, elle s'arrête soudain derrière Mlle de Lastic et la fait lever, inquiète. Caressant avec douceur les bras de la jaune, la marquise lui retire bientôt les aiguilles des mains :

« Dorénavant, Lastic, annonce-t-elle, on remplacera pour vous par d'autres tâches les travaux de couture qui grossissent trop les épaules. Vous viendrez avec moi à l'infirmerie… »

Comme la demoiselle tourne vers sa directrice un

visage affolé, Madame alors lui explique en un chuchotement :

« Il n'y a pas encore beaucoup de mal mais je crains que votre dos ne commence à se gâter. »

Ces mots prononcés à voix basse ont été perçus par l'entourage immédiat de Lastic. Tandis que Madame entraîne leur amie, Glapion et La Haye échangent un regard inquiet qui n'échappe pas à la petite Maisonfort.

Revenue près de Mme de Brinon, la marquise, d'un ton sévère, assène aux maîtresses :

« Comment n'êtes-vous pas plus attentives à la bonne croissance de nos demoiselles ? Il ne faut rien épargner, pas plus pour leur âme que pour leur taille. »

Elle poursuit d'un ton confidentiel, afin de ménager la susceptibilité de la jeune fille retirée du cénacle :

« Songez au tort que vous feriez à celles qui risqueraient de devenir bossues par votre négligence, et par là hors d'état de trouver ni mari ni congrégation ni dame qui veuille s'en charger. »

À bout d'indignation, Madame se tait néanmoins : elle remet à plus tard, en l'absence des enfants, une instruction complète sur ce chapitre.

Les sœurs converses, zélées domestiques de la fondation, apportent devant les Dames les menus maillots, chaussettes et langes que la ruche vient de fabriquer. Mme de Maintenon se charge alors de ce ballot et pousse Gabrielle de Lastic devant elle, sur le chemin de l'infirmerie. Avant de passer la porte, contente à l'avance de l'action charitable à laquelle elle va pouvoir se livrer, elle déclare à l'assemblée :

« Vous venez de faire votre récréation, à présent je vais faire la mienne. »

Par-devers elle, la fondatrice de Saint-Cyr soupire

et maugrée, plainte entendue seulement de la demoiselle qu'elle entraîne :

« J'ai trop de plaisir à faire l'aumône. J'en suis récompensée dès ce monde-ci, et ne le serai probablement point dans l'autre. »

Dans l'effervescence de ce premier jour, Victoire est entrée, d'emblée, dans le cercle des secrets.

Elle a vu, presque partagé l'anxiété de Mlle de Glapion et de ses proches pour leur camarade Lastic. Elle les écoute, l'attention aux aguets, évoquer l'infirmerie comme un lieu terrifiant, sujet de cauchemars. Anne de La Haye, la première, s'aperçoit de l'étonnement de la nouvelle devant leurs craintes mais ne cherche pas à les lui dissimuler. Peut-être ces jeunes filles pensent-elles se délivrer de quelque obscur tourment car elles lui relatent avec force détails le premier enterrement survenu dans la Maison, « un jour seulement après l'inauguration de Sa Majesté ».

Encore impressionnées, Anne, Madeleine et aussi Marsilly prennent le relais l'une de l'autre : elles lui tracent le tableau de leur joie, ce beau jour à découvrir le souverain, leur bienfaiteur, enfin guéri, qui marchait assez aisément pour venir les visiter.

« Les portes venaient à peine de se refermer sur le carrosse royal, la communauté en liesse, quand est arrivée Mme de Buthéry, telle que vous l'avez vue aujourd'hui, mais ce jour-là elle devait avertir la marquise non d'une naissance mais des derniers moments d'une jeune novice…

– … Nous nous sommes tenues, maîtresses, élèves, sœurs converses, agenouillées, un cierge à la main, dans la chambre de la malade, dans les pièces voisines et jusque sur les marches de l'escalier. Et puis

Madame elle-même lui a donné les derniers sacrements…

– … Quand elle eut reçu son dernier soupir, la marquise s'est tournée vers nous. Vous vous souvenez de ses paroles ? »

D'un muet acquiescement, toutes signifient qu'elles n'ont rien oublié de la scène et Madeleine cite, interprète de leur commune anxiété :

« "Mes enfants, elle est morte comme un ange et s'en va dans le ciel préparer notre société."

– Et depuis ? »

Une seconde, les demoiselles considèrent Victoire en silence, ébranlées par la brutalité de sa question. Pourtant l'arrivante ne fait que réclamer le compte secret auquel toute pensionnaire, ici, se livre un jour ou l'autre.

« Depuis, on ne saurait vous le cacher, vous verrez vite notre cimetière. Il y a déjà dix-neuf croix blanches. Dix-neuf fois le même rituel. »

Anne de La Haye s'est appliquée à répondre sans émotion mais un sursaut d'angoisse étrangle soudain sa voix, laisse sa phrase en suspens.

Au milieu de cette terreur profonde, Victoire ressent cependant une curieuse petite joie : il lui semble si vite partager l'essentiel avec ces demoiselles. Leur désarroi face aux attaques subies par leurs compagnes, la hantise de leur propre maladie, aucune autre matière n'aurait pu autant abolir les distances entre elles ni les lier davantage. D'égale à égale, la sœur de la chanoinesse fait librement part de son expérience ; pour la première fois elle éprouve le plaisir de remuer ces choses morbides entre jeunes filles saines – expérience de gravité dont on découvre soudain qu'elle est commune à tous et qu'en parler est un bon moyen de se rassurer. Évoquant la demoiselle emmenée sous ses yeux par la marquise, la nouvelle confie, un peu au hasard :

« Je pense que vous ne devez pas vous inquiéter pour votre amie. Elle a peut-être seulement besoin de… fortifiants, car il est vrai que son dos est voûté. Vous qui viviez à ses côtés, vous auriez pu la corriger, lui dire de bien se tenir. »

Sur sa lancée, Victoire n'a pas noté qu'une coalition du silence semble réunir les trois jeunes filles, soudain mystérieusement gênées, et elle poursuit :

« Peut-être est-ce à cause de ses formes trop… opulentes. Quand je l'ai vue, elle ne me semblait pas appartenir au même groupe que vous, tellement… femme, on aurait pu la croire bleue !

– Ne dites jamais ça ! »

La voix de Marsilly s'est faite tranchante comme un couperet. Les deux autres jaunes ne peuvent pas soutenir longtemps la mine consternée de l'arrivante, qui n'a mis, à l'évidence, aucune malignité à sa réflexion. Se concertant d'un bref regard, elles demandent alors :

« Êtes-vous de celles qui savent tenir leur langue ? »

La très pâle Claire de Marsilly, bien qu'elle désapprouve à l'évidence ses camarades, n'ose pas arrêter Madeleine de Glapion. Pour la rassurer, Victoire promet « sur ce qu'elle a de plus cher » de ne jamais les trahir, trop heureuse d'avoir une occasion de se montrer digne d'estime ! La petite Maisonfort étend la main devant elle, jubilant de ce rituel qui semble faire d'elle le nouveau membre d'une secte clandestine.

Gabrielle de La Bucherie de Lastic a trois ans de plus qu'elle ne le prétendait – tel est l'énorme mystère révélé aujourd'hui à Victoire, preuve de confiance marquée par ses nouvelles camarades. Au moment de l'ouverture de la fondation royale, l'aînée des filles de Lastic avait déjà dépassé quatorze ans, âge limite pour être admise comme pensionnaire de Saint-Cyr. Ses parents, dans la plus grande misère, ne voulaient pourtant pas renoncer à établir Gabrielle dans l'auguste maison. Ils avaient donc forcé le destin, présenté aux preuves comme certificat baptistère de la demoiselle celui de sa petite sœur, âgée de onze ans.

« À Paris, explique Anne de sa belle voix grave, chez Mme Balbien, qui nous gardait en entrepôt tant que la maison n'était pas construite, Gabrielle s'est liée d'amitié avec Marsilly, avec moi. Elle nous a mises dans la confidence. »

La supercherie, de l'avis de Mlle de Glapion, était sans doute un trop lourd secret à garder pour Gabrielle seule : ses parents lui avaient fait jurer de ne rien dire à ses maîtresses, même à son confesseur.

« À l'époque, reprend La Haye, personne n'aurait pu voir de différence entre elle et nous car elle était d'une constitution plutôt chétive. Et puis, à Saint-Cyr, dès les premiers mois, nous avons vu ses formes se développer plus rapidement que pour aucune verte. L'éducation de la fondation veut que le corps et l'esprit soient développés pareillement, vous verrez, on ne néglige pas les exercices physiques. Mais Lastic, elle, vit dans l'obsession d'être découverte, et elle répugne à ce qui pourrait encore plus épanouir son corps. C'est la raison pour laquelle elle se tient mal, quoi qu'on puisse lui dire, elle se… recroqueville sur elle-même. Voilà ce que vous, avec vos yeux de nouvelle, avez remarqué et que Madame a pris pour une maladie de croissance.

– Croyez-vous que Lastic va tout révéler à la marquise ? »

Marsilly, plus ferme que les autres, repousse l'idée :

« Elle mourrait plutôt. »

Victoire souhaiterait se montrer digne d'une confidence au goût si triste. Elle rassemble les trois jaunes dans le même désir de protection.

« Il faut aider votre amie à ne plus avoir aucune idée de tromperie en tête. Chez moi, dans mon Berry, vous verriez des filles de notre âge plus girondes que des mères de famille. On peut la croire développée prématurément, cela arrive. Il me semble que vous m'avez fait part de ce mystère parce que je dois aider Lastic. Je la persuaderai, je la rassurerai. J'ai l'impression que j'y arriverai. »

Transportée, la timide Maisonfort se voit un instant, en effet, capable de soulever des montagnes, pour faire briller toujours les lueurs admiratives qu'elle croit distinguer à cet instant dans les yeux des trois jeunes filles, de Madeleine.

Grâce à ce sursaut de vaillance inattendu, la « cause de Lastic » endossée comme la sienne, Victoire, à la récréation du soir, regarde, assise parmi les spectatrices, ses compagnes dans leurs rôles de *Clovis, roi des Francs*.

Quand Glapion en Wisigoth et La Haye en roi Childéric commencent à déclamer, il lui semble éprouver la peur et le plaisir mêlés que causeraient deux proches se donnant en spectacle.

Mais voilà que Mme de Maintenon, au beau milieu d'une tirade de Charlotte d'Ablancourt, se met à bâiller bruyamment, provoquant l'hilarité de la chanoinesse qui se tient à ses côtés – fou rire que Sylvine de La Maisonfort, malgré ses efforts, ne parvient pas à dissimuler et qui gagne, de rangée en rangée, l'assistance entière. Offensée devant cet outrage fait à sa pièce, Marie de Brinon voudrait sévir, rappeler à l'ordre ces élèves écervelées, mais elle s'aperçoit que la marquise, la première, a toutes les peines du monde à ne pas laisser éclater sa gaieté.

La supérieure de Saint-Cyr, dépitée, ne peut croire qu'une de ses compositions dramatiques, à laquelle elle a consacré tant d'heures, puisse être ainsi tournée en ridicule. Les vers y sont parfaits, les règles de l'*Art poétique* de Boileau respectées en tout point. La vieille Ursuline, sa vie entière, s'est rêvée femme de lettres. Puisque le temps, à la fin, a satisfait cette ambition, l'éventualité de ne pas en avoir le talent est trop cruelle pour effleurer la religieuse. D'ailleurs, les précédentes tragédies qu'elle a fait représenter lors du carnaval de l'année dernière lui ont valu force compliments. Peut-être Mme de Maintenon, blasée, pourrait-elle avoir la fantaisie de dédaigner cette œuvre-ci, mais il semble à Marie de Brinon que Sylvine de La Maisonfort, elle aussi, échange avec la marquise un regard complice – toutes deux confuses mais surtout amusées de n'avoir pas pu déguiser leur ennui devant la tragédie franque.

D'Ablancourt, décontenancée par l'effet inattendu de son rôle de Clovis, s'est arrêtée, incapable de continuer. Marie de Brinon renonce à lui souffler la suite de son texte et préfère briser là cet affreux moment.

« J'ai eu tort, Madame, de vouloir vous présenter trop tôt cette pièce. Nos demoiselles ne sont pas assez prêtes. »

La marquise se saisit aussitôt de l'argument, reprend la balle au bond :

« Voilà ! Vous avez raison ! Remettons à une date ultérieure la fin de votre Clovis ! »

Sa volonté de ménager la susceptibilité de la prieure de Saint-Cyr est aussi perceptible que son soulagement de voir la représentation interrompue !

Marie de Brinon, heurtée au plus profond, masque à grand-peine son amertume en demandant :

« Nos jaunes savent mieux d'autres pièces, si vous souhaitez en entendre… *Cinna* de M. Corneille ou l'*Andromaque* de M. Racine…

– Oh ! oui… pour conclure cette journée, je me réjouirais fort d'écouter *Andromaque* ! »

L'enthousiasme subit de la marquise lèverait les derniers doutes quant à son avis sur la valeur des vers de Mme de Brinon. D'un ton piqué qui montre bien comme elle se sent méjugée, la supérieure ordonne alors à son Clovis de quitter la place pour laisser le champ libre à Oreste et Pylade.

À neuf heures, l'agitation de cette journée de carnaval finit par s'épuiser dans le silence qui préside au coucher de la communauté. Dans son appartement du rez-de-chaussée, les fenêtres ouvrant sur la Cour verte, la fondatrice de Saint-Cyr prend congé des dernières Dames venues l'entretenir.

Laisser sa « chère Thébaïde » pour retrouver Versailles et ses intrigues – la chambre du palais où, jusqu'à huit heures d'affilée parfois, elle doit subir des visites – afflige toujours la marquise. Mais ce soir, en particulier, Madame a le sentiment d'abandonner ses filles, de les laisser livrées à elles-mêmes quand ses soins seraient nécessaires. La seule présence de la chanoinesse de La Maisonfort lui semble propre, aujourd'hui, à adoucir ces adieux, car Sylvine est d'une intuition exceptionnelle. Restée seule avec sa bienfaitrice, la maîtresse des jaunes lui confie bientôt :

« Il paraît, madame, que le génie tragique de Racine a attristé les plaisirs de ce jour de fête, ce jour de… miracle même par l'enfant né à notre porte ! Mais la représentation d'*Andromaque* a changé votre humeur. »

La marquise esquisse un faible sourire devant l'instinct toujours juste de la jeune fille. Cette attention aux chagrins des autres se double d'un esprit qui laisse, la plupart du temps, Françoise d'Aubigné médusée, séduite – définitivement !

« Peut-être aurions-nous mieux fait alors d'en rester à… l'étrange poème de Mme de Brinon ! »

La chanoinesse se mord les lèvres, consciente de l'irrespect de sa réflexion, mais son air malicieux montre qu'elle sait l'inclination de la marquise à rire de ce sujet.

Mme de Maintenon, cependant, n'a pas, pour l'heure, le cœur à se divertir. Si la récréation de la soirée l'a plongée dans la mélancolie, ce n'est pas tant à cause des vers de Racine que de l'ardeur qu'ont mise les jaunes à les déclamer. Marsilly et Glapion dans leur rôle d'Oreste semblaient brûler d'une fièvre qui a entraîné le silence religieux de l'auditoire. Songeuse depuis lors, la fondatrice de Saint-Cyr consent à ouvrir pour la jeune maîtresse le fond de ses préoccupations :

« N'avez-vous pas été frappée par la flamme avec laquelle nos petites filles ont joué la tragédie ? Elles sont entrées dans les passions de leurs personnages, ont épousé leurs élans amoureux avec une aisance qui m'a stupéfiée. »

La jeune maîtresse ne peut qu'en convenir, enchantée de ce résultat dont elle se sent en grande partie responsable : n'a-t-elle pas elle-même surveillé les exercices de diction ? Sylvine, pourtant, s'avise que Madame s'inquiète plus qu'elle ne se félicite de ces talents montrés par les jaunes.

« Savez-vous si l'émotion de Glapion cachait quelque secret personnel ? »

Sereine, la chanoinesse songe qu'elle est en plein accord avec les pensées de la marquise, car ce doute l'a, elle aussi, effleurée :

« Je lui ai posé la question tandis qu'elle regagnait son dortoir. Confuse, comme prise en faute, la demoiselle m'a balbutié cette réponse : "Je ne sais pas… En disant 'elle meurt', j'ai… pensé à nos malades". »

L'information ravive en Madame un point douloureux, crucial. Cet après-midi, quand elle a rejoint l'hôpital, toute à la joie de soigner le petit miséreux, Mme de Buthéry l'a, une nouvelle fois, alertée sur le mauvais état de santé des alitées.

Obstinée, l'infirmière a mis en cause les caves que l'architecte Mansart a conçues trop basses de plus d'une toise et qui, chaque hiver, se remplissent d'eau stagnante, véritable cloaque infectieux. Devant les attaques de la calviniste réformée – dévouée sans doute mais grossière –, la marquise a cru un instant perdre son contrôle. Buthéry, pourtant – Mme de Maintenon doit s'y résigner –, n'a pas tort, sans doute, d'incriminer l'architecte.

Depuis l'automne de l'inauguration, on tente en vain d'assécher les sous-sols des bâtiments et il faut des flambées nuit et jour pour que le froid ne règne pas dans les pièces humides. Comment ne pas lier à ces fautes de construction les attaques de pleurésie et de tuberculose qui endeuillent la Maison ?

En songeant qu'elle pourrait livrer aux épidémies son asile dédié à la jeunesse, Madame sent son corps vibrer d'une colère impuissante. L'abbé Gobelin, dans ses premières directions spirituelles à la veuve de Scarron, lui a un jour écrit que sa sensibilité avait besoin d'un « rude mors ». Quoique s'imposant ce harnais depuis bien des années, Françoise d'Aubigné constate, en de tels instants, qu'elle ne s'est toujours pas rendue maîtresse de ses emportements. En songeant à Mme de Brinon, l'institutrice, en rage, se sent désespérément seule, dans l'incapacité de se reposer sur la supérieure ; car l'Ursuline, la tête tournée par les compliments du roi, par sa nouvelle position mondaine, a toujours mille requêtes à soutenir qui la détournent de sa mission, quand les peines de la Maison ne devraient pas lui permettre une seule seconde de relâchement !

Bouleversée, prise d'une compassion infinie pour le sort de ses filles, Mme de Maintenon croit revoir les larmes de Madeleine qui coulaient sur ses joues, tandis qu'on lui annonçait la mort d'Hermione. Si vraiment à cet instant la pure demoiselle pensait à la première novice ensevelie dans Saint-Cyr, à celles qui l'ont rejointe… Quelle sombre inquiétude alors s'empare de la vieille marquise ! Il lui semble avoir lié pour toujours son salut à cette communauté née d'elle, créée par elle, dont elle devra un jour rendre compte, âme par âme.

Se débattant avec cette perspective, l'institutrice se sent coupable soudain d'avoir provoqué la détresse de la jaune. Il lui semble que les vers si émouvants de

M. Racine ont pu jouer sur l'âme sensible de Madeleine un rôle de révélateur. Et Mme de Maintenon, folle de colère contre elle-même, regrette de tout son être cette représentation, ces pleurs dont elle voudrait arracher le souvenir de sa mémoire.

L'éducation de Saint-Cyr – et si cela est vrai, songe alors la marquise, il faudra le considérer comme un très grand reproche – donne peut-être trop de maturité à ses filles. Dire que les parfaites « comédiennes » qui ont su rendre les accents les plus déchirants d'*Andromaque* étaient, il y a fort peu, des campagnardes incultes qui écorchaient les oreilles par leurs parlers provinciaux !

« Les progrès des jaunes me paraissent parfois aller... presque trop loin... Ne le pensez-vous pas ? »

Mme du Pérou pénètre dans l'appartement au moment où la directrice soumet cette interrogation à la chanoinesse. Stupéfaite, la maîtresse des novices s'arrête sur le pas de la porte, dans la joie inespérée d'entendre leur fondatrice en arriver aux mêmes conclusions qu'elle... Peut-être – qui sait ? – rappeler à plus de tempérance Mme de La Maisonfort.

Lorsqu'elle aperçoit la Dame qu'elle a mandée auprès d'elle, la marquise s'interrompt : elle manifeste à Catherine sa bienveillance et son désir de la voir prendre avec bonne humeur le tour qu'elle lui a joué tout à l'heure. Sans laisser à du Pérou le temps de s'épancher, elle lui signifie que l'abbé Gobelin lui a fait part de ses inquiétudes quant aux pièces de Molière lues par Mme de Brinon.

Madame, ce soir, est trop alarmée pour ne pas donner raison à la scrupuleuse maîtresse des novices. Elle la loue pour sa sagesse et sa prudence, et lui assure qu'en effet elle aussi croit les pièces profanes dangereuses. Elle prie donc la chanoinesse d'en avertir la prieure et, presque fâchée, assure qu'elle ne veut plus entendre parler de ces lectures.

Les accès de colère de Mme de Maintenon sont aussi rares que fulgurants ; ébahies, l'une et l'autre des deux maîtresses présentes décèlent ce soir en leur bienfaitrice une tempête de griefs insoupçonnés contre Marie de Brinon.

Triomphante, du Pérou regarde la chanoinesse s'incliner, assurer à la marquise qu'il en sera fait selon ses volontés. Pour Catherine, cette journée affreuse, si mal commencée, paraît se terminer en apothéose. Mme de Maintenon lui a donné raison ! Contre le bel esprit, les fantaisies de leur supérieure et de Mme de La Maisonfort ! L'institutrice a soutenu son humble servante, épousé ses soucis pour la vertu du pensionnat !

Seule, après le départ de Madame, face à la chanoinesse, la maîtresse des novices se permet un instant de dévisager la jeune femme. Rassérénée, Catherine constate que même la joliesse de Sylvine, la flambée rousse de ses lourdes boucles ne lui causent plus aucun dépit. Le plaisir, ce soir, de se sentir proche de leur directrice a éloigné d'elle toute jalousie, et l'institut à nouveau luit de sa splendeur.

Il y a peu de temps, une duchesse amie de Mme de Maintenon est venue visiter Saint-Cyr et n'a pu retenir une exclamation admirative devant Madeleine de Glapion : « Mon Dieu ! Quelle jolie demoiselle ! Une vraie figure de vitrail ! » Eh bien ! Madame, loin de s'en amuser, a réuni, courroucée, la communauté ce soir-là et déclaré que la courtisane ne remettrait jamais les pieds à Saint-Cyr. Il fallait éviter pardessus tout que les demoiselles fussent prisées pour leurs qualités physiques, prévenir le risque de les rendre vaniteuses. La marquise, à cette occasion, a loué la timidité de l'élève complimentée qui, loin de paraître flattée, avait rougi comme devant une insulte ; violente, Glapion avait semblé haïr la duchesse pour l'embarras d'une distinction faite au milieu de ses camarades !

Pourquoi Catherine, dans ses heures de désolation, ne s'est-elle pas rappelé une pareille anecdote ? Il est pourtant clair que Madame veut établir ici un univers où toutes seront choyées, indépendamment de leurs grâces. La règle de la Maison interdit qu'on vante les mérites, veut qu'on aime les médiocres autant que les brillantes ! Comme si la marquise souhaitait par là édifier un anti-Versailles dont elle leur dit souvent que la beauté y est nécessaire, la laideur source de moqueries infinies et même de disgrâces. En cette minute d'euphorie, Catherine se sent exhortée à regarder la radieuse chanoinesse comme une égale et Saint-Cyr ressemble plus que jamais à un paradis terrestre qui lui permet d'abandonner, telle une dépouille d'enfance, ses affres de châtaine.

Mme de La Maisonfort, cependant, à la surprise de Catherine, ne marque aucun déplaisir des avis de la marquise. L'heure de la retraite près de sonner, la chanoinesse prend Mme du Pérou par le bras ; elle prétend qu'il leur faut courir sous peine de se perdre dans des couloirs dont on aurait mouché les chandelles. Toujours aussi fantasque et rieuse, Sylvine entraîne la maîtresse des novices. Elle précipite leurs pas ainsi que deux vertes en retard à une classe. Dans l'escalier où elle fait halte un instant, joyeuse et essoufflée, une sorte d'élan lui fait fixer franchement Catherine. Elle lui déballe alors, dans l'entrecoupement de sa respiration :

« Il ne faut pas me regarder comme une ennemie, du Pérou. Parce qu'il faut que vous sachiez une chose. Moi, je suis follement admirative de... nous... Nous toutes. Quand nous sommes choquées parfois, blessées par les demoiselles, par madame, je trouve notre bonne volonté si manifeste, si touchante... Notre éperdu besoin de bien faire. »

Elle baisse la voix, se penche davantage sur la rambarde pour rapprocher son visage de Catherine qui ne songe pas à reculer, dépassée par la sincérité d'une déclaration extravagante. La chanoinesse, haussée sur la pointe des pieds, au-dessus d'elle, lui semble avoir quitté la terre. Elle conclut soudain, comme un secret honteux, et du Pérou a l'impression qu'un elfe à l'esprit dérangé répand sur elle au lieu de mots une poudre scintillante :

« Acceptez-moi un peu comme quelqu'un de notre communauté... Car moi, je vous aime ! »

Dans la nuit du 6 février 1688, ayant enfin débrouillé l'écheveau de perplexités dans lequel l'a plongée la journée, Mme de Maintenon prend sa plume, malgré la fatigue, et écrit, de Versailles, à M. Racine :

> *Nos petites filles viennent de jouer* Andromaque *et l'ont si bien jouée qu'elles ne la joueront plus, ni aucune de vos pièces. L'esprit que ces demoiselles ont fait paraître m'a fort surpris, d'autant plus que pas une d'entre elles n'a vu de sa vie aucun spectacle sur quoi elle ait pu se conformer, et cela m'a fait craindre que cet amusement ne leur inspirât des sentiments opposés à ceux que je désirerais leur donner. Cepen-*

dant, je reste persuadée que ces sortes de divertissements sont bons à la jeunesse, qu'ils donnent de la grâce, apprennent à mieux prononcer et les retirent des conversations qu'elles ont entre elles, surtout les grandes. Aussi l'idée m'est venue que peut-être, dans vos moments de loisir, vous ne répugneriez pas à composer pour notre fondation quelque espèce de poème moral ou historique dont l'amour fût entièrement banni. Je voudrais, en amusant mes enfants, remplir leur esprit de belles choses, leur donner des grandes idées de la religion, élever leurs cœurs à la vertu, tout en ornant et cultivant leur mémoire.

Mon dessein, sachez-le bien, n'est point que cette commande vienne troubler votre grande tâche de l'histoire de Sa Majesté. Votre réputation n'y serait pas intéressée puisque votre ouvrage demeurerait enseveli dans Saint-Cyr. Aussi peu importe qu'il fût contre les règles, pourvu qu'il contribuât aux vues que j'ai de divertir les demoiselles de Saint-Cyr en les instruisant.

Françoise d'Aubigné, marquise de Maintenon

15 mars 1706

« *C'est alors que M. Racine a commencé de fréquenter la maison ?* »

Immobile, scrutant toujours l'obscurité, Mme du Pérou acquiesce. Depuis près d'une heure, la supérieure n'a pas détaché son regard de la fenêtre, les yeux fixes, comme si, malgré la distance, les arbres, elle pouvait distinguer le pavillon des contagieuses.

À la curiosité de la jeune pensionnaire, elle oppose la seule vision de sa nuque, rigide, détournée d'elle. Clouée sur place. À croire qu'elle espère faire apparaître soudain Mme de Glapion, qu'elle s'attend, à force de la guetter, à la voir revenir du fond des jardins pour regagner, raisonnable, sa cellule.

En fuyant le visage avide de l'élève, la supérieure probablement se sent moins fautive ; elle peut s'imaginer parler sans témoin... Éviter de songer qu'elle entretient ce soir une vraie commère, qu'elle évoque des années consignées jusqu'ici dans le Registre, scrupuleusement tenu secret, des Mémoires des Dames de Saint-Louis.

Demain, Madame, malgré son grand âge, sera là à six heures, comme presque tous les jours ; elle dictera à Catherine Travers du Pérou la manière d'agir. Mais jusqu'alors il lui faut traverser sans conseils cette nuit de veille ; affronter seule le spectre du mouroir dans lequel Glapion se livre, en ce moment, pour sauver Anne de La Haye, à quel mystérieux combat ?

La petite ne pourrait pas se figurer que leur mère supérieure en cet instant s'accroche à sa présence. Du Pérou a d'abord répondu à ses questions avant tout pour conjurer l'angoisse que la jeune fille regagne son dortoir. Et puis, raconter les années de gloire de la Maison a commencé à réchauffer la religieuse, peu à peu, a éloigné la peur.

Quasi inconsciente des mystères qu'elle trahit, Mme du Pérou, à présent, sans plus de volonté, n'est guidée que par un seul appel. Que l'on sache, dans ses ors, ce que leur Maison a été : non pas toujours le domaine de l'agonie ! Une cité si joyeuse au contraire qu'elle effrayait la jeune maîtresse des novices. Pauvre idiote...

« Avait-on le sentiment face à Racine d'être devant un grand homme ? N'aviez-vous pas peur en le voyant du milieu duquel il venait ? Ces... comédiens ! »

L'empressement dans les questions de la demoiselle a ramené un sourire ancien sur le visage de Mme du Pérou. Ainsi, M. Jean Racine, comme hier, a le pouvoir d'intriguer cette adolescente. Sept ans après sa mort, que peut bien représenter son nom pour une jeune élève ? Sans doute son seul prestige de poète dramatique, dont les pensionnaires ont entendu les vers loués par Madame ; un auteur d'opéras sacrés dont on leur donne encore des parties à apprendre par cœur. À l'évidence, la petite, troublée, se figure un homme pétri des mœurs dissolues du théâtre introduit dans la fondation, sans savoir quelle personne de bien les Dames de Saint-Louis ont découverte.

Les épaules de Mme du Pérou, haussées presque malgré elle, trahissent son impatience :

« *Voyons... Depuis fort longtemps, plus de dix ans, je pense, M. Racine avait renoncé à la scène. "M. l'Historiographe du roi", voilà la seule façon dont nous l'avons toujours entendu nommer ici. D'ailleurs entièrement revenu de ses erreurs passées, et je ne crois pas avoir rencontré d'homme plus pieux...* »

Un peu perdue, la pensionnaire se décide à interroger plus avant.

« *Mais si M. Racine avait renié le théâtre, comment se fait-il que Madame lui ait commandé une nouvelle pièce ?*

– Une "récréation de petites filles", voilà ce que la marquise avait demandé. Une pièce destinée à être enfermée dans la Maison et qui ne serait jamais représentée au-dehors. Presque une œuvre de catéchisme. Des vers religieux qui porteraient les cœurs des élèves à la piété. »

Sans pouvoir s'en empêcher, Catherine s'avise qu'elle s'échauffe de plus en plus – bien trop vivement – en énonçant le projet de Madame. Dire ce qui AURAIT DÛ être, revenir à des intentions si fort controversées par la suite, la bouleverse plus qu'elle n'aurait pu croire.

« *Au fond, nous attendions un divertissement à peu près comparable à ceux qu'avait composés Mme de Brinon. Mais Madame, cette fois, avait fait appel à un génie.* »

Du Pérou a suspendu sa phrase. Nul besoin de dévisager son auditrice pour savoir qu'elle attend la suite, que les questions déjà lui brûlent les lèvres :
« *Que voulez-vous dire, madame, quelle différence ?* »

Flèches avides qui semblent vriller la nuque de Catherine.

Néanmoins, la religieuse continue de marquer une pause pour se dire à elle-même, presque étonnée : « Il faudra donc en passer par les années Esther *! »*

Ce soir, elle ne tient pas le journal quotidien de la fondation. Elle en est la conteuse. Et il paraît soudain évident que tout resterait incompréhensible sans ces quelques jours de représentations théâtrales.

Le carnaval de 1689... Peut-être n'est-ce pas le seul désir d'évoquer des jours de liesse qui la pousse ainsi à combler le silence, peut-être un besoin profond de mettre en lumière leur histoire l'a-t-il animée. Car il est vrai, sans doute – jamais encore elle n'en avait eu la sensation si précise – que pour chacune de celles qui l'ont vécue, l'existence présente n'est plus rien que la conséquence d'une « récréation de petites filles ».

III

LE MALIN PLAISIR

Dès le réveil, la rumeur, chuchotée, a parcouru le dortoir des jaunes. « Le roi, cet après-midi, assistera à une répétition… »

La règle du silence, demandée à la communauté depuis le coucher jusqu'à la messe du lendemain, semble, en de pareilles heures, une sorte de supplice, et la plupart des élèves de Sylvine de La Maisonfort estiment qu'elles devraient en être exemptées… Après tout, ELLES et nulle autre dans la Maison sont les privilégiées à qui Sa Majesté rend visite. Si la marquise a élu leur groupe pour interprète de la tragédie créée à l'occasion du nouveau carnaval, ce n'est pas leur faute.

La chanoinesse elle-même, en conduisant ses troupes à l'office matinal, retient à grand-peine son désir de commenter l'information. Ses élèves les plus délurées – Madeleine de Glapion, en premier lieu – ont imaginé pour ressource de la dévisager dans des mimiques au questionnement explicite : « Est-ce vrai ? » La jeune maîtresse, loin de manifester le moindre reproche, s'égaye au contraire de ces stratagèmes ; bientôt, elle encourage les hardiesses par des acquiescements muets :

149

«Oui, oui. La chose est sûre et confirmée.» Sylvine de La Maisonfort ne pourra jamais jouer son rôle de professeur autrement qu'en aînée complice et railleuse. Mais il est vrai que les jours de Mardi gras, cette année, sont trop amusants pour mener sa classe avec sagesse. Même Mme de Maintenon – semble-t-il à la jeune chanoinesse – ne s'offusquerait pas d'une excitation qu'elle a, après tout, elle-même provoquée. En demandant à M. l'Historiographe du roi de composer – douze ans après son renoncement au théâtre – une «petite pièce» pour ses jaunes, la marquise n'a pu ignorer combien les demoiselles seraient flattées d'avoir à interpréter un tel ouvrage.

À plaisir, Sylvine guigne les adolescentes qu'elle entraîne, un chandelier à la main, parmi les couloirs glacés de ce matin d'hiver – les gamines qui, depuis l'été, ont eu le privilège de travailler sous les directives mêmes de M. Racine.

Peut-être Mme de Maisonfort devrait-elle se reprocher d'avoir souvent insisté sur la chance inouïe réservée à ces demoiselles. Sans ses avis, les petites auraient-elles compris qu'un des plus grands esprits de l'époque, à leur intention, avait été introduit en la clôture ? L'homme indulgent qui les écoutait chanter afin de dénicher ses futures interprètes était si modeste, si respectueux… Sylvine voulait qu'aucune d'entre elles ne pût mésestimer le génie dissimulé derrière cette discrétion.

En cette aube d'un jour où Sa Majesté montre de l'intérêt pour leur petite fête, Mme de La Maisonfort, le cœur plein d'allégresse, revoit les heureux moments que lui a permis l'initiative de Madame… Avoir pu, elle, pauvre chanoinesse berrichonne, fréquenter presque au quotidien, ces derniers mois, son auteur de prédilection ! Voilà une des meilleures surprises que pouvait lui réserver la vie à Saint-Cyr ! Depuis le premier instant où Mme de Maintenon lui a fait part de son projet, Sylvine a été désignée comme l'interlocutrice privilégiée du poète, celle qui, connaissant bien ses élèves, devrait seconder son travail.

Avant même que sa pièce fût fort avancée, n'en ayant achevé qu'un seul acte, M. Racine a franchi la grille de leur institut et Mme de La Maisonfort croit l'instant de leur rencontre gravé pour toujours dans sa mémoire. Aujourd'hui, les silhouettes inséparables des deux historiographes, le corps usé, noueux, du vieux M. Boileau-Despréaux et la belle allure de M. Racine, lui sont devenues familières, telles – elle ose à peine le penser – celles de deux intimes, mais en ce premier jour d'été, comme elle se réjouissait du seul fait de côtoyer les deux hommes.

Pas une fois, depuis lors, les deux évangélistes royaux ne lui ont semblé au-dessous de l'estime que leurs œuvres avaient pu lui faire concevoir.

Quel émerveillement, d'abord, que la découverte du « divertissement » écrit pour complaire à la marquise de Maintenon ! Dès la lecture du premier acte, Sylvine a su que le père d'*Andromaque*, au lieu de répondre avec légèreté à la commande de Madame, tentait de composer une œuvre digne de son ancienne réputation. Plus encore, il s'apprêtait à leur offrir un ouvrage unique, jamais encore présenté sur scène : ni tout à fait du théâtre ni de l'opéra, mais un compromis des deux genres, un retour à la tragédie grecque, avec une alternance de parties récitées et chantées. L'originalité de l'ouvrage n'empêchait pas que la demande de Madame fût en tout point satisfaite, car pas un mot ne venait vanter l'amour profane. Le sujet était puisé dans les saintes Écritures, et les chœurs, à la différence des anciens, n'y étaient qu'exaltation du Dieu chrétien. L'intuition extraordinaire de Racine l'avait conduit, parmi l'Ancien Testament, au livre d'Esther qui mettait en scène de jeunes israélites condamnées à mort, souvent réunies pour prier dans leur gynécée – cadre idéal pour une représentation d'adolescentes.

Jamais la chanoinesse de La Maisonfort n'oubliera la première déclamation de M. l'Historiographe au milieu des élèves. Au fond de son couvent de Poussay, Sylvine, déjà, avait entendu vanter sa voix « admirable ». Les gazettes du temps avaient ébruité que le poète récitait mieux qu'aucun comédien et dirigeait au plus près la diction de ses acteurs, Baron ou la Champmeslé. Aujourd'hui encore, Sa Majesté, charmée des belles intonations de Racine, ne voulait personne d'autre pour lui faire la lecture… L'esprit plein des échos qui l'avaient toujours bercée, Sylvine, grisée, avérait ces rumeurs. La pieuse chanoinesse ne connaissait le théâtre que par écrit ; elle s'était, bien sûr, toujours gardée d'approcher une salle de spectacle ; et voilà que la poésie lui semblait révélée pour la première fois. Malgré ses notions de femme savante, les scansions, les accents qui donnaient aux alexandrins leur musique éblouissante lui étaient restés secrets.

Leur écriture contient leur mélodie ! Par sa déclamation, M. Racine lui a fait apparaître le rigoureux code, chiffré en chacun, de ses vers.

Telle une écolière fascinée, la jeune maîtresse a suivi chaque répétition : assise au milieu de ses jaunes, oreilles et yeux écarquillés. Quelle autre occasion lui serait donnée d'entendre le plus grand auteur du temps remettre ses pas d'aujourd'hui dans ses pas d'hier, divulguer les règles strictes d'un phrasé que même les comédiens du temps ne possèdent plus, à présent que M. l'Historiographe les a abandonnés ?

Par bonheur, MM. Racine et Boileau ont montré une grande clairvoyance dans le choix de leurs actrices ; Sylvine, à bon droit, peut espérer que ses habiles enfants n'oublieront plus le savoir unique qui leur a été dispensé.

D'une pensée commune avec Madame, les deux hommes ont jugé que quinze ans non révolus était l'âge idéal pour interpréter *Esther* – mélange des candeurs ultimes de l'enfance et d'une maturité nécessaire. Parmi les chanteuses, l'ampleur de la partition a demandé part égale de voix claires et de voix graves. Sur de tels critères, il a vite été attribué à la rauque Anne de La Haye de diriger les basses. Quant à Madeleine de Glapion, sa haute taille l'a désignée pour incarner Mardochée, le père adoptif d'Esther, un vieil israélite plein de sagesse.

Lorsque, enfin, après avoir longuement cherché la demoiselle idéale pour camper ce personnage primordial, M. Racine a porté son choix sur Glapion, il est venu, radieux, annoncer la nouvelle à la marquise – Sylvine, ce matin encore, se remémore ses mots avec fierté : « J'ai trouvé un Mardochée dont la voix va jusqu'au cœur ! »

D'étroites règles de sélection ont permis d'éviter les jalousies qu'on était en droit de craindre. Mais Madame, sur de telles matières, est d'une sensibilité trop vive : toutes les demoiselles nées en 1674 ont indifféremment leur part de la fête ! Les chœurs composés par M. Moreau – le maître de musique de la Chambre du roi – sont si beaux, si émouvants qu'aucune des chanteuses ne saurait envier les rôles parlés de ses camarades.

Parmi l'ensemble de la communauté, l'année de naissance a tranché, la différence des statures a fait le reste. Les trois personnages d'hommes sont allés aux plus robustes : Assuérus, le roi de Perse, qui, dans l'histoire, a épousé Esther sans savoir qu'elle était Israélite, sera joué par Gabrielle de Lastic ; MM. Racine et Boileau, d'emblée, ont remarqué cette jaune qui, malgré un mauvais maintien, dépasse en taille et en formes ses camarades, bien que ses preuves attestent ses quatorze ans.

Pour le troisième rôle masculin, le choix aurait pu s'avérer délicat : il s'agissait de représenter Aman, le fourbe conseiller d'Assuérus, qui hait Mardochée au point d'avoir résolu l'extermination du peuple juif. Au seul énoncé du personnage, cependant, Charlotte d'Ablancourt a brigué la faveur d'être entendue, pour le plus grand amusement des amies de Glapion. La Picarde, Sylvine l'a depuis longtemps remarqué, cherche toutes les occasions de rivaliser avec Madeleine. L'idée de jouer son ennemi juré l'enchantait et elle a mis tant de cœur à sa lecture que l'on n'a plus pu envisager d'autre Aman.

Quant à Esther et à sa confidente Élise, on a choisi pour les représenter les deux jeunes filles les plus frêles de cette promotion, afin de rendre plus émouvants leurs jours menacés : la menue Thérèse de Veilhenne jouera le rôle-titre, tandis que Victoire de La Maisonfort, la sœur cadette de la chanoinesse, incarnera son amie. Enfin, les vers prononcés par l'épouse d'Aman, Zarès, sont revenus à la très pâle Claire Deschamps de Marsilly, souvent raillée, depuis, pour ce « privilège » d'être mariée à d'Ablancourt.

À présent, la troupe ainsi constituée retrouve, dans l'avant-chœur de la chapelle, la masse des autres demoiselles. D'un élan unanime, elles maudissent, plus que jamais, le joug qui les prive de révéler à leurs compagnes – rouges, vertes ou bleues – la visite royale.

Selon l'ordonnance des âges, elles attendent que les aînées aient gagné leurs bancs d'église ; puis, quatre par quatre – c'est l'usage –, les jaunes avancent à leur tour et s'agenouillent devant le saint sacrement, le visage encore fort égayé, ayant peu en tête aujourd'hui l'air modeste recommandé pour la procession quotidienne.

Tandis qu'elle rejoint, à l'autre extrémité du chœur, les rangs des Dames, Sylvine se sent plus que jamais liée à ses jaunes, dans le même état d'agitation. Mais qui les blâmerait, aujourd'hui, de se réjouir de cette première occasion de montrer leur travail – surtout à un tel spectateur ?

Qui les blâmerait ?

Au moment où la chanoinesse émet, au hasard, cette interrogation, la réponse lui semble renvoyée comme un soufflet en plein visage : qui ? Mais l'abbé Godet des Marais, bien sûr ! Le ministre qui, à l'instant même, apparaît pour célébrer leur messe de huit heures.

Parmi les confesseurs extérieurs conviés à la direction spirituelle de la communauté, M. des Marais est sans aucun doute, ces derniers temps, le plus sollicité par Madame.

Glacée par la seule silhouette trapue de l'officiant, Sylvine de La Maisonfort songe qu'elles doivent à M. l'abbé Gobelin cette présence austère, ombre portée sur les réjouissances du jour. Le vieux supérieur ecclésiastique de Saint-Cyr, en effet, presque invalide, a attiré l'attention de la marquise sur ce pieux prêtre qui faisait l'exemple du séminaire de Saint-Sulpice.

M. Manseau, venu lui adresser les bonnes grâces de Mme de Maintenon, a rapporté qu'il avait trouvé M. des Marais dans une cellule misérable, seulement ornée d'une croix. Il paraît que les scrupules manifestés par l'humble clerc au seul nom de la marquise ont vivement impressionné l'intendant. Le peu de désir du Sulpicien de se mêler au monde a convaincu Madame que l'homme serait d'un bon exemple pour sa fondation, propre à s'opposer aux airs de hauteur de Marie de Brinon. À son grand désespoir, Sylvine a donc vu cet ascète aux rudes propos remplacer de plus en plus souvent en leur chapelle les merveilleux prédicateurs de la Cour, M. Bourdaloue ou M. Fénelon, dont les commentaires de l'Évangile étaient toujours pleins de raffinements. « … Jésus lui-même a pris nos larmes, nos tristesses et jusqu'à nos frayeurs, mais n'a pris ni nos joies ni nos ris. Il n'a pas voulu que ses lèvres, où la grâce était répandue, fussent dilatées une seule fois par un mouvement qui lui paraissait indécent, indigne d'un Dieu fait homme… »

Ce matin encore, ignorant le carnaval qui s'apprête, Paul Godet des Marais leur prêche les dangers du plaisir, la surveillance constante qu'exige une foi bien conduite – une riposte, assurément, à l'effervescence des jaunes qui l'impatiente.

« … Je ne m'en étonne pas car nous n'avons point sur la terre, depuis le péché, de vrai sujet de nous réjouir. Ce qui fait dire au sage : "J'ai estimé le ris une erreur et j'ai dit à la joie : pourquoi me trompes-tu ?"… »

Nerveuse, Sylvine songe que la simple âpreté du ton de l'orateur vous dresserait contre ses paroles, même si elles étaient les plus belles du monde. Face à ces yeux perçants qui semblent fulminer toujours, la laideur de ce visage large, carré, de ces poings de bœuf dressés à maintes reprises vers le ciel, la chanoinesse, d'instinct, barricade son cœur. Elle tente de s'abstraire assez fort pour faire resurgir en elle les gestes délicats de M. Fénelon, pour entendre, comme un antidote à ce sermon, les inflexions douces de sa voix.

Malheureusement, Mme de La Maisonfort ne peut longtemps chasser le brutal prêcheur de ses pensées. L'estime que Mme de Maintenon lui porte, son influence croissante dans leur Maison viennent sans cesse vriller son cerveau. Doivent-elles s'attendre à le voir succéder à leur vieux supérieur ecclésiastique ? Déjà les séjours de Godet des Marais à Saint-Cyr se prolongent et l'on chuchote que M. l'abbé Gobelin le laisse volontiers prendre peu à peu sa place de guide sur la conscience de Madame. Qu'attendre, si cela était, d'une pareille direction ?

Un frisson parcourt l'échine de la maîtresse des jaunes, tandis que l'image de leur supérieure vient peser sur elle son poids de tristesse. Mme de Brinon congédiée, priée, il y a un mois, de quitter leur Maison par lettre de cachet ! Tel est, à n'en pas douter, le premier effet de la nouvelle conduite spirituelle de la marquise.

Quand Sylvine a fait part de sa conviction aux autres Dames, du Pérou s'est indignée, a repoussé la responsabilité de M. Godet des Marais en cette affaire. La maîtresse des novices, au grand désarroi de la chanoinesse, ne voulait pas se rappeler l'altercation qui s'était déroulée entre la supérieure de Saint-Cyr et le Sulpicien ; pourtant, Mme du Pérou était présente, comme

Sylvine, lorsque le prêtre a sermonné les postulantes de ses sombres idéaux de perfection.

Brutale, Mme de Brinon l'avait interrompu pour lui rétorquer qu'il allait effrayer des âmes de jeunes filles, que l'humanité n'était pas capable d'atteindre de telles cimes. Catherine nie que l'abbé ait manifesté alors la moindre acrimonie. Elle affirme que depuis longtemps, déjà, Madame ne pouvait plus souffrir les airs d'abbesse de la vieille Ursuline ; maintes lettres que leur institutrice lui a adressées le prouveraient.

« La bonne Marie de Brinon a été fort changée par la création de Saint-Cyr, par la position qu'elle a soudain acquise auprès du roi. Aux yeux de Mme de Maintenon, elle ne se consacrait plus suffisamment à la communauté, Madame, par crainte d'une emprise qui risquait de discréditer son œuvre, s'est alors décidée à se séparer de son ancienne amie. Voilà tout. »

Bon ! Voilà une version *officielle* à laquelle Sylvine ne peut s'opposer : la marquise, en personne, dès le lendemain du renvoi, a réuni la communauté pour leur tenir à peu près ce langage. Voire ! mais l'étincelle qui a mis le feu à la poudre du désaveu, Mme de La Maisonfort, elle, reste persuadée que la mésentente de la religieuse avec Paul des Marais en est la cause. Il est aisé d'imaginer comme l'ecclésiastique s'est plaint du relâchement que la supérieure prônait, même à celles qui deviendraient les prochaines Dames de Saint-Louis.

La chanoinesse sait bien – la vieille marquise s'en est à plusieurs reprises ouverte auprès d'elle – que le futur de sa Maison, « après elle », est le plus grand souci de Madame. Le Sulpicien, sans cesse, dans ses oraisons, fustige la frivolité des filles « toujours soucieuses de plaire ». Que n'a-t-il pas dû prédire à sa pénitente sur l'avenir d'une fondation livrée aux mains d'une femme trop érudite, trop précieuse !

Il n'est plus de saison, à présent, de regretter Marie de Brinon. La timide Marie-Anne de Loubert, sous-prieure du temps de l'Ursuline, a naturellement pris, malgré ses vingt-deux ans, la charge du commandement de leur institut. Autant dire que Mme de Maintenon en est, désormais, la seule instance directrice.

La marquise, pied à pied, a combattu l'affliction des Dames et des demoiselles, qui ne pouvaient s'empêcher de pleurer leur ancienne supérieure ; peu à peu, elle les a convaincues du bien-fondé de sa décision :

« Moi aussi j'ai dû vaincre ma tendresse pour me résoudre à cette séparation ; mais lorsqu'il s'agit de l'intérêt public, il ne faut pas craindre de se faire mal à soi-même… »

La vieille Ursuline, elle-même, depuis l'abbaye de Maubuisson dans laquelle elle a trouvé refuge, leur écrit des lettres pleines de tempérance et qui ne marquent aucun dépit. Elle répète à l'envi que son unique crainte concerne sa réputation et qu'elle bénit Madame d'ébruiter partout que ses seules infirmités, l'âge et le désir de la retraite l'ont portée à se retirer. L'altière religieuse, anéantie sans doute par cette disgrâce survenue quand sa faveur paraissait la plus éclatante, ne souhaite plus créer aucun remous. Après avoir reçu du souverain sa lettre de cachet, la malheureuse s'est enfermée une nuit entière dans ses appartements, en faisant dire aux maîtresses qu'elle était souffrante et qu'elle ne pouvait voir personne. Afin d'être sûre de n'ajouter aucune perturbation à son départ, elle a attendu pour quitter la Maison l'heure du chapitre, le lendemain, quand les Dames étaient enfermées dans l'église.

La pensée de cette fuite clandestine, précipitée, crève chaque fois le cœur de la chanoinesse ; encore aujourd'hui, la désolation de cette sortie l'empêche, à l'inverse de la plupart, d'oublier la vieille religieuse. À défaut de vivre la scène, Sylvine, depuis, a eu tout loisir de l'imaginer ; elle s'en est fait conter les détails par la portière, qui a ouvert à Marie de Brinon la grille de la clôture. La tourière s'est, paraît-il, écriée, fort surprise : « Eh quoi ! madame, vous allez faire un voyage, et nous n'aurons pas eu le temps de nous en affliger, faute de le savoir. » Mme de Brinon a embrassé la jeune femme en lui assurant que ce ne serait pas pour longtemps, que Madame la mandait à Versailles pour l'entretenir de quelque affaire, M. Manseau avait apprêté pour elle un carrosse avec mission de la mener à sa guise. Marie de Brinon y a fait attacher à l'arrière le simple coffre qu'elle avait emporté pour son déshabillé. Voilà tout l'adieu que cette femme s'est autorisé à faire à la fondation, cette femme sans laquelle Saint-Cyr n'aurait peut-être jamais vu le jour.

Par bonheur, Mme de La Maisonfort peut se dire que les dernières semaines de la Dame dans l'établissement ont été égayées par les répétitions de la tragédie dont elle se délectait.

En une telle matinée, la chanoinesse s'efforce de dissiper ces tristes images, de penser au contraire avec joie à leur ancienne supérieure. Après tout, Marie de Brinon aujourd'hui n'aurait cure du rustre M. des Marais. Elle se féliciterait trop des émois promis à ses chères adolescentes.

L'honneur que leur fait le roi, Sylvine le perçoit soudain, représente son triomphe. Après tout, il revient à l'Ursuline d'avoir convaincu Madame de jouer, à l'imitation des Jésuites, des pièces de théâtre pendant le carnaval. Un sourire aux lèvres, la chanoinesse se remémore les affreuses tirades composées par la Dame. Aux premières lectures d'*Esther*, l'humble poétesse amateur s'est inclinée, avec une belle élégance, devant le talent de M. Racine, renonçant tout d'un coup à ses propres créations.

À présent, la messe touche à sa fin et la communauté psalmodie les prières de tierce. Les têtes baissées des jaunes semblent indiquer que le rude célébrant a déposé, par ses remontrances, une chape de plomb sur leur belle humeur. Sylvine de La Maisonfort, un instant, se figure leur prieure encore dans la fondation. À coup sûr, Marie de Brinon, au sortir de l'église, profiterait du délassement du réfectoire, du déjeuner des demoiselles ; elle chasserait, d'une seule exhortation, le sinistre effet du discours du prêtre pour inciter au contraire les jaunes à contenter tout à l'heure le roi. Voilà un programme auquel la maîtresse des jaunes peut se conformer. Aujourd'hui, en cette ère nouvelle de l'institut, la chanoinesse se jure de gouverner ses élèves selon – cela va sans dire – les ordres de Mme de Maintenon, mais sans pourtant jamais oublier les chimères de Marie de Brinon.

« Vous qui avez vu déjà Sa Majesté, s'il vous plaît, comment est-Elle ? »

Dans le réfectoire, au bout de la table des jaunes, la sœur cadette de la chanoinesse a pris à part Madeleine de Glapion. Un peu étonnée, la jeune fille contemple la questionneuse, dont la rougeur trahit l'importance qu'elle accorde à sa demande. Après un an, Mlle de La Maisonfort peut se flatter d'être admise parmi le cénacle de Madeleine. Elle s'est évertuée à rectifier la mauvaise posture de Lastic par ses avis répétés (sans que, d'ailleurs, la demoiselle, incorrigible, ne parvienne à se redresser).

Ce matin, pourtant, Victoire semble à Glapion être redevenue la « nouvelle », la provinciale perdue qu'il fallait initier aux mœurs de Saint-Cyr. Il est vrai que Madeleine s'y est accoutumée mais la venue du prince, l'après-midi, a de quoi troubler plus que de raison la petite Maisonfort : se trouver pour la première fois devant le souverain en ayant un long rôle à déclamer devant lui…

« Avez-vous donc bien peur ? »

En un acquiescement, Victoire révèle son anxiété, tandis qu'une voix à peine audible confesse brusquement :

« Les jambes me manqueront ! »

Glapion presse alors avec chaleur la petite main de sa compagne. Elle voudrait retrouver les impressions successives qu'a créées en elle chaque visite royale. Mais cela la ramène déjà loin. Aux premiers temps de la fondation, Sa Majesté leur a fait plusieurs fois l'honneur de sa présence. La personne physique du prince – dans l'esprit de Madeleine – n'inspire plus de réelle crainte aux premières pensionnaires de Saint-Cyr qui ont maintes fois éprouvé son indulgence à leur égard.

« D'abord, lors de l'inauguration de l'institut, les classes le suivaient en se tenant à une distance respectueuse. Et puis, l'une des vertes – d'Ablancourt, évidemment – a voulu soudain exprimer son exaltation. Elle s'est mise à entonner, d'elle-même, un chant à la louange du roi, vous savez, "Qu'il règne ce héros, qu'il triomphe toujours !" »

Devant l'expression obtuse de Victoire, Glapion se croit tenue de fredonner, bon moyen d'égayer la jeune fille :

« Qu'avec lui soient toujours la paix et la victoire !
Que le cours de ses jours dure autant que le cours
De la Seine et de la Loire ! »

« Les autres vertes ne voulaient pas être en reste et ont continué. Eh bien, Sa Majesté a témoigné sa reconnaissance d'un air très bon, a voulu nous dire que cela l'avait touchée au cœur. »

Le ton confidentiel de Madeleine, sans doute, a attiré l'attention des jaunes les plus proches. Saisissant le sens de la conversation, elles veulent bientôt toutes se mêler de rassurer Victoire :

« Très souvent, intervient Marsilly, au début, Il assistait à notre messe, puis s'en retournait à Versailles par nos jardins. Cela a eu pour résultat plusieurs fois qu'il croise une classe et qu'il prie notre maîtresse de nous faire réciter quelque chose. Ainsi, je lui ai joué une des *Conversations sur divers sujets* de Mlle de Scudéry. C'était une petite saynète sur la dévotion où je défendais le plaisir dans l'amour de Dieu face à Gabrielle qui, elle, représentait les terribles idées jansénistes... Vous en souvenez-vous, Lastic ?

– Bien sûr ! Chaque fois Sa Majesté nous a encouragées à ne pas nous troubler, comme si Elle désirait nous faire oublier devant qui nous étions...

– Vous verrez, explique Madeleine, nous nous sommes toutes fait la même réflexion. Au début, Il paraît immense, presque un géant. Et fort aussi en proportion de sa taille. Mais c'est sa seule prestance qui procure cet effet, car Il est de taille moyenne, en réalité.

– Et beau ! Vous constaterez comme son visage enchante encore, malgré ses cinquante ans passés ! Vous n'aurez qu'à demander à Mme de Caylus ! Son plus grand plaisir est de raconter ce qui se dit à la Cour. Saviez-vous que ce grand roi est bien prêt de passer pour timide ? Il paraît qu'on se plaint qu'un homme d'un si grand esprit en soit trop économe, et parlant fort peu. »

On ne saurait en dire autant de Claire Deschamps de Marsilly ! Victoire de La Maisonfort, atterrée, se voit soudain dépassée par une conversation qui la terrifie un peu plus à chaque fois qu'une des demoiselles ouvre la bouche. Écouter des jeunes filles de son âge au fait – grâce à la nièce de Madame – des bruits de Versailles. Les entendre rivaliser d'anecdotes sur Sa Majesté semble à la petite... terrible, soudain. Chacune des adolescentes qui lui affirme son plaisir sans crainte à voir le souverain l'exaspère.

À Poussay, Victoire, enfant, a mille fois demandé à leur abbesse de décrire le cortège qui avait ramené le roi à Paris, lors de son mariage avec Marie-Thérèse d'Espagne. Pas un seul conte de fées n'a autant embrasé l'imagination de la petite. La seule description de l'habit de drap d'or du monarque, l'organisation de l'équipage, le jeune Louis XIV à cheval entouré des princes et des seigneurs de la Cour, tandis que la reine le suivait dans un char découvert.

La supérieure de Poussay, encore jouvencelle, courait sur la chaussée ornée de feuillage, traversait les arcs de triomphe dressés à chaque coin de rue ; elle avait failli à tous moments se faire écraser par la populace en délire, car personne ne voulait manquer le privilège d'apercevoir leur souverain. La fête que représentaient ces quelques secondes aurait justifié – au dire de l'abbesse – d'en mourir sans se plaindre.

La demoiselle avait, par ce récit, bu à la mamelle la dévotion, le respect infini que tout sujet doit à son prince. Dans son livre de catéchisme, l'image du roi côtoyait celle des apôtres et des saints. En cela, Victoire pensait qu'elle était semblable aux autres Françaises.

Pas une fois, depuis l'admission de la cadette des Maisonfort à Saint-Cyr, le roi n'avait franchi la porte de leur clôture. Jusqu'ici, elle s'était bien gardée d'interroger les jaunes sur les premières visites de leur bienfaiteur ; et voilà qu'elle comprend aujourd'hui pourquoi les questions qui lui brûlaient les lèvres auraient dû rester closes en son sein. Quel sacrilège d'entendre des jeunes filles nées dans la même misère qu'elle parler avec légèreté de ce qui devrait – lui semble-t-il – encore les transir des pieds à la tête ou les faire pleurer d'enthousiasme !

Même à la fin de cet après-midi, même si le roi, cette année, doit chaque jour pénétrer dans Saint-Cyr, Victoire espère ne jamais adopter ces airs de courtisane. Comment pourrait-elle s'accoutumer à un pareil honneur ? La petite Maisonfort n'oubliera jamais qu'il n'est pas en France de faveur plus considérable, plus fortunée que de voir seulement le roi. Une chose essentielle en elle – Poussay, son enfance, l'abbesse de leur couvent provincial – lui semble en réclamer la promesse solennelle.

Alors, tandis qu'elle profite de la fin du déjeuner pour fuir la table des jaunes, Anne de La Haye rattrape bientôt Victoire pour lui confier :

« Je les trouve admirables de pouvoir décrire ainsi Sa Majesté ! Moi, je n'ai jamais vu, à chacune de ses visites, que la boucle de ses souliers. Je vous en donnerai le détail, si vous voulez… »

La fébrilité, l'excitation de la journée sont telles que Mlle de La Maisonfort, à cette marque d'amitié, fond en larmes, sans raison. Anne aussitôt s'affole, voudrait appeler à l'aide Madeleine, bien moins gauche qu'elle ; mais soudain elle s'avise que Victoire, sans transition, passe des larmes au rire et la considère au contraire avec une tendresse infinie.

L'approche de l'après-midi est une épreuve trop intense sans doute pour les nerfs de la jaune. Un véritable élan de gratitude pour La Haye lui semble traverser son corps, tandis qu'elle songe : « Si elle savait comme je l'aime pour ce qu'elle vient de dire ! » Bien que confuse et la tête à l'envers, elle n'en prononce heureusement pas le premier mot. Il s'agirait là d'une infraction trop flagrante aux consignes de Saint-Cyr qui prescrivent de ne jamais parler en particulier d'amitié ni entre jeunes filles ni avec les Dames. Une maîtresse des grandes paye depuis un an le crime de s'être liée avec une bleue, au point paraît-il d'avoir eu ensemble des « entrevues secrètes ». Mme de Maintenon, loin de leur cacher ce désordre, en a fait un exemple public. Elle a renvoyé la bleue et gardé la Dame enfermée dans sa cellule jusqu'à ce qu'elle ait montré des marques tangibles de son amendement.

Anne de La Haye, d'ailleurs, ne saurait souffrir une telle déclaration de quelqu'un d'autre que Madeleine de Glapion, cela, Mlle de La Maisonfort le sait parfaitement. Embarrassée par la seule réaction de Victoire, la Normande déjà renchérit :

« Vous savez, c'est la modestie des pensionnaires de Saint-Cyr que le roi estime. Votre sœur nous l'a bien dit. Lors de la première messe où notre monarque a assisté, pas une tête n'a osé se tourner de son côté et il en a félicité nos maîtresses. Alors, n'écoutez pas trop les airs crânes que Lastic et Marsilly veulent prendre aujourd'hui. »

Après ce flot de paroles, Anne – d'ordinaire si peu bavarde – respire plus à son aise ; elle pense avoir étouffé l'émotion disproportionnée et… gênante de la demoiselle. Victoire, en effet, sourit et parvient à tourner en dérision ses affres :

« La Haye, vous imaginez-vous tout à l'heure soutenir son regard, quand vous chanterez pour lui les chœurs d'Esther ?

– Oh ! non ! À moins de vouloir que ma voix tremble ! Il faudra au contraire regarder toujours à côté ou au loin, se répéter : "Il n'est pas là ! Ce n'est pas lui." »

Une simple camaraderie, par un échange insignifiant, peut parfois se changer en lien très solide. Ainsi, ce matin, Mlle de La Maisonfort, comblée, ravie par ce discours, regarde Anne avec allégresse.

À son arrivée dans Saint-Cyr, quand Victoire assistait, les premiers temps, aux leçons de danse des jaunes, quand elle observait les gracieux mouvements de Madeleine de Glapion, la petite avait l'impression de vivre soudain un des contes que racontait quelquefois Sylvine, à Poussay : une souillon se trouvait pour un soir invitée au bal de la Cour. Heureusement, la familiarité de certaines, d'Anne de La Haye, lui a permis de comprendre qu'il ne s'agissait que d'une impression en trompe l'œil. Les demoiselles de Saint-Cyr ne sont pas des princesses, pour aucune d'entre elles ; seulement des souillons, comme elle ! Certaines sont plus policées, donnent mieux le change ; mais nulle ne devrait oublier qu'elles sont conviées, comme par un coup de baguette magique, presque par erreur, à fréquenter le prince.

Le soir, quand le carrosse royal remporte Sa Majesté, l'unique personne que Victoire ait envie d'aller trouver, après tant d'émotions, est Mlle de La Haye. Que dire, alors que le monarque vous a contemplée pendant plus de deux heures et vous a applaudie ? La petite Maisonfort demande seulement à Anne :

« Alors ? Pas un seul regard ! Toujours la boucle de ses souliers ! »

La Haye acquiesce, souriante et questionne :

« Et vous ? »

Encore tremblante à ce souvenir, Victoire confie :

« Une fois, j'ai attrapé d'un coup d'œil malencontreux la pointe supérieure de sa perruque ! »

Et déjà, par ce seul embryon de vision – comme le détail entr'aperçu d'une statue d'idole –, que d'exaltation ! Quels songes éveillés la nuit, pour la petite demoiselle de La Maisonfort, que le sommeil a fuie !

Le lendemain, 5 janvier 1689, l'intendant Manseau note dans son Journal :

> *Le roi a pris tant de plaisir à la répétition d'*Esther *que Mme de Maintenon a jugé qu'il ne s'empêcherait pas d'y faire venir toute la Cour.*

M. Racine, désigné par le sort pour occuper les fonctions de chancelier à l'Académie française, écrit le même jour :

Je me vois obligé de remontrer à mes confrères que des affaires et des occupations indispensables me privent d'y pouvoir venir de longtemps.

En effet, chaque matin de janvier, MM. les Historiographes vont se rendre à Saint-Cyr et s'attacher désormais à porter les répétitions des demoiselles à la perfection. Tandis qu'un défilé d'ouvriers apparaît en la clôture – sous l'escorte obligatoire chaque fois d'au moins deux Dames –, toutes s'aperçoivent que leur carnaval a pris un tour nouveau.

Dans le corridor des rouges, des coups de marteau leur apprennent la construction d'un théâtre et, bientôt, l'une ou l'autre qui a affaire de ce côté peut décrire les immenses toiles qu'on dispose sur la scène :

« J'ai aperçu les jardins de Suse ! Et aussi les voûtes du palais d'Assuérus ! »

Le plus grand homme du temps pour ce qui concerne les décors et les costumes, M. Bérain, scénographe des spectacles de la Cour, a été dépêché, à son tour, dans la fondation !

Les jaunes alors se voient recouvertes de pierreries, vêtues de robes persanes plus somptueuses à chaque essayage. Marthe de Caylus, qui ne veut manquer aucun des préparatifs, laisse entendre que Sa Majesté, pour cette fête, dépenserait plus de quatorze mille livres. Les musiciens de sa Chambre même viennent maintenant travailler avec M. Nivers, l'organiste de sa chapelle, sous la direction de M. Moreau.

Madame, enchantée par ses petites filles, entretient avec elles une correspondance de plus en plus usuelle.

À sa chère Madeleine de Glapion, elle écrit, le 22 du mois :

> *Gardez-moi le secret que je vous confie ; je compte que nous ferons représenter* Esther *mercredi. Tenez tout près. J'ai fait écrire à M. l'abbé Nivers de se rendre à Saint-Cyr pour accompagner avec le clavecin.*

Mme de Maintenon ne craint pas que Madeleine la trahisse ou aille exciter l'imagination de ses compagnes. La « perle de Saint-Cyr », comme l'appelle la marquise, lui inspire aujourd'hui autant de confiance qu'une maîtresse. Pour l'amie d'Anne de La Haye, en effet, l'avenir semble tracé, la question de son destin résolue à la seconde où elle se l'est posée : Elle veut ne jamais quitter l'institut. Moins que jamais depuis l'été, depuis la fréquentation quotidienne, inouïe, de l'auteur d'*Andromaque*. Quel autre genre de vie pourrait se comparer à la leur, lui procurer le centième de tels régals ?

En cette nouvelle année, Madeleine a voulu, dans une lettre, faire part à Madame de son désir :

> *Aussitôt que j'en aurai l'âge, je veux être soumise aux épreuves du noviciat de Mme du Pérou. Je veux devenir assez instruite pour enseigner à mon tour et veiller sur des enfants. Depuis que l'idée m'en est venue, je prie Dieu avec une ferveur nouvelle ; il me semble que le Très-Haut m'a accordé cette grâce de m'indiquer quelle était ma voie et que mon chemin sur cette terre se trouve à l'intérieur de Saint-Cyr. J'y*

troquerai un jour mes habits de demoiselle pour ceux
d'une Dame de Saint-Louis. Et voilà tout !

Glapion, bien sûr, n'a pu s'empêcher de montrer sa
lettre à Anne. Dans l'espoir secret que son amie
éprouve le même élan de ferveur pour leur Maison
et affirme de semblables résolutions... Mais
La Haye – sans pourtant nier les bienfaits de leur
existence – a timidement déconseillé à sa compagne
d'envoyer sa missive. Tandis que la jaune s'insur-
geait, répétait des « pourquoi » butés en alléguant la
vie de leurs mères, si... misérable en comparaison de
la leur, Anne perdait pied, ne trouvait aucun argument
valable à opposer à la détermination de la jeune fille.

« Je ne sais pourquoi, Madeleine, mais puisque personne ne vous presse de prendre cet engagement, attendez. C'est tout ce que je peux vous dire, tout ce que
je... sens. Qui sait ce qui pourrait arriver, qui vous
donnerait envie de connaître le monde ? »

Malheureusement, le temps n'est plus celui où
l'éventualité des pouvoirs occultes de la petite Normande empêchait Madeleine de dormir. Incapable de
trouver une justification aux craintes d'Anne, seulement déçue de voir qu'elles ne suivraient peut-être
pas toujours les mêmes chemins, elle a remis sa lettre.
Et voici que, ce matin, Mme de Maintenon, en même
temps qu'elle fait part à Glapion de l'imminente
représentation, lui écrit aussi :

> *... Je suis ravie, ma chère enfant, de vous voir*
> *occupée de Dieu et de notre Maison comme vous*
> *l'êtes. Je prie le Seigneur de se rendre maître de*
> *vous et de vous conduire dans la voie la plus assurée*
> *pour votre salut. Si je pouvais y contribuer, je m'esti-*

merais trop heureuse, et vous pouvez vous adresser à moi avec toute sorte de liberté... Pour notre carnaval, la presse qui se fait entre les courtisans d'être admis à voir Esther *me fait songer que nous la jouerons sûrement de nombreuses fois au cours de l'hiver, car Sa Majesté ne veut mécontenter aucun des grands qui désirent y être admis. Mais je vous prie, cher « Mardochée » de ne pas encore ébruiter cela parmi notre troupe déjà assez agitée.*

Glapion, obéissante, referme donc l'épître de Madame sans la montrer à quiconque. Elle hésite un instant à la pensée qu'il s'agit là du premier secret dont elle exclut La Haye. Troublée un moment, elle songe qu'une nouvelle ère dans leur amitié s'ouvre peut-être... On a tant prêché aux pensionnaires le devoir d'oublier sœurs et parentes, de confondre leurs compagnes dans la même camaraderie ! Comment Madeleine pourrait-elle échapper à cette règle primordiale, si le titre pompeux de « perle de Saint-Cyr » ne lui est pas indifférent ?

Mme de Maintenon ne sait pas qu'une personne, encore plus proche d'elle, se charge à la place de Mlle de Glapion de tenir sa gazette ; la jeune comtesse de Caylus, toujours soucieuse d'exhiber sa position à Versailles, ne peut, aussitôt passé la porte de Saint-Cyr, tenir sa langue. Sur l'esprit des demoiselles, ses révélations sont autant de claquements de fouet.

Il paraît qu'en cette terrible année 1689, le roi a fort besoin de se divertir : le roi Jacques II d'Angleterre, destitué depuis peu, vient de trouver refuge auprès de son cousin Louis XIV, tandis que l'Europe entière s'allie contre la France pour une guerre qui s'annonce ruineuse ; au cœur de cette anxiété, la marquise ne veut pas manquer l'occasion de réjouir son bien-aimé souverain, voilà pourquoi elle ne répugne pas à donner de l'éclat à sa fête.

Sans craindre comme sa tante de flatter à l'excès les pensionnaires, Marthe apprend aux élèves de Mme de La Maisonfort le succès de leur répétition : au lieu d'une laborieuse récitation d'écolières, Sa Majesté a cru retrouver un peu du goût des spectacles qui faisaient la joie du début de son règne. Il semble que l'opéra et la comédie ayant été proscrits, la pieuse récréation de Saint-Cyr constitue une opportunité unique, propre à distraire la Cour sans que l'Église y puisse trouver matière à réprobation.

À présent que la Maison royale intéresse au plus vif les courtisans, voilà la nièce de Madame placée en situation enviée : tout Versailles répète que le roi en personne a conseillé son historiographe sur sa nouvelle tragédie ; aussi meurt-on d'impatience, dans l'entourage du monarque, de découvrir ce mystérieux texte – interdit de représentations scéniques, destiné à rester enfermé dans l'institut.

Dans ces conditions, quelles jalousies n'excite pas la « petite comtesse » lorsqu'elle explique, avec modestie, qu'à force d'écouter les répétitions d'*Esther*, elle en sait chaque rôle par cœur. Par boutade (mais plutôt par vanité, a aussitôt songé Glapion) elle s'est offerte à remplacer la première actrice qui tomberait malade. À la surprise générale, M. Racine a pris au sérieux sa proposition et a décidé d'écrire un prologue à son intention : Marthe participera au spectacle et commencera la pièce : elle incarnera la Piété descendue du ciel ! À seize ans, la vie offre à Mme de Caylus l'éventail de ses séductions. Libérée de la présence de son affreux époux gardé l'année entière aux frontières, la jeune

173

femme croit jouir des prérogatives dues à son mariage sans en subir aucun inconvénient.

Quant à suppléer à une actrice défaillante, Mlle de La Maisonfort pourrait bien lui en fournir l'occasion. Le lendemain de la venue du roi, la babillarde courtisane révèle à Victoire que le monarque s'est enquis du nom de l'interprète d'Élise. Lorsque la chanoinesse a répondu qu'il s'agissait de sa sœur, Sa Majesté a loué cette famille dont chaque membre lui paraissait « fort paré de vertus ». Sylvine, par modestie ou peut-être par peur de troubler sa cadette, a préféré garder pour elle l'anecdote. Avec raison ! Épouvantée par le compliment royal, la petite Maisonfort ne parvient plus à imaginer comment elle va pouvoir se présenter à nouveau sous les yeux de Son Altesse, Son Altesse QUI L'A DISTINGUÉE, dont elle saura qu'Elle suit d'un intérêt particulier sa diction !

Depuis cette indiscrétion, la demoiselle, confuse, ne comprend rien à l'embarras qui lui trouble exagérément les sens. À certains moments, la silhouette entr'aperçue une seconde le jour de la répétition vient se profiler devant ses yeux, la glace d'effroi. À d'autres, une exaltation immense semble posséder son corps, lui donne envie de toutes les folies, hurler ou embrasser la terre.

Les courants contradictoires, du glacé au brûlant, qui secouent ses nerfs semblent trouver leur paroxysme, le matin du 26 janvier, lorsque leur maîtresse les prépare à la venue des plus grands seigneurs de la Cour, le jour même, conduits par le souverain.

Mme de La Maisonfort, en effet, revient de Versailles, les bras chargés d'un colis que Sa Majesté a adressé aux comédiennes d'*Esther*. Sous leurs yeux fascinés, la chanoinesse déballe des perles, des diamants : les bijoux que le jeune monarque portait dans les ballets dont il éblouissait la Cour, lorsqu'il honorait les comédies de sa présence auguste, au temps des plaisirs permis. L'une après l'autre, Madeleine, Anne, Lastic et Marsilly, Thérèse de Veilhenne et Charlotte d'Ablancourt se présentent devant Sylvine qui ceint le doigt de l'une, place dans les cheveux de l'autre un de ces joyaux. Sur la robe de sa sœur cadette, elle pique une lourde broche en forme de jonquille.

À l'écart, Victoire, l'après-midi entier, comprime son cœur, ses deux mains refermées sur sa poitrine comme une châsse autour de la relique d'un saint... Folle, incrédule, elle contemple la pierre précieuse, en proie à l'hallucination d'y voir son propre cœur qui aurait brisé ses côtes pour s'exposer à tous, scintillant, transfiguré.

À quatre heures, les portes de Saint-Cyr s'ouvrent à deux battants devant les gardes, les mousquetaires, les écuyers et les pages qui entourent le roi et ses carrosses, menant dans la fondation Mgr le Dauphin et M. le prince de Condé, les ministres et les prélats les plus estimés : des noms aussi illustres que ceux de MM. de Beauvillier et de Louvois, de Noailles, de Brionne, de La Rochefoucauld et de Chevreuse, de La Salle ou de Dangeau ; la présence de trois évêques au nombre desquels se trouve M. Bossuet – qui a maintes fois prêché contre la comédie – prouve que l'Église tient pour très saint un divertissement puisé aux sources de la Bible.

La Maison étant gagnée par l'obscurité de l'hiver, Madame a pris soin que le chemin de ses spectateurs fût illuminé. Depuis la porte de la clôture jusqu'au vestibule du deuxième étage, des plaques de fer-blanc ornées chacune de trois bougies parent la muraille : allée flamboyante qui traverse l'institut et permet d'y voir comme en plein jour.

Au sein de la salle capitulaire, Catherine du Pérou et la plupart des Dames, pendant ce temps, prient dans la pénombre. Réfugiées autour de la cheminée, elles cherchent un peu de chaleur, proches les unes des autres, effarouchées. Comment la communauté pourrait-elle ne pas redouter ces exceptionnelles dérogations à leur règle de vie, la brusque levée de leur clôture ? Comment imaginer se trouver en présence d'une assemblée aussi considérable, de tant… d'hommes ? Elles pour qui le visage d'un confesseur derrière une grille constitue le plus grand commerce avec le monde !

Avant de s'engager dans les bâtiments des classes, le roi, d'abord, souhaite saluer les craintives maîtresses de l'établissement. Comme les Dames, surprises, veulent aussitôt aller faire chercher des chandelles, Sa Majesté, du même ton familier que si Elle était en son particulier, réplique que cela n'est pas nécessaire. Avec une politesse suprême dont Mme du Pérou témoignera dans son Registre, des années plus tard, Elle vient leur assurer le plaisir qu'Elle se fait de ces représentations et les convie à y venir. La plupart des jeunes femmes adressent un regard interrogateur à leur directrice. Mme de Maintenon, aussitôt, leur affirme que si Son Altesse l'ordonne, elle ne saurait s'y opposer. Sans tourner en dérision les scrupules des professes, le souverain se complaît à les apaiser ; Il leur certifie qu'il n'est pas une personne de la Cour qui souffre de créer du désordre dans un établissement si pieux.

La marquise conduit alors l'assemblée jusqu'à la salle de théâtre et Sa Majesté, avec fermeté, ordonne aux gens de sa suite de ne pas s'écarter le moins du monde, de se tenir toujours dans les vestibules et autres lieux publics, proches de ceux où Elle sera. Réjoui, décidé à profiter d'un plaisir précieux en cette époque troublée, le roi s'amuse, ce soir, à oublier l'étiquette et se veut maître des cérémonies. Pour que tout se déroule en bon ordre, Il se tient debout à la porte, la canne haute. Par cette auguste barrière improvisée, les personnes conviées pénètrent une à une dans le spacieux vestibule de chaque côté duquel ont été dressés deux amphithéâtres : l'un pour les Dames, l'autre pour les demoiselles. Au milieu, devant la scène, des sièges, installés à distance derrière le fauteuil royal, indiquent les rangs de la Cour.

Les jeunes maîtresses qui se sont soumises à la volonté de Sa Majesté prennent place dans leurs stalles, confondues par la transformation de leur Maison ; chaque fois qu'elles osent lever leur regard, elles rencontrent une nouvelle matière d'éblouissement : des musiciens installés devant les rideaux de M. Bérain, jusqu'aux lustres en cristal de roche qui ont été apportés de Versailles pour les éclairer.

Étagées sur leurs gradins, les demoiselles aussi arborent des rubans de soie inhabituels, distribués à profusion pour l'occasion sous forme de ceintures, de colliers, de nœuds de coiffes et d'épaules. La pureté de ces enfants diffère beaucoup du public, mêlé aux vulgaires comédiens sur leurs tréteaux mêmes, qu'on rencontre d'ordinaire au théâtre.

Une sorte de pudeur contagieuse force ainsi peu à peu le silence des courtisans. Cet auditoire unique qui mêle d'humbles jeunes filles aux seigneurs les plus glorieux se tient dans une crainte qui n'est pas loin d'être mutuelle. À quand donc, pour ces gentils-hommes de Versailles, remonte une pareille impression d'innocence ?

Dans la salle du chapitre, Catherine Travers du Pérou s'est rapprochée du feu. Parmi les Dames de Saint-Louis, elle est la seule à avoir résisté aux injonctions du roi et cette pensée, un long moment, la fait frissonner. Les volontés de Sa Majesté, pourtant, seraient si faciles à suivre : il ne s'agit que de participer aux réjouissances, de contempler les jaunes dans leurs plus beaux atours. Écouter Madeleine de Glapion qui joue sans doute à vous tirer des larmes son rôle de père du peuple juif persécuté.

Et pourtant, la voix de M. Godet des Marais, plus forte encore que celle du monarque, de Madame, plus puissante que l'inclination de Catherine, lui interdit de bouger, la laisse, tétanisée, face à l'âtre de leur vaste pièce. « *Et si Madame avait tort...* » Voilà la pensée nouvelle – sacrilège – que les oraisons de l'austère abbé ont insufflée à la maîtresse des novices. Madame embarquée malgré elle, aveuglée par son désir de soulager les peines du souverain.

« Plus ce divertissement sera beau et singulier, plus le péril sera à craindre pour les demoiselles. »

Ainsi le Sulpicien, après avoir assisté à une répétition, a condamné devant la communauté leurs festivités. Comme le pieux ministre semble avoir vu juste ! Chaque image de la réunion du deuxième étage qui afflue au cerveau de Catherine lui représente autant de beauté et de singularité dangereuses. La chanoinesse de La Maisonfort qui badine dans les coulisses avec l'auteur de *Phèdre* et d'*Andromaque*, dont elle se prétend maintenant l'amie !

À quoi sert donc alors d'avoir renvoyé leur vieille Ursuline, chassé les milliers d'oiseaux en cage qui ornaient ses appartements, comme une preuve de frivolité indigne d'une religieuse ? Cela n'aura-t-il eu pour conséquence que de créer une effervescence encore pire ? Grâce à la présence de l'ascétique confesseur dans l'institut, la maîtresse des novices ne se croit plus, comme à l'époque de Mme de Brinon, trop sotte pour avoir une place dans la maison. À cet instant, elle se figure au contraire être une sorte de Cassandre qui aurait raison contre tous, trop consciente des troubles qui pourraient découler des plaisirs pour les partager.

Alors, la détresse d'être seule, la résistance qu'elle doit s'imposer afin de ne pas courir vers le deuxième étage, Mme du Pérou, campée sur ses pieds, immobile, songe qu'il s'agit du prix à payer pour sa lucidité.

Dans la partie élevée des bâtiments, au terme du chemin incandescent, les portes se referment sur le dortoir des rouges. Le dernier, le roi regagne son fauteuil, derrière lequel un tabouret a été disposé pour Mme de Maintenon. La petite comtesse de Caylus surgit alors du foyer où M. Racine dirige les allées et venues de ses interprètes. Ravissante, la voix assurée, elle se tient devant le rideau pour représenter la Piété, et plus d'un regard, dès ses premiers vers, se tourne vers la compagne du souverain.

> *Du séjour bienheureux de la Divinité*
> *Je descends dans ce lieu par la Grâce habité.*
> *L'innocence s'y plaît, ma compagne éternelle*

Et n'a point sous les cieux d'asile plus fidèle.
Ici, loin du tumulte, aux devoirs les plus saints
Tout un peuple naissant est formé par mes mains.
Je nourris dans son cœur la semence féconde
Des vertus dont il doit sanctifier le monde.
Un roi qui me protège, un roi victorieux
A commis à mes soins ce dépôt précieux.
C'est lui qui rassembla ces colombes timides,
Éparses en cent lieux, sans secours et sans guide.
Pour elles, à sa porte, élevant ce palais,
Il leur y fit trouver l'abondance et la paix...

M. l'Historiographe a peu dissimulé l'hommage rendu, par son allégorie, à l'institutrice de Saint-Cyr. L'assemblée, pendant ce prologue, fixe le voile bleu qui recouvre une nuque droite, impassible. Près du monarque, prête à répondre aux questions qu'il plaira à Sa Majesté de lui poser, la marquise ne semble rougir aucunement des allusions de M. Racine. Le « peuple naissant », les « colombes timides » formées par ses mains constituent la seule bonne action dont elle accepte la reconnaissance.

En cet instant où les grands ont suspendu leurs dissipations pour écouter des voix d'anges, Mme de Maintenon croit vivre, éveillée, un rêve magnifique : édifier par le spectacle de sa sage communauté la Cour dont elle se plaint tant, dont elle dit en secret qu'elle lui fait horreur. Aujourd'hui, à la place des fêtes scandaleuses, des diableries du temps de Mme de Montespan, Françoise d'Aubigné pense offrir à l'aristocratie française un festin de vertu, une orgie de candeur qui marquera à jamais son empire.

Marthe de Caylus, double de Madame sublimé par un poète, expression de ses désirs, entrouvre le rideau et découvre un premier pan de l'appartement d'Esther. La figure de la Piété promène avec bravoure son regard sur les spectateurs et lance, avant de regagner la coulisse, son ultime avertissement :

> *Et vous qui vous plaisez aux folles passions*
> *Qu'allument dans les cœurs les vaines fictions,*
> *Profanes amateurs de spectacles frivoles,*
> *Dont l'oreille s'ennuie au son de mes paroles,*
> *Fuyez de mes plaisirs la sainte austérité.*
> *Tout respire ici Dieu, la paix, la vérité.*

Derrière le rideau, dans leur dortoir aménagé en foyer d'artistes, les jaunes qui doivent entrer en scène s'agenouillent à même le parquet pour dire le *Veni Creator*. Quelle que soit l'importance de son rôle, chacune implore, anxieuse, la grâce de bien le jouer, encouragée en cela par M. Racine.

Mmes de La Maisonfort et d'Auzy ont pour mission de garder les petites actrices mais M. l'Historiographe, mieux qu'aucune maîtresse, veille sur les demoiselles. Tendu, à l'affût, guide des entrées et des sorties, l'auteur d'*Esther* semble exiger l'accomplissement parfait de son œuvre. L'académicien, dont la chanoinesse, jusqu'alors, admirait la réserve, paraît métamorphosé. Indifférent à la présence des Dames, incapable de se maîtriser, il subit, presque en transe, cette exceptionnelle « première ». L'œil collé à une fente minuscule dans le pan le plus reculé du décor, son corps fébrile suit chaque intonation des jeunes filles. D'impuissants soubresauts, des mouvements de chefs d'orchestre que les actrices ne peuvent pas voir tentent néanmoins d'imprimer de justes tempos, un enchaînement de répliques plus bref ou plus tardif. Quelle pression pour les jaunes, qui sentent, depuis la scène, cette surveillance torturer leur dos !

« Un divertissement dans lequel la réputation du poète ne serait engagée en rien. » Amusée, Sylvine se remémore les termes de la commande de Madame, si formellement démentis à cette heure. Lorsque M. Racine surprend sur lui le regard de la jeune chanoinesse, il cherche, comme un fautif, à se justifier :

« Que n'ai-je suivi les conseils de Boileau-Despréaux, lui chuchote-t-il d'un trait, qui me pressait de décliner la prière de la marquise ? La création de mes pièces a toujours été cause de souffrances. La moindre critique, chaque fois, m'inflige plus de chagrin que l'ensemble des louanges ne me fait de plaisir ! »

Mme de La Maisonfort, alors, sourit d'un air qui veut exprimer sa compréhension. En guise de soutien, elle rejoint bientôt le fiévreux auteur, au plus près ; elle écarte à son tour la fente de la tenture pour observer la scène, émue, tremblante d'être aux côtés d'un si grand homme, à l'envers du décor, dans un moment crucial de sa vie. Muette, son épaule contre celle de M. Racine, Sylvine s'abandonne au plaisir du théâtre : poésie mêlée – et c'est, pour la chanoinesse, une découverte – des frissons du public... Plus que jamais, ce texte, qui lui est devenu tout à fait familier, la bouleverse ; à chaque répétition, des beautés cachées toujours différentes lui apparaissaient, et il lui semble qu'elle pourrait entendre mille fois ces vers. Il est si émouvant de soutenir leur créateur, ce génie qui se comporte aujourd'hui comme un débutant, qui semble trouver de l'apaisement en la présence de la jeune maîtresse. Dans cette... intimité de l'instant, si grande que leurs deux corps se touchent, quel trouble secret, inouï, envahit alors Sylvine de La Maisonfort ?

Et pourtant, à être ainsi au contact même des appréhensions de l'auteur, une pensée moins grisante s'infiltre peu à peu et vient corrompre la magie de l'heure. L'agitation de M. l'Historiographe est tout entière dirigée vers la salle ; elle s'aiguise des coups d'œil qui s'échangent sous les fontanges et les perruques, des chuchotements marqués qui, à la stupeur de Sylvine, viennent commenter certaines répliques. Sur la scène, Thérèse de Veilhenne, émouvante Esther, raconte à Victoire dans le rôle de sa confidente, son accession au trône par cette tirade que la maîtresse des jaunes connaît par cœur :

> Peut-être on t'a conté la fameuse disgrâce
> De l'altière Vasthi, dont j'occupe la place,
> Lorsque le roi contre elle enflammé de dépit,
> La chassa de son trône ainsi que de son lit...

Les demoiselles, sur leurs tréteaux, voient ces vers accueillis par des frémissements des courtisans auxquels elles ne s'attendaient pas. Un sursaut d'attention chez M. Racine, son sourire devant la vague de murmures de l'auditoire ramènent bien vite Mme de La Maisonfort sur terre. Presque malgré elle, la jeune femme recule, ses imaginaires sensations de fusion poétique tout à fait brisées. Grâce aux réactions de la Cour, dont l'Historiographe paraît se réjouir, la jeune maîtresse vient de saisir un double sens aux vers d'Esther que, trop sotte, elle n'avait jamais perçu. Mlle de Veilhenne, un peu décontenancée, a néanmoins repris son récit.

… De mes faibles attraits le roi parut frappé.
Il m'observa longtemps dans un sombre silence ;
Et le ciel, qui pour moi fit pencher la balance,
Dans ce temps-là sans doute agissait sur son cœur.
Enfin avec des yeux où régnait la douceur :
« Soyez reine », dit-il ; et dès ce moment même
De sa main sur mon front posa son diadème.

Bruissements du public, nouvelle satisfaction de l'auteur. Faisceau de regards qui convergent sur le tabouret proche du fauteuil royal. Et voilà que la très sainte tragédie d'*Esther* n'est plus, dans le regard dessillé de la chanoinesse, qu'un obséquieux exercice de courtisan. Dès sa première représentation, les invités du palais, habitués aux jeux de miroirs, semblent déchiffrer chaque sous-entendu d'une « pièce à clefs ».

Il revient alors à la mémoire de Sylvine que la marquise a défendu expressément à M. Racine de lui dédier son œuvre, lorsqu'il en a émis l'intention. Mais plutôt que par modestie, comme l'avait d'abord cru la maîtresse des jaunes, Madame a-t-elle eu peur de rendre trop public un hommage travesti ? Assuérus, en effet, pourrait bien n'être qu'un masque de Louis XIV. La pièce de M. l'Historiographe, sous ses apparences bibliques, raconterait en fait l'ascension de Mme de Maintenon, son triomphe sur une « Vasthi » qui serait Mme de Montespan. Confondue par les applications versaillaises de l'œuvre, qui lui crèvent soudain les yeux, la tête de Mme de La Maisonfort bourdonne ; la maîtresse des jaunes ne peut plus s'arrêter dans ses procédés de double lecture… Leur carnaval pourrait-il n'avoir pour but que d'avérer devant la Cour la rumeur du mariage secret qui fait de la veuve de Scarron l'épouse du roi de France ? Une si belle pièce n'aurait été écrite que dans le servile dessein d'affirmer la puissance de Mme de Maintenon ? Chaque parcelle du texte que Mme de La Maisonfort fait défiler dans sa tête semble le lui confirmer.

Je ne trouve qu'en vous je ne sais quelle grâce
Qui me charme toujours et jamais ne me lasse.
De l'aimable vertu doux et puissants attraits !
Tout respire en Esther l'innocence et la paix...

Les mérites de sa compagne vantés par Assuérus évoquent en effet l'influence pieuse que Madame exerce, au su de tous, sur l'âme du souverain.

Que dis-je ? sur ce trône assis auprès de vous,
Des astres ennemis j'en crains moins le courroux
Et crois que votre front prête à mon diadème
Un éclat qui le rend respectable aux dieux mêmes...

Si l'histoire d'Esther, qui vainc ses adversaires pour conquérir pleinement le cœur de son souverain, est celle de Françoise d'Aubigné, qui donc alors serait dépeint sous les traits du perfide Aman acharné à sa perte ? L'énigme aussitôt posée, une résolution possible amène un flot de sang sur le visage de Sylvine : M. de Louvois assis, en ce moment, sur leurs propres bancs !

M. de Louvois, ami de Mme de Montespan, adversaire farouche du projet de la Maison de Saint-Cyr. M. de Louvois dont l'inimitié avec Madame est connue de tout Versailles ; même la chanoinesse, dans sa modeste fréquentation du palais, a entendu évoquer les menaces de disgrâce qui pesaient sur la tête du ministre. Si cela est, quel machiavélisme de la part de Mme de Maintenon de convier le modèle d'Aman à leur représentation ! Voudrait-elle lui donner, comme une préfiguration, le spectacle de sa chute ?

L'innocente fête préparée avec tant de plaisir par la jeune maîtresse vient de prendre un tour qui, maintenant, l'horrifie. Il lui faut se reprendre, maîtriser ces mauvaises pensées ; car faute de les chasser, il semble qu'elles deviendraient désillusions trop amères et lui donneraient envie de fuir leur fondation, à toutes jambes.

Et voilà que, sur la scène, la sœur cadette de la chanoinesse, déjà troublée de se présenter devant le prince, s'alarme elle aussi des ondulations perceptibles du public. Loin d'en comprendre le sens, la malheureuse interprète d'Élise s'affole ; elle croit qu'elle peut être la cause des perturbations et s'embrouille dans son rôle. Du fond du décor, on entend alors M. Racine lui souffler ses derniers vers. Victoire, aux cent coups, répète sans conviction les mots qui bourdonnent à ses oreilles, vidés de leur signification. Enfin, Madeleine de Glapion en Mardochée apparaît pour prendre sa place auprès d'Esther et la petite Maisonfort, plus vite que la mise en scène ne l'avait prévu, s'enfuit dans les coulisses. Aussitôt qu'elle paraît dans leur foyer, un bras vient la saisir et la jaune doit affronter le regard terrible, enragé – objet à ce qui lui paraît de cauchemars éternels –, de M. Racine.

« Qu'avez-vous fait, mademoiselle ? Voici une pièce perdue ! »

Le beau visage de M. l'Historiographe est devenu blême, méconnaissable. Effarée, Sylvine n'ose pas faire un geste pour protéger sa sœur ; trop ébranlée par la vision d'un frénétique assoiffé de succès qui vient de se substituer au merveilleux poète côtoyé depuis l'été.

« Une pièce perdue », et par la faute d'une petite miséreuse… Quel effet M. Racine pouvait-il attendre d'un pareil reproche ? Victoire, bien sûr, éclate en sanglots convulsifs ; elle voudrait mourir à l'instant et prie pour que la terre l'engloutisse. L'auteur d'*Esther*, alors, s'avise de l'inopportunité de sa colère. Il songe bientôt qu'Élise, loin d'avoir fini son rôle, doit reparaître au plus vite sur l'estrade pour entonner sa partie du chœur. Tout pourrait manquer alors bel et bien si la demoiselle ne se calmait pas dans les plus brefs délais !

Le dortoir entier voit plutôt l'illustre académicien tirer son mouchoir de sa poche, l'appliquer lui-même sur les yeux de Mlle de La Maisonfort, comme on fait aux enfants pour les apaiser, en l'encourageant par de douces paroles.

Mme de Caylus, assise sur les bancs du foyer, se fera un plaisir, à la fin du spectacle, de raconter la scène. Car Sa Majesté, lorsque Victoire réapparaît, mouchée et consolée, remarque les yeux rouges de la petite. L'enfant, pour quelque obscure raison, touche le souverain, du moins éveille son intérêt. Pour la deuxième fois, le monarque la distingue nommément et s'amuse à l'affubler d'un surnom fondé sur sa parenté avec Sylvine :

« Avez-vous vu la petite chanoinesse ? fait-il remarquer à Mme de Maintenon. Elle a pleuré. »

La réflexion du roi fera connaître dans tout Versailles le maladroit emportement de M. Racine. Lorsque le dernier rideau tombe, les grands aussi bien que les prélats se répandent en louanges de l'auteur. Au milieu de ce concert d'éloges, l'anecdote du mouchoir est jugée charmante. Pour tous, le blâme injuste de la « petite chanoinesse » manifeste le désir compréhensible du poète de voir sa pièce réussie.

Le monarque, en premier lieu, s'emploie à rassurer son historiographe. Après que Sa Majesté a prononcé le mot « admirable », une avalanche de superlatifs croule sur les épaules de l'académicien.

« C'est un rapport de la musique, des vers, des chants, si parfait et si complet qu'on n'y souhaite rien. »

M. le Prince – Henri-Jules de Bourbon, prince de Condé – confesse que la représentation lui a tiré « plus de six larmes ». Même M. de Louvois affirme son estime de l'œuvre, seul moyen sans doute pour lui de couper court aux sous-entendus.

Enfin, Versailles, ce soir, à l'exemple du souverain, rend un hommage unanime à Mme de Maintenon. La pureté et le talent des élèves de la marquise, son institut, sa nièce, son influence sur le plus grand auteur du temps, tout a sa part d'applaudissements. Lorsque l'on reprend derrière le « couple » royal l'allée incandescente qui mène jusqu'aux carrosses, il semble que la Cour la plus glorieuse du monde fasse à Françoise d'Aubigné une haie d'honneur.

Dans la partie extérieure de Saint-Cyr, M. Racine décline l'offre de Madame de le ramener au palais. Il demande la permission d'aller se recueillir dans la chapelle de la fondation. Mme de Maintenon ne saurait s'opposer à cet accès de piété et son regard bienveillant suit le pieux poète qui disparaît dans l'église – pour étouffer sans doute le trop grand orgueil qu'un tel triomphe a pu lui inspirer.

Dorénavant, selon l'ordonnance de Sa Majesté, M. l'Historiographe disposera d'une chambre personnelle dans le pavillon de Marly, faveur réservée à une poignée d'élus.

Dans la roberie de l'école, au même moment, les jaunes ont bien du mal à retirer leurs tuniques persanes. Les lueurs presque… respectueuses découvertes dans les yeux des Dames ou des autres demoiselles ont suffi à leur apprendre le succès de leur représentation. Il est vrai que, pendant plus de deux heures, l'éblouissement des maîtresses s'est mêlé d'une vision confondante : le roi et les grands, sous le charme d'enfants dont elles ont la charge depuis trois ans. Pas une des timides enseignantes, ce soir, ne pourrait commander avec sévérité une des actrices qui a fait verser – à la communauté aussi bien qu'à la Cour – tant de larmes.

« Madame la Chanoinesse, dites-nous quel était ce seigneur, de fort petite taille… presque un gnome à la vérité, qui pleurait pendant la tirade de Mardochée ?

– D'après votre portrait, Marsilly, je crois reconnaître M. le Prince, chef de la maison de Condé. »

La chanoinesse de La Maisonfort, malgré ses sombres pensées, s'en voudrait de gâter le bonheur des interprètes. Elle s'efforce de secouer la sensation diffuse de déception qui infeste son corps. Prise soudain d'un sursaut de tendresse, la jeune femme s'aperçoit que Glapion et La Haye, bien mieux qu'elle, entourent à sa place sa sœur cadette. Sylvine, alors, vient conforter Victoire. Tout en l'aidant à se dévêtir, elle lui conte le détail de la moquerie du monarque à l'égard du blâme de M. Racine.

« Il semble que votre tristesse d'avoir mal fait ait attendri le roi au plus haut point. Il s'est plu à l'évoquer devant la Cour et voulait que tous prissent votre défense. »

Elle rapporte aussi le sobriquet de « petite chanoinesse » qui plaît tant à son auteur qu'il ne veut appeler autrement la demoiselle. Une sorte de marque de familiarité ou… d'affection.

Près de Victoire, Anne de La Haye qui, plus que les autres, connaît l'amour immodéré de sa compagne pour le souverain craint quelque peu l'effet de ses paroles. Mlle de La Maisonfort, pourtant, ne manifeste aucune réaction. Elle continue à plier ses vêtements, lentement, avec une extrême application. La Haye perçoit bien qu'une pareille joie, après tant d'émotions, est trop violente pour être exprimée. Pourtant, elle ne voit pas comment les nerfs ébranlés de la petite chanoinesse pourront supporter les hommages d'une personne adorée à l'égal de Dieu sur terre. L'absence de commentaires de Victoire la rassure fort peu et la sage Anne de La Haye pense que la folie les guette, toutes. Elle observe autour d'elle ses compagnes qui semblent partager le même état de lévitation, chavirées de plaisir et de fierté.

Les pieds arrimés à la terre, la petite Normande, ce soir, se réjouit de ne pas s'être vu confier un plus grand rôle dans *Esther*. Dissimulée au milieu des chœurs, il faudrait qu'elle ait tout à fait perdu l'esprit pour se flatter à l'excès de leur succès. Tandis que les actrices sur le devant du plateau ont vu, de leurs bouches mêmes, naître les pleurs et le ravissement. Et puis, que Thérèse de Veilhenne ou Charlotte d'Ablancourt s'enorgueillissent, deviennent insupportables, La Haye s'en soucie comme d'une guigne. Une seule personne lui importe dans cette école. Elle a saisi, tel un appel au secours, la manche de Madeleine et cherche son regard :

« Dire que Madame redoutait plus que tout la vanité dans l'institut ! Comme lorsque cette duchesse vous avait trouvée belle, vous vous en souvenez ? »

Anne prie pour que sa compagne, inchangée, rougisse ainsi qu'alors, blessée par ces manières mondaines. Mais Mlle de Glapion sourit plutôt, amusée du bon sens si solide de son amie d'enfance, que rien ne paraît l'ébranler.

« Vous pensez que le carnaval pourrait nous tourner la tête, n'est-ce pas ? Mais n'ayez crainte, La Haye. Au pire, cela rentrera dans l'ordre au carême. »

La repartie en forme de boutade ne parvient pas à égayer Anne. Sans s'en soucier pourtant, Mlle de Glapion continue à se divertir des inquiétudes de sa camarade. Rien ne pourrait, ce soir, atténuer la joie de la « perle de Saint-Cyr ». Son esprit est trop plein de formules quasi magiques, irrésistibles.

« Pendant ma tirade, M. le Prince... *M. le Prince* pleurait ! »

Le scintillement imaginaire de ces mots s'avive encore de l'information révélée par Madame dans sa dernière missive et que Glapion est seule à détenir : « Tout l'hiver ! » Elles joueront *Esther* l'hiver entier ! Afin que le roi puisse répondre aux innombrables demandes de ses courtisans. Oh ! oui, que la joie de ce soir ne s'interrompe pas ! D'autres fois encore, retrouver l'émerveillement de jouer et de chanter de saints vers pour l'élite de la France. De nombreuses, nombreuses fois ! Pendant la pleine saison du carnaval !

«Tout l'hiver» 1689 en effet, les jaunes vont connaître de semblables transports. À chaque représentation, de nouveaux échos élogieux attrapés au hasard, entre deux portes, vont attiser la fièvre de leurs soirées. Quelque temps après, plusieurs personnes d'Église – entre autres huit Jésuites et l'illustre Mme de Miramion – sont invités par le roi à voir leur spectacle. Madame confie alors aux actrices, pour les galvaniser :

« Aujourd'hui, nous jouons pour les saints. »

Eh bien, les saints les applaudissent autant que les profanes.

Le 5 février, jour de gloire pour Saint-Cyr, les pieuses maîtresses ne peuvent plus dissimuler leur fierté de voir trois têtes couronnées sous leur toit.

Dans le dortoir des rouges, ce jour-là, deux fauteuils au-devant de la scène entourent ceux de Louis XIV, l'un pour le roi d'Angleterre déchu, Jacques II, et l'autre pour sa femme, la malheureuse reine en exil. Ce jour-là, Mme de Caylus interprète le rôle-titre et M. Manseau note dans son Journal :

La pièce s'est jouée dans la perfection. Sa Majesté y prend un plaisir toujours nouveau.

Chacune de ces nuits, les poitrines des jaunes exhalent de profonds soupirs, comme si les splendeurs de leur scène les hantaient. Mais il n'est pas une parole qui ait été prononcée, une seule incartade qui vienne troubler la pureté de ces enthousiasmes, et Madeleine de Glapion, pareille aux autres, laisse, soir après soir, l'ivresse du spectacle lui monter à la tête.

Sincère dans sa première réponse à La Haye, la demoiselle ne peut croire que leurs représentations aient de graves incidences sur le cours de leurs jours. Pour que des bouleversements surviennent, il faudrait qu'on n'ait pas pris garde de les tenir à distance de leurs visiteurs. Mais Madame, prudente, s'est assurée que le commerce des courtisans et de sa communauté ne dure que le temps de la pièce. À l'issue du dernier acte, les spectatrices quittent promptement le théâtre et sont menées, comme les interprètes, à l'abri dans leurs classes.

À l'église, le banc réservé aux jaunes, à l'extrémité duquel se trouve Mlle de Glapion, jouxte toujours un épais rideau ocre qui les dissimule de l'assistance réunie dans la nef. Aussi bien protégée qu'avant, leur vie se déroule, chaste et préoccupée de Dieu. Un peu plus vaine seulement, de connaître les noms des princes du sang qui font leur éloge. Mais le plaisir que les jaunes tirent de ces fastes semble à Madeleine si innocent qu'elles peuvent impunément s'y abandonner : il ne résistera pas à la rigueur de leur éducation, au jour des Cendres, lorsque tout sera oublié.

Et pourtant, un coup de tonnerre vient bientôt déchirer le ciel pur de leur carnaval… Dans la chapelle de Saint-Candide, un matin d'office, le rideau ocre s'entrouvre. Madeleine de Glapion, la plus proche de la tenture, tourne la tête, tirée de ses prières par le bruit. Un pan relevé de l'étoffe lui découvre un jeune homme, à peine plus âgé qu'elle, qui, stupeur, la fixe. D'un coup d'œil involontaire, elle s'assure que ni Anne près d'elle ni aucune autre jeune fille n'est témoin de sa honte. Le garçon, d'une audace insensée, continue à l'isoler de ses compagnes par son regard insistant, comme pour la persuader qu'elle est bien celle dont il espère l'attention. Madeleine, aussitôt, baisse les yeux, perdue. Incapable de la moindre réaction. Trop confuse pour imaginer interrompre le prône de M. des Marais en signalant l'importun.

Une sorte de crissement, alors, l'attire, malgré elle, à nouveau vers la grille. Mais l'effroi de la vision l'empêche de comprendre ce qui est en train d'arriver. Le bruit est celui d'une... lettre que le jeune homme agite vers elle. Dans l'espoir sans doute qu'elle tende la main pour s'en emparer. Cette imprudence, par bonheur, attire sur le fou sa sanction. Mme de Saint-Aubin, surveillante de leur groupe, vient, d'un coup sec, tirer le rideau, tandis que l'effronté s'esquive avant d'être châtié. La Dame de Saint-Louis promène sur leur banc un regard soupçonneux pour découvrir si l'une d'entre elles se sait la cause de ce désordre. Mortifiée, Madeleine n'ose pas se nommer. Il lui semble qu'on va croire à sa complicité, que d'Ablancourt en fera des gorges chaudes...

Proche de Glapion, La Haye perçoit le tremblement des mains de son amie. Mais comme ses condisciples, elle n'a rien vu d'autre que le geste brusque de Mme de Saint-Aubin. À l'instar de ses camarades, elle dévisage, ahurie, leur surveillante ; celle-ci, rassurée sur la candeur de son groupe, songe sans doute qu'elle a brisé le mal dans l'œuf, que le fuyard entrevu n'a eu le loisir d'aucune mauvaise action. Elle décide alors de ne pas alarmer davantage les élèves et regagne sa place sans commentaire. L'après-midi, la petite Normande attend vainement que Madeleine évoque leur office matinal. Mais même à sa plus chère amie, Glapion n'ose pas rapporter l'aventure dont elle se sent – pourquoi grands dieux ? – presque coupable.

Elle tente de donner le change, de participer du mieux qu'elle peut aux classes et aux récréations, mais devant ses yeux, sans cesse, défile l'aventure de la chapelle. Pourquoi ce visage entr'aperçu involontairement s'est-il gravé aussi nettement dans son cerveau ? Au point qu'il le lui renvoie sans cesse, avec la sensation toujours retrouvée de la joliesse des traits du jouvenceau, de sa blondeur et aussi de son grand cou maigre qui lui donne un air d'échassier, une sorte de frère aîné en somme.

De ces quelques secondes, elle tire mille conclusions, mille hypothèses. Le manteau écourté, à la mode d'Henri III, qu'il portait sur les épaules lui fait penser qu'il s'agit d'un page d'une grande maison. Un jeune homme d'une famille noble, pas un va-nu-pieds, s'est épris d'elle ! Comme la pensionnaire sent que, déjà, malgré elle, ce constat vient, d'un coup, perturber son bonheur de Saint-Cyr ! Terrorisée par cette pensée plus encore que de l'aventure, Glapion prie, de toutes ses forces, que le damoiseau ne soit qu'un lunatique qui ait agi par jeu et qui ne reparaîtra plus.

Le lendemain, lorsqu'il faut s'installer à nouveau sur leur banc d'église, Madeleine, brusquement, demande à Anne de prendre sa place près du rideau. La Haye, sans rien demander, s'exécute ; tout au long de l'office elle épie la grande jeune fille, prise comme la veille de ses énigmatiques transes. Et puis, en une seconde fulgurante, la petite Normande saisit l'importance du danger auquel Madeleine se voit exposée.

Derrière le pan d'étoffe ocre relevé, le même jeune homme s'est risqué à nouveau à chercher le regard de la demoiselle. Lorsqu'il comprend que l'objet de ses vœux s'est soustrait à leur intimité, sa hardiesse ne fait que s'accroître. Vif comme un lanceur de couteaux, il darde une missive à travers la grille. Sa rapidité, cette fois, prévient la vigilance de Mme de Saint-Aubin. Le temps d'ajuster son tir, le drôle a déjà disparu, et la lettre atterrit aux pieds de Mlle de Glapion.

Un même sursaut de terreur parcourt le corps des deux Normandes. Mais tandis que Madeleine, tétanisée, contemple le morceau de papier sans faire un geste, Anne, passé le premier effroi, pense – réflexe absurde d'écolière – repousser l'épître d'un coup de pied vers une autre demoiselle, n'importe laquelle, du moment que son amie ne paraisse pas compromise.

Aujourd'hui, cependant, bon nombre d'autres jaunes ont surpris le manège. L'émoi de leur rangée, aussitôt, attire Mme de Saint-Aubin vers l'extrémité du banc. Tel un signe infamant, le billet qui gît sur la dalle de la chapelle désigne Mlle de Glapion à toute la communauté. La surveillante saisit au plus vite la missive ; elle approche sa main du visage de la jeune fille et caresse sa coiffe d'une main consolante. La prostration de la jaune, le sang qui lui est monté au visage l'innocentent, par bonheur, autant que sa réputation.

Au même moment, l'assemblée mensuelle des Dames de la Charité, organisée par Mme de Maintenon, se tient dans la maison du Curé de Versailles, M. Hébert. D'un geste parfois un peu ostentatoire, les baronnes et les comtesses déposent de solides aumônes en louis d'or dans la bourse des quêteuses de la paroisse. Depuis la faveur de la marquise, on se presse à ces réunions de bienfaisance. Quelque malicieux auteur du temps n'a-t-il pas écrit : « Hors de la piété, aujourd'hui, point de salut à la Cour, aussi bien que dans l'autre monde ! » Mais ce matin, alors qu'il n'est question que du triomphe d'*Esther*, M. Hébert vient, en plein milieu de la séance, causer un scandale public.

Françoise d'Aubigné, dans l'euphorie des louanges des courtisanes, se tourne vers le prêtre et lui dit d'un air gracieux :

« Il n'y a que vous, monsieur, qui n'ayez pas encore assisté à cette pièce. N'y viendrez-vous pas bientôt ? »

En guise de réponse, le curé se lève sans mot dire et fait une grande révérence. La marquise, troublée, insiste. Elle annonce que le P. de Chauvigny, de l'Oratoire, célèbre pour sa piété, sera, ce soir, parmi les spectateurs.

« Vous voudrez bien, sans doute, y aller en si bonne compagnie. »

Il est clair que l'on ne se contentera pas du silence du pasteur. Celui-ci, sans s'émouvoir, supplie derechef la marquise de l'en dispenser et allègue « de puissantes raisons pour lui demander cette grâce ». Sans poursuivre plus avant, Mme de Maintenon quitte bientôt la cure, tandis que les nobles dames guignent M. Hébert, stupéfaites de son compliment. L'une après l'autre, elles font cercle autour du prêtre pour l'engager à revenir sur un refus qui pourrait être lourd de conséquences :

« Monsieur le curé, qu'avez-vous fait ? Ne savez-vous pas que Madame reçoit, par jour, plus de mille demandes de places pour *Esther* ?

– Il n'est ni petit ni grand qui ne veuille faire sa cour par ce moyen. Même les ministres, pour se rendre à Saint-Cyr, quittent leurs tâches les plus pressées !

– Aujourd'hui, on peut se faire une affaire parce qu'on n'admire pas assez cette pièce. Ne l'avez-vous pas entendu dire ? Mme de Grignan a laissé tomber, il y a deux jours, cette réplique à Versailles, certaine que Mme de Maintenon le saurait : "Il faut que la maréchale d'Albret ait renoncé à louer jamais rien puisqu'elle ne loue pas *Esther*." Eh bien ! soyez assuré que la maréchale s'en est fort inquiétée ! Elle a aussitôt couru se défendre auprès de la marquise. »

La mieux intentionnée des comtesses s'agenouille devant le pasteur et l'implore :

« Croyez-moi, mon Père, passez sur vos scrupules et trouvez-vous dès ce soir, comme les autres personnes du clergé, à cette comédie ! Sinon par les "raisons" que vous avez invoquées, vous semblerez condamner la complaisance des évêques et des personnes de piété qui y assistent. »

Inflexible, pourtant, le curé de Versailles sourit et remercie ses aristocratiques paroissiennes de leurs bonnes volontés.

« J'ai toute la déférence possible pour Mme de Maintenon, mais je suis persuadé que mon devoir et mon ministère doivent l'emporter en moi sur toute autre considération. »

M. Hébert peut mesurer, à l'aune de l'embarras général, le caractère inusité de ses propos. Pour que l'on ne croie pas, cependant, à un entêtement sans fondement, il consent à dévoiler ses « puissantes raisons ».

« Une fois que je vous les aurai exposées, je me rendrai à votre jugement, si vous me désapprouvez encore. »

Tandis qu'un silence piqué de curiosité s'installe, l'ecclésiastique, intime de M. des Marais, développe une argumentation construite point par point. Il semble que le farouche curé se soit préparé à soutenir ses vues jusque devant le monarque. Les couvents de France – prétend-il – ont les yeux arrêtés sur Saint-Cyr.

« Vous verrez qu'en peu de temps les abbayes et autres monastères de filles voudront imiter une chose qu'elles ont su être au gré du roi, de la Cour. Les cloîtres se croiront désormais autorisés à inviter toutes sortes de gens à des représentations ! Et pourtant je crois ces pratiques très pernicieuses pour la formation des jeunes personnes du sexe. Je ne sais ce qui en a pu inspirer l'idée à Mme de Maintenon, mais si elle m'en avait parlé, je l'en aurais détournée… »

Plus d'une comtesse alors, à seulement écouter de telles réflexions, redoute de paraître entraînée dans une cabale. Comment ce simple curé, nouvellement nommé, ne craint-il pas de s'immiscer sur le domaine d'élection de la marquise ? Mais M. Hébert renchérit, sans permettre à quiconque d'intervenir.

« Si on élève les filles dans des maisons retirées, si on empêche qu'elles ne soient vues des hommes et qu'elles ne prennent du goût de leur compagnie, c'est bien parce qu'il est primordial de les porter à une très grande pureté de mœurs. On détruit donc ce qu'on veut faire en elles d'un autre côté quand on les fait monter sur un théâtre à la vue de personnes de la Cour ! Croyez-moi, mesdames (la voix de M. Hébert, si sûre de son fait, est devenue stridente d'arrogance), une fille qui a fait un personnage dans une comédie aura beaucoup moins de peine de parler tête à tête à un homme, ayant paru tête levée devant plusieurs. »

Les réticences de ses ouailles, clairement perçues par le prédicateur, ne l'arrêtent pas en si bon chemin.

Au contraire, il se sent tenu d'insister, d'enfourcher le cheval de bataille de son temps, que cette fois pas un ecclésiastique ne lui contesterait : la vanité, vice dominant des jeunes filles. Quelle fatuité ne doit pas leur inspirer la conscience qu'on s'empresse de les entendre et que le roi a été content d'elles !

« On fera entrer l'orgueil dans leur cœur, passion qui leur est déjà naturelle, avec tant d'agrément qu'il sera ensuite impossible à vaincre ! »

Mme de Montchevreuil, moins résignée sans doute que ses compagnes à ces mâles considérations sur les femmes, interrompt ici la diatribe.

« Oh, pour cela, monsieur le Curé, on voit bien que vous n'avez pas vu les petites interprètes d'*Esther*. Voulez-vous connaître une anecdote dont je fus témoin ? (Elle coupe court à sa réponse en poursuivant sans façon.) Sa Majesté m'a fait l'honneur de me mettre sur la liste de la représentation à laquelle assistaient les souverains d'Angleterre. J'ai su que, pour l'occasion, on avait mêlé aux chanteuses de la Maison les plus jeunes musiciennes de la Chambre du roi. Ces personnes étaient vêtues, comme les pensionnaires, à la persane, afin qu'on les confonde. Eh bien ! Je vous affirme, mon Père, que leurs airs… affectés les faisaient immédiatement distinguer des demoiselles de Saint-Cyr, en qui on remarque une modestie, une simplicité touchantes…

– Touchantes, madame. Vous l'avez dit ! »

Nullement désarçonné, le prêtre fixe l'oratrice avec une ironie perceptible. Malgré son grand âge, Marguerite de Montchevreuil rougit, confuse devant l'air supérieur de M. Hébert. Cet homme d'Église, du fond de sa cure, semble persuadé de mieux connaître qu'elle les bassesses du monde.

« Voyons, mesdames, ne comprenez-vous pas que l'innocence de ces chastes actrices est leur plus grand attrait. Je ne trahirai certes pas le secret de la confession. Mais figurez-vous seulement que depuis le début de ces représentations, je reçois chaque jour des témoignages que les demoiselles font de très vives impressions sur les cœurs… Qu'on est incomparablement plus touché de les savoir candides que de la vue de comédiennes, dont nul ne doute de la vie déréglée ! »

L'allusion, cette fois, a frappé au vif et mis en déroute les objections, si l'on songe qu'une telle révélation vient du prêtre qui confesse la plupart des hommes du palais. De nouvelles investigations – combien de seigneurs ont pu ainsi s'émouvoir ? Et qui donc ? – s'ouvrent pour les Dames de la charité.

À Versailles, les murs de l'appartement de Mme de Maintenon, derrière la grande salle des Gardes du corps, retentissent d'une explosion de colère. Ses doigts fébriles triturent la missive qu'on lui a rapportée de Saint-Cyr, la scandaleuse missive jetée le matin même aux pieds de Madeleine de Glapion. Le « rude mors » prôné il y a longtemps par M. l'abbé Gobelin est sans effet, cet après-midi, sur l'impatience de Françoise d'Aubigné. Sans doute le refus de M. Hébert – encore vivement ressenti – n'est-il pas pour rien dans la rage que lui cause cette nouvelle intrigue.

Les « puissantes raisons » du prêtre ! La marquise s'est bien gardée de les lui demander, car elle les connaît, plus que quiconque. Elle en éprouve, chaque jour, le tracas ; à l'exemple de l'impudente déclaration d'amour que ses mains, à l'instant, se retiennent de

déchirer. Au milieu de « raisons » d'exaspération aussi
« puissantes », sans doute, que celles du pasteur, le
billet de Saint-Cyr la précipite, hors d'elle, dans les
couloirs du palais. Le scrupule de M. Hébert est venu
à propos lui rappeler qu'il était temps de prendre des
mesures. Couper court aux rumeurs, au plus vite ! Si,
déjà, le simple curé de Versailles ne craint plus de
faire au grand jour état de sa réprobation, alors à coup
sûr des puissances supérieures, bientôt, vont tonner
leurs attaques.

Sans rien voir autour d'elle, Mme de Maintenon
descend l'escalier de marbre des appartements de la
feue reine, emprunte le couloir qui mène chez Mlle de
Montpensier, obnubilée par l'idée d'une réparation
à obtenir, sur-le-champ, d'un châtiment à infliger.
La sanction du galant épris de Glapion, au moins,
n'est pas embarrassante et s'exécutera sans peine ! Le
page effronté de la Grande Mademoiselle a eu
l'innocence – et la bêtise – de décliner son identité
dans son épître.

Pourtant, lorsqu'elle apprend la mauvaise action de
son cavalier, la cousine du roi veut d'abord excuser ce
qu'elle appelle l'« étourderie » du jeune homme. Il lui
semble, malgré tout, que ses intentions sont honnêtes.

« Au fond, le mal n'est pas si grand puisque mon
page ne parle que de mariage. Il a voulu se présenter à
votre jeune actrice, lui dire qu'il était d'une bonne
famille. D'ailleurs, j'estime ce garçon, c'est encore
presque un enfant, pieux et non libertin. »

Mme de Maintenon se soucie fort peu de telles
considérations. L'outrage public du jouvenceau aux
règles de la clôture de sa fondation suffit à attirer sur
lui sa haine éternelle. Aussi, sans craindre, pour une
fois, d'afficher son crédit, elle laisse entendre à la

Grande Mademoiselle que le roi exigera d'elle un exemple notoire de sévérité.

La soumission de la duchesse de Montpensier ne suffit pas à apaiser le trouble de la marquise. Du même pas agité, elle quitte la chambre de Mademoiselle et demande qu'on attelle son carrosse afin d'être menée à Saint-Cyr. Un autre garde, pendant ce temps, est prié de ramener Mme de Caylus auprès d'elle et la précipitation de ces ordres donnés en tous sens, sans doute, a déjà ses commentateurs.

Tandis que son cocher se présente, que Marthe de Caylus accourt, Mme de Maintenon à la hâte exprime ses dernières dispositions. On pourrait croire, à la regarder, que le sol menace de s'entrouvrir sous ses pas tant elle paraît vouloir s'enfuir. Au pied de sa voiture, elle signifie à sa nièce qu'elle ne devra plus remplacer, comme elle l'a fait jusqu'ici, l'une ou l'autre des interprètes d'*Esther*. Retorse, la petite comtesse demande si elle a mal déclamé, mais sa tante brise net ces effets de coquetterie. Marthe n'a que trop eu connaissance des louanges de la Cour et de son épithète de Champmeslé de Saint-Cyr.

« La question n'est pas là. Mais vos seize ans viennent troubler la piété du divertissement, qui réclame la simplicité d'âmes toutes pures ! »

Vexée comme par un soufflet en plein visage, la nièce de la marquise refuse de s'incliner si vite. La jeune femme est assez familière, aujourd'hui, des coutumes de Versailles pour ne laisser aucune attaque sans riposte.

« N'est-il pas un peu tard, Madame, pour me faire profiter de cet avis, quand toute la France ainsi que les souverains d'Angleterre m'ont déjà vue sur la scène de Saint-Cyr ?

– Il ne faut jamais craindre, ma chère Marthe, de réparer une mauvaise action, même si cela montre au monde que vous avez eu tort ! »

Se faire traiter de « mauvaise action » est un camouflet un peu trop cuisant pour la petite comtesse. Ainsi donc, il n'y a plus lieu de rire des clabauderies de ces vieux cagots qui qualifiaient d'indécente son exhibition devant la Cour ! Marthe connaît assez sa tante. Elle peut distinguer les dents aiguës de la malveillance déchirer le cœur de la vieille marquise ; à l'évidence, une sombre amertume – enfouie d'ordinaire – a envahi l'âme de Françoise d'Aubigné…

L'influence de Versailles, cependant, s'est imprégnée au plus profond de Mme de Caylus. Loin d'éprouver la moindre compassion, elle sent, comme par réflexe, un serpent se dresser en son sein. Piquer sournoisement, sous les allures les plus courtoises, aucune autre action ne saurait panser son amour-propre.

« Je me rendrai, Madame, à votre arrêt. Mais puis-je joindre, par ailleurs, mes prières à la supplique de mon frère, car je vous assure que l'amour que lui a inspiré la vision de Mlle de Marsilly en Zarès est fort sincère et qu'il n'a plus de sommeil. »

Bien sûr, Madame, courroucée, ne veut pas prononcer un mot sur cette matière, mais Marthe n'en a cure. Elle prend congé, trop contente de montrer à la marquise que ses seize ans ne se différencient pas tant de la « simplicité toute pure » des jaunes de Saint-Cyr… Que des séductions des petites actrices effraient Mme de Maintenon, après tout, la petite comtesse peut le comprendre, mais lui interdire, à elle, l'accès à la scène est un étrange moyen d'y remédier.

Dans la classe jaune, Madame, longuement, presse la main de Mlle de Glapion et la garde serrée dans la sienne. La marquise d'habitude si réticente à toute démonstration physique, ne craint pas, aujourd'hui, de montrer sa sollicitude à l'une de ses filles. Par ses seules caresses, elle semble dire à Madeleine qu'elle connaît son trouble et que la petite n'a plus rien à craindre, à présent. D'une même effusion de tendresse, elle sourit aux autres adolescentes et les assure de sa satisfaction d'être parmi elles, enfin, loin de la Cour. Pourtant, le fond de chagrin dans la voix de leur directrice est assez perceptible pour ne pas échapper aux plus sensibles, à Mlle de La Haye.

À la regarder tenir contre elle sa chère Madeleine, Anne songe que la presque reine de France cherche peut-être, dans ce contact – cette pensée n'est-elle pas tout à fait incongrue ? –, une sorte de réconfort. La petite Normande, alors, ne peut s'empêcher de promener sur ses compagnes, sur d'Ablancourt, un regard gonflé d'orgueil. Toute la journée, Mlle de La Haye, redevenue aussi sauvageonne que dans la forêt de Conches, a ressenti de telles violences ! Impuissante face au désarroi de Madeleine, elle a vu son amie se tenir à l'écart, afin que personne ne lui parle… trop confuse pour accepter même une marque de compassion ! Seule sa compagne d'enfance croyait comprendre un tel comportement. Elle, devinait la culpabilité, qui, à coup sûr, assaillait Glapion, en dépit de son ingénuité. « Pourquoi moi ? En quoi ai-je pu, dans mon rôle de vieux père d'Israël, éveiller les ardeurs d'un gentilhomme ? »

Alors, La Haye a tourné sa fureur sur les autres. Chaque demoiselle qui, à voix basse, répétait l'incident de la chapelle pouvait s'attendre à croiser la silhouette de la jaune, poings serrés, avec des airs de vouloir étrangler la première médisante.

Par bonheur, les démonstrations de la marquise sont mieux à même de faire rentrer les insinuations dans les gorges. Avant de quitter la classe, Madame, désireuse de tranquilliser les esprits, déclare l'incident clos : elle explique que l'effronté s'est trahi dans son billet et a été découvert.

« En ce moment, il reçoit une sévère réprimande de sa maîtresse, Mlle de Montpensier, et n'osera plus recommencer son délit. »

Lorsqu'elle se sent à l'abri, au secret de la salle capitulaire, Mme de Maintenon, enfin, avoue sa détresse. Incohérente, d'un débit haché, elle laisse déborder le flot de ses tourments, sous le regard consterné des professes. Est-il possible que la marquise, leur autorité suprême, s'effondre sous leurs yeux ?

« Oh ! mesdames, mes chères Dames, bénissez votre clôture et sachez que cette Cour est effroyable… Un divertissement si pieux, devant un monde aussi souillé… Comment ai-je pu introduire dans notre Maison cet usage, qui risque de nous être fatal… »

Madame paraît avoir oublié que sa communauté est constituée de jeunes filles, qui n'ont pas vingt-cinq ans, et d'une supérieure qui en a vingt-deux. Effrayées, submergées par un débordement qu'elles n'ont aucun moyen d'endiguer, elles imaginent déjà qu'une tourmente va s'abattre sur leur fondation dans laquelle elles ne pèseront pas plus que des fétus de pailles.

« D'ailleurs, tout le mal vient de l'influence de Mme de Brinon ! C'est ELLE qui a induit cette pratique avec ses méchants vers… »

La Marquise, à cette seule autojustification, respire déjà avec plus de calme – soulagée sans doute d'avoir pu désigner une coupable. Elle reprend alors un fil du discours moins embrouillé pour ne rien celer à ses maîtresses des affres que le succès d'*Esther* a fait naître. Confondues, les Dames apprennent alors que la complaisance du roi pour leurs actrices a fait perdre la tête à de nombreux courtisans. Des partis insensés, qui veulent oublier la misère des demoiselles, se sont offerts.

« Et l'on croit apparemment par là m'être agréable. »

Il faut à Mme de Maintenon être raisonnable pour tous et refuser ces honneurs hors de propos, inconsidérés, nés seulement de l'enthousiasme des représentations. Sans compter que tout cela est fort à craindre pour la fondation, dont la vocation n'est pas d'abriter des galanteries.

« Croient-ils donc que Saint-Cyr est un étal de marché sur lequel ils n'ont qu'à faire leur choix ? »

La marquise, chaque jour, doit briser des espoirs, essuyer les plaintes et les déceptions de nobles éconduits. Des intrigues qui la répugnent et dont elle voit, déjà, Versailles se repaître.

« Jusqu'à ma propre famille qui s'en trouve bouleversée. »

Mlle de Marsilly, en effet, dans sa pourtant brève apparition de Zarès, a réussi l'exploit de tourner la tête aussi bien au frère qu'au père de Mme de Caylus ! En fait, lorsque le jeune comte de Mursay a appris à son père l'amour que lui avait inspiré l'une des actrices d'*Esther*, le vieux marquis a voulu, lui aussi, se rendre à Saint-Cyr. Eh bien ! malgré ses cinquante-sept ans, le veuf parent de la marquise s'est pris de passion pour la même jeune fille et s'est figuré de demander sa main.

« Me voici bien aise, comme vous pouvez l'imaginer, de ces deux prétendants !

– Qu'allez-vous faire, Madame ? »

Bien naïve, Émilie d'Auzy n'a pu dissimuler l'émoi de son ton. Comme si le caractère romanesque de ces amours qui pénètrent par effraction leurs murs faisait battre son cœur de jeune fille. La marquise, d'un geste prompt, repousse l'idée de ces tracas.

« Mon jeune neveu s'inclinera ! Plus aisément en tout cas que son père, si entiché de la jeune fille qu'il en est presque enragé.

– Il semble, Madame, que la pieuse tragédie d'*Esther* tisse finalement des canevas de comédies de Molière. »

La réflexion de la chanoinesse esquisse un sourire amer sur les lèvres de la marquise. La comédie en effet est bien triste, et Madame ne peut ignorer qu'elle a, délibérément, exposé ses demoiselles à cette concupiscence.

« Mes précautions, les quatorze ans des jaunes, encore – me semblait-il – préservées des séductions de la jeunesse, les tuniques fort décentes de M. Bérain… »

Catherine du Pérou, à grand-peine, se contient pour ne pas intervenir et empêcher la marquise d'égrener ses bonnes intentions. À quoi cela servirait-il puisque le mal est là, irréparable ?

« Allons-nous, malgré cela, continuer à jouer ? »

N'y tenant plus, la maîtresse des novices est sortie du rang pour enfin vider son cœur de tout ce qu'elle refoule depuis le début du carnaval. Mme de Maintenon, tirée de ses noires visions, dévisage sans mot dire la jeune Dame. Peut-être s'avise-t-elle à cet instant que Catherine est la seule maîtresse à n'avoir jamais voulu pénétrer dans leur salle de théâtre. Mais il semble que la clairvoyance de la professe ne lui attire aucunement le regard bienveillant de Madame. Au contraire, la marquise rétorque, d'une voix dont elle ne peut maîtriser l'agacement :

« Que pouvons-nous faire d'autre, du Pérou ? Quand le roi y prend toujours plus de satisfaction, accorde de nouvelles places… Et a prié M. Racine de composer une autre pièce de cette veine… »

Qu'est-il arrivé à Madame ? La gaieté si naturelle qu'elle leur a presque toujours montrée semble avoir fait place à une ironie glaciale, désespérée. On dirait qu'aujourd'hui elle veut à plaisir étaler à leurs yeux son désenchantement, pour les y entraîner.

« Après la comédie et l'opéra, nous pouvons nous vanter d'avoir inventé un nouveau genre de spectacle que tout le monde à présent veut imiter : le divertissement pieux ! D'où, bien sûr, nous verrons naître une autre cabale, qui prétendra que nous voulons réhabiliter le théâtre…

– Nous pourrions dire que nos actrices sont malades… »

Le besoin éperdu de réagir a fait presque crier Catherine. D'une autorité insoupçonnée, elle semble vouloir obliger la marquise à enrayer la machine infernale de leurs représentations. Comme à bout de force, Madame prend un long temps pour considérer la proposition et finit par conclure :

« … Il est vrai ! Après ce soir, je pourrais faire dire que nos actrices sont malades… Oui… Et nous ne jouerions plus pour le public mais pour le roi, en particulier, seulement s'il l'ordonnait. »

Pourtant, l'oratrice semble peu convaincue de l'efficacité du stratagème. Son découragement, ce soir, est trop grand pour s'éclairer de la moindre lueur d'espoir. Sans témoigner aucune reconnaissance à la maîtresse des novices, elle congédie la communauté, à l'exception de Mme de La Maisonfort.

Tandis que les Dames, le cœur gros, se retirent, Madame entraîne Sylvine dans une encoignure de la salle, signe d'une confidence très intime. Lorsque la dernière maîtresse a refermé la porte – un peu envieuse, sans doute, de l'avantage de la consolation qu'a, sur elles, la chanoinesse –, la marquise tire un billet de sa poche.

Sans mot dire, elle le dépose entre les mains de la maîtresse et détourne son regard pour la laisser lire. La jeune femme, déconcertée, contemple un instant la feuille et devine qu'il s'agit d'une chanson interceptée sans doute par la police de Madame. Une de ces satires contre la marquise qui sont l'ordinaire de Versailles, Sylvine le sait parfaitement. Elle s'étonne seulement qu'après les souillures exposées à la communauté, le secret soit requis pour une nouvelle perfidie. Voilà qui lui fait parcourir, au plus tôt, le contenu du billet.

> *Racine, cet homme excellent !*
> *Dans l'Antiquité si savant,*
> *Des Grecs imitant les ouvrages,*
> *Nous peint sous des noms empruntés*
> *Les plus illustres personnages*
> *Qu'Apollon ait jamais chantés.*
> *Sous le nom d'Aman le cruel,*
> *Louvois est peint au naturel ;*

Et de Vasthi, la décadence
Nous retrace un tableau vivant
De ce qu'a vu la Cour de France
À la chute de Montespan...

La chanoinesse s'est interrompue dans sa lecture, car les lettres se brouillent devant ses yeux. La satire vient de ranimer un souvenir plus déplaisant encore qu'elle n'aurait pu croire : la révélation de sa naïveté, ce soir de première, auquel elle ne veut jamais penser. Depuis lors, la jeune maîtresse, hérissée de méfiance, ne peut plus entendre la douce voix de M. Racine sans sentir pousser sa chair de poule. Elle doit cingler son énergie afin de poursuivre, étonnée, à la réflexion, que Madame s'offusque de la révélation du double fond d'*Esther*, qui ne dit que sa puissance.

... La persécution des juifs,
De nos huguenots fugitifs,
Est une vive ressemblance ;
Et l'Esther qui règne aujourd'hui
Descend de rois dont la puissance
Fut leur asile et leur appui.
Pourquoi donc, comme Assuérus
Notre roi, comblé de vertus,
N'a-t-il pas calmé sa colère ?
Je vais vous le dire en deux mots :
Les juifs n'eurent jamais affaire
Aux Jésuites et aux bigots.

Voilà le hic ! Eh bien ! Sylvine de La Maisonfort, contre toute apparence, refrène son envie... d'éclater de rire. La sanction lui semble en effet comique. Ainsi donc, la marquise et son auteur courtisan ont été pris à leur propre jeu de masques. S'ils n'ont pas répugné qu'on reconnaisse entre les lignes la figure de M. Louvois, de Mme de Montespan, ils ne doivent pas s'étonner que la pièce donne lieu à bien d'autres interprétations.

« Cela se chante sur l'air des Rochellois ! »

La marquise a laissé tomber l'information, d'une voix blanche, le regard détourné, dans l'attente visible d'une parole de réconfort… qui ne viendra pas ! Oh ! non, Sylvine préférerait mourir que de trahir sa haine des flagorneries dissimulées par M. Racine dans ses vers sublimes.

Un silence de plomb s'abat sur la salle du chapitre et la marquise, étonnée, doit se résoudre à quémander une appréciation de la chanoinesse.

« Croyez-vous que M. Racine ait vraiment voulu prendre la défense des huguenots sous couvert de ses israélites ? »

Après tout, cela n'est pas bête ! Les premières origines calvinistes de Madame peuvent accréditer cette version. Aman égale Louvois, le persécuteur des protestants. L'édit d'extermination des juifs renvoie à l'édit de Fontainebleau, qui révoquait celui de Nantes. M. Racine, en donnant Esther en exemple à Madame, veut lui conseiller d'obtenir la grâce de ses frères d'origine…

Pourtant, la personnalité servile de M. l'Historiographe – telle que se la figure aujourd'hui la chanoinesse – l'empêche de croire à sa dissidence face au pouvoir royal. Et cependant, sa déception, plus forte qu'elle, lui interdit de vouloir rassurer la marquise.

« Tout est possible, Madame, si *Esther* est une pièce à clefs… »

Accablée, Mme de Maintenon semble implorer une parole secourable. S'entendre dire seulement que M. Racine n'a pas pu l'abuser à ce point…

« Mais on affirme aussi que derrière les jeunes filles de Sion il faudrait voir Port-Royal… Aman, cette fois, figurerait le P. de La Chaise, dans ses poursuites des filles de l'Enfance. »

En dépit de l'émotion de Madame, Sylvine de La Maisonfort, impitoyable, veut rire, à cœur ouvert, de ces rumeurs, ces jeux de glaces à l'infini, que la marquise a permis, prise à son propre piège de glorification.

« Eh bien ! alors, Madame… Que de clefs pour ouvrir la même serrure ! »

Par l'étroite fenêtre de la pièce, un pâle rayon de soleil filtre qui frappe le visage de Françoise d'Aubigné et révèle, dans sa crudité, ses rides dissimulées sous le fard. La chanoinesse, alors, s'avise de la déchéance des traits de leur directrice, qui lui peignent, pour la première fois, le portrait d'une très vieille femme.

Sans doute parce que le sourire si célèbre de la marquise – mis en poème, unique pour une personne de cinquante-quatre ans –, ce sourire qui la fait paraître d'ordinaire à l'abri du temps, semble, aujourd'hui, impossible à ranimer.

Lorsque les jaunes, le soir, passent leurs robes de scène, Mme de Caylus, dans son équipage de ville, vient seconder leurs préparatifs. Claire Deschamps de Marsilly s'étonne alors qu'elle ne remplace pas aujourd'hui Victoire de La Maisonfort, souffrante. La petite comtesse ne répond pas avant quelques longues secondes de trouble ; puis elle prétend ne rien savoir d'une décision prise par sa tante. D'une voix changée, rendue aiguë de dépit, elle glisse à la jeune interprète de Zarès :

« Savez-vous que je vous appellerai bientôt ma belle-sœur, Marsilly ? Ou peut-être ma belle-mère ? »

Cet accès de pure méchanceté n'est salué d'abord que d'incompréhension. Et puis un éclair passe dans les yeux de Claire, qui semble dire qu'elle entrevoit – dans un brouillard confus, accablant – le sens de l'allusion. La petite comtesse, cependant, ne peut assumer longtemps la rosserie de son indiscrétion. Bien vite, elle s'éloigne vers la première actrice qui a besoin qu'on l'aide à se vêtir, dans un coin reculé du foyer. Effarée, Mlle de Marsilly n'ose pas la suivre ni en demander davantage.

Sans pouvoir bouger, elle cherche autour d'elle une présence alliée et découvre Anne de La Haye dont le regard incendiaire sur Mme de Caylus exprime assez son sentiment.

« Que croyez-vous qu'il peut m'arriver, mademoiselle ? »

La voix de Marsilly est déjà pleine de larmes retenues. Anne, alors, la prend aux épaules, comme pour passer dans le corps de sa compagne l'espoir auquel elle s'accroche désespérément – l'espoir conçu par Madeleine, du carême qui finira par ramener l'ordre.

« Rien, Marsilly. Il ne va rien nous arriver. Nous sommes trop jeunes. Il nous reste encore cinq ans à passer dans l'institut, à l'abri, protégées. »

Et pourtant, un dieu ricanant s'amuse à démentir ces paroles, à peine sorties de sa bouche ; la vision qui se présente à La Haye, à cet instant, ressemble à un mauvais rêve. Derrière Mlle de Marsilly, Madeleine de Glapion sort, DE L'INTÉRIEUR de sa tunique de Mardochée, un billet en tout point semblable à celui de la chapelle.

Aussitôt, Anne se précipite pour voler au secours de son amie. Autour d'elles, ni les demoiselles occupées par leurs apprêts, ni Marsilly bouleversée, n'ont rien aperçu, Glapion, d'un coup d'œil circulaire, s'en assure brièvement. Le regard que les deux amies échangent, atterrées, face au bout de papier qui dépasse de la poche du costume, reflète la même interrogation : comment a-t-il pu arriver là ? Un embryon d'explication, alors, traverse l'esprit de Mlle de La Haye.

Qui dépose les tuniques, chaque jour de représentation, dans leur foyer encore vide ? Les brodeurs de l'établissement, qui vivent à l'année dans les bâtiments de la cour du Dehors. Sans doute le soupirant de Madeleine s'est assuré la complicité de l'un d'entre eux. Les yeux de Mlle de Glapion ne renvoient qu'incompréhension, lueurs de biche aux abois, mais sa compagne se garde d'attirer l'attention sur elles par des éclaircissements.

Alors, ultime surprise, comble des combles de l'ébahissement, Anne voit soudain son amie d'enfance, non pas dégager la lettre de l'étoffe, non pas traverser le dortoir pour la remettre, cachetée entre les mains de leur maîtresse, mais l'enfouir au contraire, pour la dissimuler.

« Vous êtes folle ! »

D'un geste réflexe, Anne a saisi le bras de sa compagne pour interrompre cette absurdité. Mais Madeleine refuse de lâcher prise, et toutes deux, dépassées par leur propre violence, s'affrontent une brève seconde, bras tremblant contre bras tremblant. Les spectres de la Dame emprisonnée, peut-être, de la demoiselle chassée pour intrigue rassemblent la force de Mlle de La Haye. Les conséquences du geste de Madeleine si une autre qu'elle l'avait aperçu... Cette angoisse seule suffit à redoubler l'intensité de la petite Normande, qui ne se contrôle plus. Jusqu'à tordre le poignet de Madeleine et l'obliger à se dessaisir du carré de papier.

L'altercation, bien entendu, n'a échappé à personne, et devant les jeunes filles aux cent coups, haletantes, le billet est tombé, froissé. Mme de La Maisonfort le ramasse, sans mot dire, tandis que de toutes parts le foyer retentit d'interjections, de cris étouffés. Le scandale du stratagème du galant, la lettre insinuée jusqu'à leurs dortoirs en passant les murailles, accapare assez les esprits pour éclipser la réaction de Mlle de Glapion.

Chacune, songeant qu'une telle aventure pourrait lui arriver, s'effraie plutôt de la détermination d'un homme, quand il conçoit pour vous de l'amour. Bouleversées par cette découverte, les gamines, d'une même voix, plaignent leur camarade et soupirent, en se tordant les mains.

Sylvine de La Maisonfort, pour briser ces alarmes, annonce qu'elle va remettre immédiatement la nouvelle épître à la marquise. Avec la forte voix de ses dix-sept ans dissimulés parmi les jaunes, Mlle de Lastic prédit, dans le dessein, sans doute, de réconforter Glapion :

« Eh bien ! si la sévère réprimande de sa maîtresse ne lui a pas suffi... Cette fois, vous pouvez être certaine qu'il sera roué de coups. »

Pourquoi la prédiction de l'effronté mis hors d'état de nuire, au lieu de rassurer Madeleine, semble-t-elle la vider de ses forces ? Le regard qu'elle pose sur Anne, à cet instant, semble si lourd de reproches... Jamais leur bleu n'a semblé aussi sombre et La Haye, perdue, doit réprimer le sanglot qui traverse son corps. Car elle a cru entendre, aussi distinctement que si Madeleine à cet instant le murmurait : « Je ne vous pardonnerai jamais. »

Ce soir, les petites actrices, l'esprit troublé, ont du mal à jouer leurs rôles. Claire Deschamps de Marsilly jette sur le public des yeux effrayés, dans l'attente sans doute de découvrir les... prétendants que Mme de Caylus lui a laissé entrevoir.

Mais ces émois agissent sur la Cour comme des charmes. Dans l'ouragan de louanges qui a pris Versailles, tout, dans ces représentations, est jugé enchanteur.

> *Hélas, si jeune encore*
> *Par quel crime ai-je pu mériter mon malheur ?*

Au milieu des chœurs, Anne, incapable de regarder Madeleine sans douleur, pense seulement qu'elle le savait, qu'elle en était sûre. Elles sont toutes – leur classe entière – en train de perdre la raison. Et peut-être d'ailleurs ne fait-elle pas exception à la règle ! Si elle devait songer à la violence de son coup de force contre le billet du galant... La Haye, pour mieux rejeter cette pensée, détourne son visage. Un coup d'œil parmi leur public lui révèle alors une autre image, signe réitéré de la démence qui a pris leur groupe. Au premier rang des bancs des demoiselles, en vue de toute la Cour, du souverain, Victoire de La Maisonfort assiste au spectacle – malgré la maladie qui l'a conduite à l'infirmerie. Elle arbore l'affreuse tenue des hospitalisées : une vieille robe de chambre d'indienne, une cornette de nuit pas seulement blanche pour coiffure. À la façon dont elle s'est placée, il est clair qu'elle cherche à attirer sur elle l'attention.

> *La Cour a fort admiré le peu d'attachement de Mlle de La Maisonfort pour sa personne. Après avoir paru sur scène, d'une figure qui l'avait fait remarquer par le souverain et trouvée fort belle, elle n'a pas craint de paraître dans un négligé aussi frappant que l'élégance avec laquelle elle avait paru peu de temps auparavant.*

Ainsi Mme du Pérou, bernée, commentera l'événement dans leur Mémoire. Comment les Dames n'ont-elles pas compris que Victoire se consume de la fureur même qui lui donne la fièvre ? Anne de La Haye, elle, en jurerait : le dérèglement de ses nerfs et nulle autre raison a fait sortir sa camarade de l'hôpital ! Comme si l'intérêt du monarque, son mot complaisant de « petite chanoinesse » avait brûlé au fer rouge la cervelle de La Maisonfort et qu'il lui fallait, quoi qu'il arrive, retrouver cet embrasement.

« Dieu te guérisse. Le Roi te touche. »

Chaque jeudi saint, Louis XIV prononce cette formule en touchant les malades qui se pressent par centaines à sa porte. La petite Maisonfort n'a pu s'empêcher d'évoquer devant La Haye les pouvoirs miraculeux du souverain : « On dit que bon nombre d'incurables ont guéri par ce moyen, sans aucun autre recours. »

L'extase dans laquelle la scène plongeait Victoire n'a pas échappé à Anne : placer ses espoirs, remettre sa vie entre des mains sacrées, alors que les médecins vous ont condamnée… Insidieusement, la confidence revient à l'esprit de la jaune, qui y voit un rapprochement. Après avoir attiré une première fois la pitié attendrie du prince, la petite Maisonfort pourrait, en s'exhibant ainsi, déplorable, espérer ce prodige… La guérison que le roi, miséricordieux, engendrerait de ses paumes révérées posées sur sa tête…

Le lendemain, lorsqu'on leur annonce en classe la mort subite de la jeune reine d'Espagne, fille de Monsieur, Anne Le Métayer de La Haye, au milieu de la consternation générale, respire. Enfin, le carnaval est terminé. Ce deuil, avant la fin du mois de février, met fin à toutes réjouissances.

La brutalité d'un décès pleuré par la France entière, les services pour la mémoire de la princesse célébrés dans la chapelle de Saint-Candide font espérer à La Haye que l'affliction viendra doucher les cerveaux détraqués de ses compagnes. Car maintenant que Madeleine fuit sa présence, Anne, isolée, perdue, ne veut pas se tourner, dans cette classe, vers une seule autre demoiselle. Il lui faut compter sur le temps, comme seule certitude à laquelle s'arrimer, car elle est convaincue que Glapion ne peut pas toujours renier leur camaraderie. Pas pour un geste d'affolement. Un jour ou l'autre, elle se rappellera qu'elle a manigancé la venue de sa camarade dans la fondation, afin de passer chaque heure de sa vie avec elle.

Les nuits de la pensionnaire, cependant, sont peuplées de visions inconnues, dont elle ne retrouve rien au réveil sinon une impression horrible. Au milieu de l'une d'entre elles, Anne, en sueur, est tirée du sommeil par un vacarme qui provient de la cour du Dehors. Des cris, des apostrophes injurieuses et d'autres éplorées évoquent une sorte de mêlée confuse… Une échauffourée peut-être parmi la communauté des hommes qui logent de l'autre côté de leur clôture.

De façon absurde, la moitié du dortoir se précipite, avec elle, à leurs fenêtres, alors que rien de l'extérieur n'est visible depuis leurs bâtiments. Mais le fracas cesse bientôt aussi rapidement qu'il a éclaté. Plus aucun bruit n'est perceptible de leur chambre et la plupart des jaunes, reprises par la somnolence, regagnent leur lit sans chercher davantage d'explications.

Anne de La Haye craint de se rendormir et de retrouver ses cauchemars. Vigilante, elle se concentre sur les craquements de pas situés, selon ses calculs d'insomniaque, du côté de l'appartement de Mme de Loubert. Discrètes allées et venues, manifestations probables que le tumulte entendu tout à l'heure inquiète leur communauté.

L'explication donnée le lendemain par Mme de La Maisonfort, de retour de Versailles, décrit une rixe qui a opposé des gredins aux brodeurs de leur Maison. Elle rapporte que dans l'altercation, par malheur, un de leurs tailleurs a été blessé à mort. La chanoinesse, pourtant, refuse de s'attarder sur l'incident ; elle affirme que c'est là un des méfaits sanglants et sordides qui arrivent tous les jours entre les hommes et que les jeunes filles ne doivent pas s'en préoccuper.

Pourtant, au mot de tailleur violenté, Anne de La Haye ne peut réprimer un pressentiment qui afflue aussitôt à sa poitrine, broie son cœur. Elle se tourne, d'instinct, vers Madeleine, dans la crainte de voir son amie d'enfance saisie de la même intuition. Mais Glapion ne paraît pas montrer d'autre trouble que sa mélancolie, ordinaire depuis les deux billets interceptés. Se peut-il que Madeleine n'ait pas compris comment la lettre était parvenue dans sa tunique ? Selon toute apparence, le nom de « brodeur de leur établissement » ne lui cause aucun trouble spécial, ne renvoie pas la grande jeune fille à son aventure.

À force de suivre leurs affres en simple observatrice, l'esprit de Mlle de La Haye, sans doute, a gagné autant d'acuité que ses condisciples ont éprouvé d'émois. Aujourd'hui, toutes à leurs transes, ses compagnes lui semblent être devenues à moitié stupides. À moins que sa nuit sans sommeil lui ait permis une avance de réflexions. Les yeux de l'amant de Glapion, ses yeux aperçus au travers de la grille de la chapelle, ont fait assez d'impression sur Anne pour susciter ses prémonitions. La détermination du jeune homme, manifeste, farouche, sa colère de découvrir La Haye à la place de l'objet de ses vœux. Et ce geste mi-rage mi-ruse de vaincre la résistance de Madeleine, quoi qu'il arrive, en projetant sur elle son message. Oh ! oui, tout cela peut conduire à un méfait « sanglant et sordide ».

À la première occasion d'isolement de leur maîtresse, pendant leur récréation, la petite Normande prend Mme de La Maisonfort à part pour lui demander :

« Madame la Chanoinesse, je ne répéterai ceci à personne, je vous en donne ma parole. Dites-moi seulement, je vous en supplie, si c'est le soupirant de Glapion qui a frappé notre brodeur à mort. »

Interdite, Sylvine lui en donne, malgré elle, la confirmation :

« Comment le savez-vous ? Est-ce encore un bavardage de Mme de Caylus ? »

Anne secoue la tête, livre sans hésiter le fond de ses pensées :

« J'ai peur qu'il arrive d'autres malheurs à Madeleine, madame, car je crois cet amoureux enragé. »

Touchée par la sincérité de l'affection de la jaune, la maîtresse ne craint pas d'enfreindre le silence absolu que ce scandale requiert.

« Ne craignez rien pour Glapion, La Haye, Mlle de Montpensier m'a appris que le jeune homme s'est enfui, après son crime, alors que ses complices ont été arrêtés. À l'heure qu'il est, il a peut-être déjà passé les frontières. »

Anne soupire profondément, car elle ne peut plus repousser la pensée qu'elle a, dans ce carnage, sa part de responsabilité.

« Madame la Chanoinesse, je voudrais tant savoir… Est-ce que ce jeune homme nourrissait de belles intentions ? Ou était-il… complètement fou ? »

D'un frêle sourire, Sylvine manifeste sa compréhension. La chanoinesse, ce matin, a exprimé à peu près la même interrogation auprès de la cousine du roi. La conclusion de la romance lui paraissait si désolante quand elle aurait pu – pourquoi pas après tout ? Qu'est-ce qui s'y opposait donc ? – avoir une fin heureuse.

« Mlle de Montpensier dit que les incidents de ces derniers jours ont tout à fait changé son page. Elle l'a fait fouetter après son deuxième billet et il en est devenu comme fou. Il a voulu rosser le brodeur qu'il avait suborné, croyant à une trahison de sa part. La Duchesse prétend qu'il ne s'agissait que d'une bagarre, d'un défoulement, et que le tailleur, par accident, a trouvé la mort. Quoi qu'il en soit, je viens de vous donner une grande marque de confiance, La Haye ! Même à Versailles on tente de garder le plus grand secret sur cette affaire, et l'ébruiter ici pourrait avoir de graves conséquences… »

Mme de La Maisonfort, pourtant, ne prend ces précautions oratoires que pour la forme. Elle sait bien que Mlle Le Métayer de La Haye est peut-être la plus fiable, la plus solide de ses élèves. Et surtout qu'elle mourrait plutôt que d'accabler Mlle de Glapion par un récit aussi navrant.

Anne, en effet, s'éloigne, la tête bourdonnante d'un tourbillon de dégoûts, d'images de mort. Est-ce que vraiment sans son geste incontrôlé, absurde, le jeune homme aujourd'hui continuerait à soupirer pour Madeleine, obtiendrait peut-être sa main. Au lieu de ce gâchis… Ô, mon Dieu, si cela était, pourrez-vous un jour me pardonner ? Accordez-moi au moins cette grâce, mon Dieu, que Madeleine n'apprenne jamais, jamais, qu'elle a, si indirectement que ce fût, causé l'assassinat d'un innocent, l'exil d'un amant. Car à cette révélation Anne, transie, imagine combien Glapion la haïrait – et cette fois pour toujours… si jamais il est vrai qu'elle veut bien lui donner à nouveau quelques marques d'amitié.

IV

TÊTE LEVÉE

Nos adolescentes, à ce que je puis constater, rêvent mariages, grandeurs, richesses...

Mme de Loubert, un matin de février, prend sa plume pour faire part à la marquise de cette fine observation. La dissipation – aux yeux des Dames – des actrices d'*Esther*, leurs nombreux manquements aux temps de silence du carême font l'objet de lettres quotidiennes envoyées à Versailles. Et comment en serait-il autrement ? Quand déjà l'une des jaunes a été retirée de l'institut, placée parmi la communauté de Mme de Miramion afin de se préparer à ses noces ; quand la pauvre pensionnaire s'apprête à entrer dans la famille de Madame !

Quelques jours, en effet, après la mort de la reine d'Espagne, Claire Deschamps de Marsilly a quitté sa classe pour une rencontre exceptionnelle au parloir. L'interprète de Zarès est revenue parmi ses compagnes, une demi-heure plus tard, plus pâle que jamais. L'énigme de « belle-sœur » ou « belle-mère » de Mme de Caylus avait circulé parmi les amies de la demoiselle qui, toutes, y avaient vu son destin sous

227

forme d'alternative : un époux, ou jeune homme ou barbon.

Lorsqu'elle a repris sa place au milieu des prières, Claire n'a rompu la ferveur que d'une seule formule, laconique, à Gabrielle de Lastic : « Belle-mère ! »

Désolée, la jeune fille a vu sa sentence propagée de bouche en bouche, tandis que se répétait la même expression compatissante. Le soir, elle a expliqué à ses proches, à Anne de La Haye, qu'elle avait entrevu la silhouette du vieux marquis de Mursay.

« Mais si mal, je n'ai pas dû une fois soutenir son regard, je n'avais qu'une seule pensée en tête : quel âge peut-il avoir, car il semblait plus… usé que la marquise. »

Sur ce seul embryon d'entretien, Madame, en privé, lui a demandé si elle avait quelques réticences pour ce futur mari.

« Et vous n'avez pas dit oui ? Mais pourquoi ?

– Je ne sais pas, La Haye. Un parent de Madame !

– Mais l'autre prétendant, le jeune ? N'avez-vous pas interrogé la marquise sur ce qu'il était devenu ? »

Marsilly, trop bête aux yeux d'Anne, brebis docile menée par son licou, avait consenti à tout. Puisqu'elle n'avait « pas de vocation pour devenir Dame de Saint-Louis ». Et alors ? Anne de La Haye ne voulait pas plus qu'elle borner sa vie à leur clôture, mais était-ce une raison pour aller coucher sa peau contre celle d'un vieillard ! N'y avait-il pas d'autre issue ?

Quand il a fallu dire adieu à l'une de ses premières compagnes, rencontrée à Paris, dans leur temps d'entrepôt, Anne a senti son cœur étreint comme par un étau. Elle s'entendait encore promettre à Claire la protection du ruban bleu jusqu'à leurs vingt ans, assurance si ridicule aujourd'hui ; alors que la plupart des jaunes autour d'elles s'attendaient déjà à suivre les traces de la pâle demoiselle.

Leurs pensées étaient si unanimes, à cet instant. « Vais-je à mon tour être appelée au parloir ? Et que puis-je espérer ? » Puisque les dernières rumeurs colportées par la petite comtesse – des partis offerts à Versailles, des amours nées de leur déclamation – s'avéraient une première fois, les actrice d'*Esther*, exaltées ou apeurées, fiévreuses toutes, pensaient qu'un destin, inattendu, précipité, frapperait à la porte de chacune. Mais sous quelle allure ?

Plus d'un regard, ce matin-là, s'est tourné vers Madeleine de Glapion : elle, au moins, avait déjà en tête les traits de son prétendant et certaines se rappelaient que Madame, à propos du garçon, avait prononcé le nom de Mlle de Montpensier. Selon toute apparence, la marquise devait, à l'exemple de Marsilly, favoriser une demande qui venait d'une si grande maison.

Lorsque la future « belle-mère » de Mme de Caylus a pris congé de la grande pensionnaire – son chef de clan –, La Haye, seule, a détourné son regard…

« Mon Dieu, faites que Madeleine ne nourrisse pas les mêmes rêveries ! Son amour de l'institut, son avenir de Dame de Saint-Louis, ce clair tracé qu'elle a un jour prétendu voir devant elle, qu'en avez-vous fait, mon Dieu ? »

Par malheur, les questions de la petite Normande n'ont pour réponse que le silence effroyable du carême. Parmi sa classe, en effet, Mlle de Glapion est la seule à observer les heures de mutisme des Cendres. Tandis que les autres ne peuvent souffrir cette loi, trop barbare au lendemain des représentations, Madeleine, elle, s'y réfugie avec rigueur. La Haye, désolée de ne plus rien deviner des sentiments de son amie, sait, hélas ! que Glapion, par là, fuit les paroles des autres, et sa compagnie à elle.

Un matin, lasse sans doute des plaintes qui affirment que ni les blâmes ni les punitions ne peuvent contraindre les jaunes à se taire, Mme de Maintenon quitte Versailles avant l'aurore. Arrivée dans la Maison royale, elle fait réveiller la plupart des actrices d'*Esther* et s'enferme avec elles jusqu'au soir dans une des salles de la roberie, sans prononcer ou permettre un seul mot.

À la fin de l'épreuve, les demoiselles s'effraient un peu du visage sévère de Madame, de sa volonté de prêcher la discipline, sans craindre de se l'imposer à elle-même. Quelques-unes, dès ce premier soir, augurent que l'indulgence affectueuse de la marquise, quelque sottise qu'elles puissent faire, est un temps révolu.

Aux premiers jours de mars, Madame à nouveau pénètre dans la classe jaune, mais cette fois pour prendre la place de Mme de La Maisonfort et faire elle-même l'instruction.

« Voulez-vous, mesdemoiselles, que nous ayons aujourd'hui un libre entretien sur l'existence de celles qui, à leur sortie de Saint-Cyr, retourneront dans le monde, avec leurs trois mille livres de pension. Je suis curieuse, en effet, de connaître vos idées à ce propos. »

Le sujet du débat exalte les petites, qui se figurent aussitôt de plaisantes anecdotes ; Madame fait référence parfois d'exemples observés à la Cour ; elle leur cite les anciennes favorites, Mme de Montespan... Et puis, ces propos, juste après le départ de Marsilly, semblent avoir pour but de les préparer à de grands changements dans leurs vies.

«Qu'est-ce qui vous paraît être l'avantage d'un mariage par rapport à l'état de religieuse ? »

Grisée par ces perspectives enfouies jusqu'alors et si proches depuis le carnaval, Charlotte d'Ablancourt, bravement, livre le fond de ses rêves d'émancipation :

« La liberté… »

Entraînée, Thérèse de Veilhenne renchérit :

« La douceur de vivre sans la règle des couvents ! »

Hélas ! les propos de Madame peut à peu effacent des visages des demoiselles les sourires nés de ces franches réponses. Bientôt, il semble que la marquise se saisisse de leur sincérité, comme un chasseur, son gibier pris au piège.

« On se moquera de vous, d'Ablancourt, au sortir d'ici et on vous sifflera, si on vous voit soupirer après la liberté. Comptez que pas un homme ne voudra de vous. Les hommes qui ont fait les lois n'ont pas voulu que nous en eussions, ils l'ont toute prise pour eux. S'il y a quelque liberté dans le monde, c'est pour les vieilles veuves, car les jeunes mêmes n'en ont point, et si elles veulent conserver leur honneur, il faut qu'elles se remettent de nouveau sous le joug. Et vous, Veilhenne, si vous cherchez de la douceur, je vous dirai entrez dans un couvent, car entre la tyrannie d'un mari et celle d'une supérieure, il y a une différence infinie. Il serait difficile, voyez-vous, de prévoir jusqu'où un époux peut porter le commandement. Il s'en trouve très peu de bons ; sur cent, je n'en ai jamais connu deux, et quand je dirais un, je n'exagérerais point. Il faut supporter d'eux des bizarreries et se soumettre à des choses presque impossibles. Je ne vous dis tout cela que pour vous parler selon la vérité ; car quel intérêt ai-je que vous embrassiez tel état ou tel autre. Cela ne me fait rien. Mais je vous avertis d'une chose, mesdemoiselles, désirez d'épouser plutôt des vieillards si vous étiez appelées au mariage.

– Et pourquoi ? »

La violence de la question de Madeleine a fait sursauter Anne. Il y a trop longtemps sans doute que La Haye n'avait plus entendu la voix de son amie. L'incrédulité dans le ton de la questionneuse paraît soulager l'assemblée, plus atterrée à chaque phrase d'un discours auquel elles s'attendaient si peu. Toutes espèrent alors que la « perle de Saint-Cyr » va savoir exprimer, à leur place, leur refus de pareilles assertions, leur incompréhension des buts d'un tel prône.

« Parce que, Glapion, les vieillards vous apporteront peut-être une vie un peu plus paisible. Les jeunes, eux, viennent et reviennent plus d'une fois dans la journée, en faisant toujours sentir qu'ils sont les maîtres ; ils entrent en faisant un bruit désespéré, souvent avec je ne sais combien d'autres hommes ; ils vous amènent des chiens qui gâtent tout ; il faut que la pauvre femme le souffre : elle n'est pas la maîtresse de fermer une fenêtre ; si son mari revient tard, il faut qu'elle l'attende pour se coucher ; il la fait dîner quand il lui plaît ; en un mot, elle n'est comptée pour rien. »

En une nouvelle tentative, Madeleine essaye de résister à ces détails mesquins qui existent, sans doute, mais dont elle ne peut imaginer qu'ils régissent la vie de chaque couple.

« Mais si un mari est ainsi, Madame, une femme n'a-t-elle pas le recours de se plaindre ? Ne peut-elle l'amener à s'amender ? »

Pourquoi la voix de Glapion se serre-t-elle à l'énoncé même de sa question, comme si le pessimisme de ces visions s'était déjà imprégné en elle. La vieille marquise, d'une simple pichenette, balaie la controverse de cette gamine ; Madeleine, au fond, depuis Noisy, ne connaît des choses de la vie que ce que Mme de Maintenon lui en dit. Comment pourrait-elle cesser de lui accorder sa foi aveugle, illimitée ?

« À quoi servent les plaintes, Glapion, ne le savez-vous pas ? À refroidir encore davantage et à empêcher la réunion des esprits, voilà tout. Retenez bien ceci, mesdemoiselles, les bons ménages ne sont pas ceux où l'on ne souffre pas, mais ceux où il y a l'un des deux qui souffre à cause de l'autre sans rien dire… »

Madeleine, à cette sentence, paraît si affligée qu'une certitude s'empare alors de La Haye : sa compagne – ô mon Dieu ! – est pétrie des pensées du lanceur de billets.

La détresse si visible de la grande pensionnaire montre qu'elle a reçu cette instruction de la même façon que les plus étourdies de ses condisciples, comme une pluie glaciale. Mais alors qu'une révolte manifeste lève dans les cœurs des actrices d'*Esther*, Glapion, elle, s'effondre. Anne de La Haye, dans son attention constante à Madeleine, peut presque sentir la force des tourments qui l'accablent.

La tyrannie des hommes et la soumission des femmes ! La jeune fille courtisée de la chapelle pense-t-elle à cet instant à l'audace de son soupirant ? Lutte-t-elle contre ce qui, dans la violence de ses approches amoureuses, paraît créditer les sombres descriptions de la marquise ?

« Si je veux vous instruire à ce propos aujourd'hui, mes chères enfants, c'est qu'il m'est revenu de plusieurs côtés que vous êtes engouées du monde, que vous n'avez presque point d'autres entretiens et que vous formez mille projets contraires à la raison. Mais où le trouverez-vous ce monde ? Il n'y en a point pour vour, mes chères petites, dans l'état de pauvreté où la Providence vous a réduites. La plupart d'entre vous, sachez-le bien, n'auront pas de sort plus brillant que de faire cuire le pot-au-feu sous les solives d'une cuisine dans un manoir croulant. Croyez-vous que les douceurs de Saint-Cyr dureront toute votre vie ? Je ne dis point cela, mes chères demoiselles, pour insulter votre misère ; au contraire, je la respecte ; mais vous ne serez pas toujours avec des gens qui auront les mêmes pensées… »

Richesses, grandeurs, mariages. Ainsi, terme à terme, la marquise s'est attachée à détruire les rêves décrits par Mme de Loubert. Sans connaître l'énoncé de la lettre de leur supérieure, les jaunes les plus candides ont compris que la marquise, au lendemain des représentations, s'acharnait à les ramener sur terre. Plus d'une à ce moment refrène la protestation qui vient spontanément à ses lèvres : « Mais les riches partis annoncés par Mme de Caylus ! »

Sans doute est-ce la raison pour laquelle, depuis le carnaval, la nièce de la marquise est proscrite de Saint-Cyr : trop de bavardages, trop de rumeurs colportées depuis Versailles. Madame, à présent, veut extirper de leur cœur les illusions que leurs jours de gloire ont pu faire naître.

Cet entretien au dessein visible d'assagir les adolescentes, de tourner leur cœur vers le carême, manque singulièrement son but. Comme des chattes échaudées, les demoiselles devant la marquise rongent en silence leur dépit. Mais à partir de ce jour, plus aucune Dame – et pas même la chanoinesse – ne parvient à obtenir la paix nécessaire à ces temps de ferveur. Tant de questions affluent, soulevées par les sinistres prévisions de Madame… De tristes augures qu'*Esther* ne permet plus d'accepter sans révolte. « Pas de parloir, pour aucune d'entre elles ? Mais alors, pourquoi Marsilly ? Et qu'en est-il du page de Glapion ? »

Malheureusement, elles constatent bientôt que la fantasque Mme de La Maisonfort ne répondra pas, elle non plus, à ces questions. La chanoinesse ne consent plus à bousculer les limites de son rôle de préceptrice. À peine accepte-t-elle, un jour, de répondre à Glapion qui l'interroge sur la nouvelle pièce de M. Racine commandée par le roi – signe réitéré pour La Haye des affres de son amie.

« Recommencerons-nous à la jouer devant la Cour, au prochain carnaval ?

– Nul ne veut y penser, Glapion, M. Racine ne parvient pas à trouver un meilleur sujet qu'*Esther* ! »

Les airs réticents, attristés de leur maîtresse, font dire à certaines que la maladie de Victoire lui cause de grandes peines. Car la « petite chanoinesse » n'a pas quitté l'infirmerie depuis la fin des représentations. Mais les plus fines parmi les jaunes concluent, à force de bavardages, que leur maîtresse, autant qu'elles, a été sermonnée par leur institutrice. En effet, des plis exprès de Versailles recommandent sans cesse à Sylvine de mener ses troupes avec fermeté :

> … *Ne vous familiarisez plus avec vos élèves, en aucun cas ; je dis avec les plus raisonnables mêmes car j'expérimente chaque jour combien cela les a gâtées. Vos filles ont été trop considérées, trop caressées, trop ménagées. Il faut un peu les oublier dans leur classe !*

Les oublier, les faire taire, étouffer les échos des applaudissements ! Madame aura beau écrire mille lettres, rappeler cent fois aux demoiselles la pauvreté dont elles sont issues, Mme de La Maisonfort trouve criante l'inutilité de ces consignes.

Les couloirs, les allées, les classes de Saint-Cyr – rubans confondus – retentissent encore des applaudissements de la Cour que personne, pas plus les Dames que les demoiselles, ne parvient à oublier. À présent le silence est la plus grande directive de la marquise, son mot d'ordre ; propre, selon elle, à ramener la paix dans les esprits. Alors que les demoiselles, bien au contraire, deviennent folles de ce mutisme, la chanoinesse le voit mieux tous les jours. Dans le vide effroyable où se perdent leurs conjectures, l'envie de hurler leur vient à chaque «temps marqué». Ces longues et innombrables méditations imposées par l'abbé des Marais leur semblent autant de murs de granit sur lesquels on tâche de briser leurs attentes. Mais quelle jeune fille pauvre – vantée un jour par le roi, prévenue que plusieurs gentilshommes à Versailles, voudraient relever la déchéance de sa fortune – pourrait renoncer à espérer ?

«Quand Mme de Maintenon commence à déceler quelque faille chez ceux qu'elle espérait trouver parfaits, elle peut pousser trop loin le dégoût. »

Au cours d'une de ses conversations privilégiées avec la chanoinesse de La Maisonfort, M. Fénelon lui révèle que Madame a pensé se confier à sa direction spirituelle, à présent que M. l'abbé Gobelin est tout à fait invalide. La marquise l'a prié, comme une sorte d'épreuve, de lui enseigner ce qu'il croyait être ses défauts.

« Je l'ai donc prévenue de cette aversion qui vient trop abruptement suppléer ses enthousiasmes. Je crois que Mme de Maintenon a été mortifiée de la vérité de ce trait… Peut-être même trop mortifiée pour me choisir. »

Au sortir de l'entretien, Sylvine songe que ses élèves, que l'institution même de Saint-Cyr courent un fort grand danger.

À la virulence des plis qui arrivent bientôt du palais, les Dames de Saint-Louis, à leur tour, découvrent, l'une après l'autre, l'affolement de la marquise.

6 mars 1689. De Mme de Maintenon à Versailles pour Mme de Loubert à Saint-Cyr :

> *La gloire et la hardiesse de Mlles d'Ablancourt, de Veilhenne, de Lastic et même de Glapion m'ont fort alarmée. Ce sont des filles de bonne volonté, qui veulent être de nos Dames et qui, avec ces intentions, ont un langage et des manières si fières qu'on ne les souffrirait pas à Versailles aux filles de première qualité. J'ai vu par là que le mal est passé en nature et qu'elles ne s'en aperçoivent pas. Il est bien juste que je souffre de leur vanité puisque j'y ai contribué plus que personne. Il est très vrai que c'est moi qui ai tout gâté, quoique avec de bonnes intentions…*

7 mars 1689. De Mme de Maintenon à Versailles pour Mme de Saint-Aubin à Saint-Cyr.

> *Mon orgueil s'est répandu par toute la Maison, et le fonds en est si grand qu'il l'emporte par-dessus mes bons souhaits. J'ai voulu que nos filles eussent de*

*l'esprit, qu'on leur élevât le cœur, qu'on formât leur
raison. Elles ont de l'esprit et s'en servent contre
nous ; à parler même selon le monde, nous avons fait
des discoureuses, présomptueuses, curieuses, har-
dies ; c'est ainsi qu'on réussit quand le désir d'excel-
ler vous fait agir.*

13 mars 1689. De Mme de Maintenon à Marly pour
Mme de La Maisonfort à Saint-Cyr :

*Le moindre relâchement perdra la communauté,
car, je vous le dis, ma chère amie, notre Maison ne
peut être médiocre. Il faut qu'elle soit sainte ou toute
mondaine et corrompue, remplie de trouble et de
dissipation. Il faut que vos demoiselles soient une
assemblée d'âmes innocentes et pures qui tendent à
Dieu, éloignées de l'esprit du monde, ou que ce soit
une troupe de libertines. Je vous avoue que la des-
truction de la Maison ne me ferait pas beaucoup de
peine parce qu'on n'est pas obligé de soutenir un
établissement au-dessus de ses forces. Mais que cet
établissement se tournât mal, ce serait un des lieux du
monde où Dieu serait le plus offensé.*

Auprès de la maîtresse des jaunes, la marquise
revient sans cesse sur l'anéantissement de la fondation ; à plaisir – à ce qu'il semble – elle se figure leur
Maison rasée, leur communauté dispersée. Malgré la
légèreté de sa nature, Sylvine se garderait bien de sourire de ces visions et de les imputer à une colère passagère. Au contraire, la dissolution de l'institut, cette
hantise retrouvée, épître après épître, devient bien vite
la sienne. La guerre, les difficultés du Trésor, le déluge

de gloses qui a fondu sur la pièce de M. Racine, la réprobation des divertissements pieux dont elle a donné au roi le goût… Jamais Mme de Maintenon n'aura eu à faire face à tant de difficultés à la fois !

Depuis les représentations d'*Esther*, des libelles circulent dans tous les couloirs de Versailles pour affirmer que la Maison de Saint-Louis deviendra bientôt – si elle ne l'est déjà – le séjour de la débauche. « Trois cents jeunes filles élevées à la porte d'une Cour remplie de gens éveillés, cela n'est pas raisonnable. »

Comme ces sinistres prédictions doivent alarmer Mme de Maintenon. À mesure que les années passent, la vieille institutrice se soucie tant de son salut ! Que sa fondation soit, par sa faute, un lieu de corruption, voilà ce qui épouvante la marquise. La nuit, au bout du dortoir des jaunes, les pensées de Sylvine vagabondent jusqu'à Versailles ; jusqu'à la chambre attenante aux appartements du roi dans laquelle elle devine la vieille marquise, les yeux grands ouverts, taraudée par le remords. Qui pourrait assumer sans crainte un si grand nombre de décisions prises pour le bien commun ? Mme de Brinon, d'abord, renvoyée, puis les amoureux du palais éconduits, le jeune Mursay éloigné pour favoriser la demande de son père. Le page de Mademoiselle en fuite et le brodeur de Saint-Cyr assassiné. Tant de destins modifiés par vos décrets et pour lesquels un jour, bonne chrétienne, vous savez que vous serez jugée.

L'imagination de la chanoinesse lui peint alors la Dame, trempée de sueur, qui rejette d'un geste vif ses draps pour gagner son écritoire.

D'une main fébrile, Françoise d'Aubigné noircit feuille après feuille. Elle doit rêver alors d'un institut qui déploierait des trésors de vertu, qui saurait apaiser les craintes de la vieille pénitente pour son repos éternel. Empreint d'une simplicité parfaite, d'une humble docilité plutôt que de trop de savoir. Sous le feu roulant des critiques de Godet des Marais, son directeur de conscience, l'éducation de Saint-Cyr paraît déjà viciée, sans doute, à son institutrice ; pleine du bel esprit de Mme de Brinon qu'elle n'a pas su brider assez tôt. Et qui a tout gâté.

19 mars 1689. De Mme de Maintenon à Versailles pour Mme de La Maisonfort à Saint-Cyr :

> *Une éducation simple et chrétienne aurait fait de bonnes filles qui seraient devenues de bonnes épouses ou de bonnes religieuses, et nous avons fait des précieuses, que nous-mêmes, qui les avons formées, ne pouvons souffrir... Nous avons voulu éviter les petitesses des couvents et Dieu nous punit de cette hauteur. Il n'y a pas de maison au monde qui ait tant besoin d'humilité que la nôtre. Sa situation si près de la Cour, sa grandeur, sa richesse, sa noblesse, l'air de faveur qu'on y respire, les caresses d'un grand roi, les soins d'une personne en crédit, l'exemple de vanité et des manières du monde qu'elle vous donne malgré elle, ces pièges si dangereux devaient faire prendre des mesures contraires à celles que nous avons choisies.*

Sylvine ne peut imaginer d'autres climats pour l'origine de ces lettres que des nuits de terreur. Car des larmes ou des foudres célestes ou la lucidité la plus sèche viennent y frapper l'une ou l'autre des professes, indifféremment. Chacune des dépêches qui parvient à la fondation apporte un peu plus de désespoir aux Dames de Saint-Louis, dépassées par des violences qu'elles ne comprennent pas. Après l'amour proféré des demoiselles – de ses « chères jaunes » –, le désaveu de l'institutrice paraît si extrême !

Mme du Pérou, épouvantée, croit qu'avec les baquets d'eau du carnaval, Madame, sans hésiter voudrait jeter le poupon de sa fondation. Un soir, la portière remet à Catherine un nouveau message de leur directrice, chargé plus que de coutume de colère et de mesures punitives :

> *Le ménagement que la communauté voudrait avoir pour moi est très sensible chez vous : c'est ce qui fait qu'on me cache tout et qu'on est bien plus occupé de me rapaiser quand on me croit fâchée qu'on ne l'est de se corriger. Trouvez bon que je vous dise que je dois tout savoir, et que vous êtes trop jeunes pour juger. J'ai plus d'expérience que vous et cependant je ne vois que des fautes dans ce que j'ai fait jusqu'à cette heure à Saint-Cyr. Il faut reprendre notre établissement par ses fondements et l'établir sur l'humilité et la simplicité. Il faut renoncer à cet air de grandeur, de hauteur, de fierté, de suffisance ; il faut renoncer à ce goût de l'esprit, à cette délicatesse, à cette liberté de parler, à ces murmures, à ces manières de railleries mondaines et enfin à la plupart des choses que nous faisons et auxquelles j'ai plus de part que personne. Je voudrais qu'on retranche aux demoiselles le plus de rubans qu'il se pourra, qu'on les laisse manquer de perles et de cordelières, que, sous prétexte de froid, on ferme toujours leur manteau, qu'on ne soit pas si soigneux de leur donner des habits neufs et qu'on les laisse un peu éguenillées, quoiqu'on ne retranche rien sur le soin de leur croissance...*

Sans achever sa lecture, la maîtresse des novices, transie, se précipite vers le deuxième étage ; elle ne répond pas aux saluts des sœurs converses ou des demoiselles qu'elle croise, d'ailleurs elle les voit à peine. Elle avance, sans réfléchir, vers ce qui lui paraît le foyer d'infection de leur maison : l'orgueil laissé en dépôt par Mme de Brinon et concentré, là-haut, au bout du dortoir des jaunes. L'esprit hautain qui a changé en haine l'amour de Madame pour ses filles, personne n'en est plus responsable que la chanoinesse de La Maisonfort. Pourquoi la marquise ne l'a-t-elle pas écoutée ? Chaque marche enfonce le regret plus profond dans le cerveau de Catherine du Pérou. Pourquoi ses plaintes sont-elles restées lettres mortes si Madame, aujourd'hui, parvenue aux mêmes conclusions que sa jeune maîtresse, conçoit pour sa Maison tant de sévérité ?

Dans la cellule de Sylvine, Mme du Pérou, sans le vouloir, imite le geste du page amoureux de Glapion. Elle jette, bien plus qu'elle ne tend, la missive de Mme de Maintenon à la chanoinesse, et cette violence à vouloir désigner la véritable destinataire de leurs blâmes la surprend elle-même. Sans broncher, l'éducatrice préférée de Madame ramasse le papier et s'y absorbe longuement, afin de s'assurer qu'elle comprend bien chacune des sentences. Lorsqu'elle rend l'épître à la maîtresse des novices, elle demande, d'un ton si désemparé que Catherine ne saurait plus exprimer le moindre grief :

« Vous aussi, du Pérou, vous jugez que nos demoiselles sont devenues telles que les décrit Madame… abominables ? »

Incapable de répondre, la Dame de Saint-Louis vient s'asseoir près de la maîtresse des jaunes, ses certitudes ébranlées. À l'arrogance supposée de la chanoinesse se substitue une vérité toute différente : l'impuissance de Sylvine face aux vues de leur institutrice. Oh ! elle n'a pas besoin d'exiger, comme elle en avait l'intention, une soumission inconditionnelle aux nouveaux ordres de Versailles. Nulle nécessité de revenir sur les dangers que la classe jaune fait courir à la Maison. L'affolement qui a pris la marquise, ses autoaccusations se retrouvent à chaque maillon de leur chaîne, et Catherine voit bien que Sylvine, à cet instant, n'a pas la moindre velléité de révolte.

Même la plus éclairée des maîtresses, même celle dont Madame se disait « fascinée » par les qualités acceptera tout. Elle prendra la faute sur elle s'il le faut. Le désamour soudain exprimé par la marquise la fait trembler autant que les plus humbles Dames et elle s'interdit de le juger arbitraire. À Saint-Cyr une seule volonté, une seule humeur régit leur existence. L'unique alternative est d'accepter ou de sortir de la Maison à la suite de Mme de Brinon, Sylvine le sait parfaitement. Une petite phrase – jamais oubliée – résonne encore dans l'oreille de Mme du Pérou qui lui fait songer que la maîtresse des jaunes ne pourrait pas, sans une immense douleur, se résoudre à les quitter : la chanoinesse, penchée par-dessus la rampe de l'escalier pour déclarer son amour universel de Saint-Cyr – murs, arbres, Dames et demoiselles confondus. Pourquoi ce souvenir, aujourd'hui, semble-t-il si ancien ?

« N'était-ce pas ce que vous vouliez, du Pérou ? »

Catherine, enfouie dans ses rêveries, ne comprend pas d'emblée la question de La Maisonfort. Celle-ci reprend, légèrement impatientée, d'un ton plus sarcastique :

« Une réforme complète de notre éducation… Trop savante, trop piquée de bel esprit, n'était-ce pas ce que vous vouliez ? »

La maîtresse des novices baisse la tête, forcée d'en convenir.

« Vous voyez que l'effet de la nouvelle conduite spirituelle de Madame se fait déjà sentir. Pourquoi n'en paraissez-vous pas plus heureuse ? Est-ce que cela ne comble pas vos souhaits ? Que M. Godet des Marais et ses rudesses aient été choisis au lieu de M. Fénelon, si mondain, si… vain, c'est bien ce que vous vouliez, n'est-ce pas ? »

Pourquoi Catherine en a-t-elle soudain si honte ? Elle serait incapable d'assumer les convictions que la chanoinesse – à bon droit – lui renvoie au visage. « Les sévérités de M. des Marais qui lui semblaient si bien fondées. » L'ironie de la maîtresse des jaunes, déjà, la glace des pieds à la tête. Il est vrai que, au plus fort des remous qui agitent leur fondation, les rigueurs du prêtre de Saint-Sulpice risquent d'être terribles, sans bornes. Dans l'affolement, l'éloignement pour elles qui a saisi Madame, aucune austérité peut-être ne lui semblera trop dure.

« Ce que vous vouliez… Ce que vous vouliez… » Ces mots, déjà, lui paraissent tinter un petit grelot tragique et ricanant. S'il est vrai, comme semble le prévoir Sylvine, que leurs épreuves ne font que commencer.

Il aura suffi à Mme de Maintenon de profiler le spectre de son dégoût pour que la communauté, dès ses premières menaces, se décompose. Chaque Dame, sans distinction d'âge ou de connaissances, de la plus sotte des sœurs converses à la chanoinesse de La Maisonfort, toutes se désespèrent du fond d'orgueil qu'il faut déraciner de la fondation et dont elles veulent bien reconnaître – puisque leur directrice le croit – qu'elles sont les premières fautives. En une contrition générale, les maîtresses imitent leur institutrice – qui s'incrimine avant quiconque – et aspirent à s'amender. Par l'exemple, plus encore que par les prônes, elles ramèneront les demoiselles à la docilité, à force de traquer sans pitié en elles-mêmes les habitudes pernicieuses, les réflexes d'esprit hautain. « Jamais assez humble, jamais assez petite et jamais assez simple. » Là réside l'esprit du christianisme et la contrainte de leur condition de femme.

« Nous sommes trop heureuses d'être obligées par notre sexe et notre ignorance à être simples et soumises, puisque c'est la voie du salut la plus facile et la plus sûre. »

En aucun autre temps que celui où M. des Marais devient son guide spirituel, Madame n'aura si souvent réprouvé la nature féminine : le dangereux caractère – immodeste, curieux et vain – de leur espèce. De même qu'elle s'assujettit aux avis du prêtre de Saint-Sulpice, la marquise exige de sa communauté qu'elle ne raisonne plus, se laisse « mener par les cordons » et obéisse. « Car notre sexe est fait pour obéir. »

Il faut alors aux Dames vaincre leur répugnance et s'abandonner aux mains des Missionnaires de Saint-Lazare, nouveau clergé de l'institut. M. des Marais en effet a jugé que les confesseurs extraordinaires de l'établissement avaient leur part dans son orgueil. Trop mondains, trop en vue ! La Maison, à ses yeux, a besoin de prêtres réguliers et non d'orateurs subtils qui vont de Saint-Cyr à Versailles et flattent ainsi la vanité de leurs pénitentes.

Après Fénelon et Bourdaloue, les pauvres Lazaristes ont fait leur entrée dans l'établissement ; pour ne plus jamais le quitter. À la suite du malheureux M. Gobelin, tout à fait grabataire à présent et qui compte ses dernières heures, le roi nomme la congrégation de Saint-Lazare à la supériorité ecclésiastique perpétuelle de sa Maison. Dans la cour du Dehors, Madame fait construire le pavillon des Missionnaires à la place de ses écuries – lieu approprié, semble-t-il pour cette confrérie que d'aucuns brocardent à la Cour comme « de vieilles barbes sales de fond de séminaire ».

Paul Godet des Marais, lui, a assuré à la marquise qu'elle se féliciterait de son choix : aux raffinements d'interprétation des Écritures, aux délicates questions mystiques de leurs pénitentes, les Lazaristes, dévoués aux gueux, ne répondront jamais que par le catéchisme.

Dans les cellules attenantes aux dortoirs, bien des maîtresses se désespèrent à la pensée des sermons, dorénavant, faits en leur chapelle : grossières paraphrases des évangiles, véritables punitions à écouter. Quelle répulsion elles doivent surmonter lorsqu'elles approchent maintenant des grilles du confessionnal ! Comme elles sentent alors le travail qu'il leur faut faire sur elles-mêmes pour accepter les réprimandes d'un rustre, qui n'a jusqu'ici exercé son ministère que dans les hôpitaux et les asiles, qui sait par cœur dire les prières de l'extrême-onction mais s'épouvante de la moindre demande hors de son bréviaire.

Marie-Anne de Loubert implore bientôt Madame d'assumer le gouvernement de ses examens de conscience : elle lui confierait par lettre les interrogations dans lesquelles les MM. de Saint-Lazare ne sauraient entrer. Mais même à sa jeune supérieure, Mme de Maintenon refuse ce privilège.

« Vous êtes peut-être dégoûtée de votre confesseur en particulier. Prenez-en un autre. Mais croyez qu'il faut vous soumettre. »

La marquise prend dans les siennes les mains de la Dame de Saint-Louis et la supplie à son tour. Émue peut-être mais surtout presque effrayée de l'attachement que lui portent ses jeunes femmes, quoi qu'elle leur fasse :

« Que votre plus grande confiance sur la terre ne soit pas en moi, Loubert ! Je n'ai ni grâce ni autorité pour cela… »

Le dévouement des professes, en ces jours où la directrice croit avoir si mal engagé son institut, doit lui faire honte. Comment avouer qu'elle-même s'en est remise en aveugle à M. Godet des Marais ? Sans doute la marquise retient-elle à cet instant la confidence de la transformation radicale que le Sulpicien veut apporter à la communauté – véritable révolution contre laquelle, incertaine, inquiète, elle ne sait s'il faudrait lutter.

Loin de se douter du bouleversement qui s'ébauche, les maîtresses, au cours de ce rigoureux hiver, travaillent à déraciner l'orgueil de leur Maison. De « petites choses » en « petites choses » : ainsi leur bienfaitrice a expliqué que l'esprit d'élévation s'était introduit parmi elles. Ainsi, sans rien juger négligeable, doivent-elles s'appliquer à réformer la simplicité de leurs élèves. Reprendre l'éducation de Saint-Cyr « par ses fondements » implique de rejeter ce qui, dans leurs règles mêmes, pourrait flatter la vanité des pensionnaires.

À force de vanter l'éloquence, elles ont rendu les demoiselles « causeuses et dégoûtées des choses solides ». Supprimée donc, par conséquent, la liberté en usage de poser à tout moment des questions aux maîtresses, de provoquer une instruction par une demande inopinée.

Dans ses conférences, Mme de La Maisonfort s'efforce de dominer sa tristesse ; elle bannit, ainsi qu'il lui a été ordonné, la moindre allusion au paganisme, la philosophie et les sentiments héroïques. Car cela « dégoûte de l'aimable simplicité du saint Évangile ». La mission des enseignantes, à présent, est de ramener les filles de Saint-Cyr à la plus grande sobriété en matière de lecture et privilégier l'ouvrage des mains.

> *Il y a des livres mauvais par eux-mêmes, tels que sont les romans,* écrit Madame à la chanoinesse, *parce qu'ils ne parlent que de vices et de passions. Il y en a d'autres qui, sans l'être autant, ne laissent pas d'être dangereux aux jeunes personnes en ce qu'ils peuvent les détourner des œuvres de piété et qu'ils enflent l'esprit, comme par exemple l'histoire romaine ou l'histoire universelle...*

Bientôt, les ouvrages profanes sans exception sont retirés et cinq ou six opuscules dévots deviennent l'exclusive bibliothèque de la fondation. Les vers – ces fameux vers fauteurs de troubles que les jaunes ont trop bien su dire – sont exilés devant la prose. La consigne, depuis Versailles, est exprimée aux maîtresses, quels que soient leurs groupes : « Ne leur montrez plus de poésie, il vaut mieux qu'elles n'en voient point. Je parle même de celle sur les sujets pieux. »

Madame décrète enfin qu'on écrit trop à Saint-Cyr et qu'on ne peut en désaccoutumer les demoiselles. Il vaut mieux que les élèves n'écrivent pas si bien plutôt que prendre le goût de l'écriture, si dangereux pour les femmes.

Parler moins, lire la Bible, écrire à peine.

Sur les bancs de sa classe, Glapion, plus encore que ses compagnes, croit mourir de ce programme. Oh ! ce n'est pas pour ces projets-là qu'elle est devenue la « perle de Saint-Cyr ». Il lui semble qu'on veut faire table rase de la beauté, de l'innovation de leur Maison ; de ce qui rendait la jaune si enchantée d'y vivre. Lorsque les préparatifs de Pâques, enfin, dissipent le carême, Madeleine croit éprouver, d'une manière encore plus cruelle, le nouveau mode de leur éducation. Aux arbres de Saint-Cyr, les bourgeons sont revenus et l'on coupe sur les buis des branchages à tresser pour le jour des Rameaux. Comme les années précédentes… Et pourtant, aujourd'hui, penser aux autres printemps – les débats sous les ormes et les mauvaises pièces de Mme de Brinon – arrache le cœur.

Mme de Maintenon ne veut pas cependant que les demoiselles la croient fâchée contre elles. L'institutrice redouble de vigilance et d'assiduité aux classes ; elle tente de mettre de l'entrain aux travaux d'aiguille et multiplie les instructions pieuses. En guise de philosophie, son unique soin consiste à rappeler l'obligation faite aux femmes d'être simples et soumises.

« Car celles qui auront la tristesse de retourner dans le monde comprendront vite qu'on ne tolérera pas qu'elles fassent les héroïnes et les savantes ! »

Voilà la seule matière sur laquelle la marquise s'aventure, hors de l'Évangile ; l'horreur du monde, la contrainte redoutable des épouses.

« Sans pourtant croire, précise-t-elle chaque fois, que je souhaiterais faire de vous des religieuses. »

Non ? Mais que cherche-t-elle donc à part les accabler avec ses lugubres visions ? Leur faire entrer de force dans le crâne des sentiments contraires à ceux qui les ont formées jusqu'alors ? L'humilité ! Prônée par les prêtres de Saint-Lazare, refrain sempiternel des maîtresses et de Madame, Glapion croit en être repue jusqu'à l'écœurement. Lors de ces affligeants discours, elle ne peut s'empêcher de regarder Sylvine de La Maisonfort qui montrait jusque-là des dispositions tout autres. Qui, aux yeux de Madeleine, est un démenti vivant de l'inévitable infériorité des femmes. Penser que la chanoinesse, si brillante, doit subir les directions de prêtres incultes… Pourtant, leur maîtresse, à chacune des instructions, baisse la tête devant l'autorité de Madame. Elle écoute ses propos et se contraint à les approuver. Fondue dans l'expiation unanime d'une faute jamais dite et toujours présente : l'éclat trop vif des représentations d'*Esther*.

Mais voilà un péché dont les jaunes, elles, ne se sentent en rien coupables ! Anne de La Haye, observatrice muette de Mlle de Glapion, voit son amie se cabrer devant leurs nouveaux principes avec autant d'ardeur qu'elle louait les anciens. Aux premiers beaux jours, l'interprète courtisée par le page de Mademoiselle sort enfin de son isolement. Elle approche de sa compagne d'enfance, dans le but manifeste de retrouver sa complicité. Au grand soulagement d'Anne, elle ne fait aucune allusion à l'incident du vestiaire. Seul lui tient à cœur le vent de la mortification qui a pris leur institut et sous lequel elle exhorte son amie à ne pas s'incliner. Avec un peu de tristesse, la petite Normande voit Madeleine lui revenir au moment où elle paraît métamorphosée, bardée de colère. Mlle de La Haye prie Dieu que le silence opposé par leurs guides aux rumeurs de mariage ne soit pas la cause réelle de son dépit.

Pourtant, le retrait des choux de rubans, l'interdiction de la frisure afin d'amoindrir leur coquetterie, Madeleine dit n'en avoir cure. Elle ne sait pas que le registre des Dames de Saint-Louis le lui concédera des années plus tard : «La vanité de l'*esprit* avait gâté les demoiselles, car elles en avaient fort peu pour celle du corps.»

Autour du lit de Glapion, la nuit – quand elles sont sûres qu'on ne les surveille plus –, les jaunes, dans leur dortoir, tiennent de secrets conciliabules. Avec quelque crainte, La Haye voit son amie se dépouiller chaque jour davantage de ses oripeaux d'élève modèle pour s'ancrer dans la désobéissance.

Lorsqu'en classe de musique M. Nivers, après les chants somptueux de M. Moreau, leur faire répéter le même malheureux motet, les actrices d'*Esther* se taisent, l'une après l'autre. La «perle de Saint-Cyr», à son tour, oppose à l'organiste ses lèvres résolument scellées. Par solidarité, Anne suit, malgré elle, ses compagnes dans leur bouderie puérile, «puisqu'on nous a tellement prêché les vertus du silence»! Cette fois encore, Madame, d'un air d'indulgence, vient les ramener à la raison, sans vouloir paraître exaspérée :

«Il n'est pas possible, avec la piété que vous paraissez goûter, que vous ne soyez pas ravies de chanter les louanges de Dieu. Vous chantiez si bien les chœurs d'*Esther*, pourquoi ne voulez-vous pas chanter les psaumes ? N'êtes-vous pas trop heureuses de faire le métier des anges ? Serait-ce le théâtre que vous aimeriez ?»

Cette demande, naturellement, sur le mode ironique, car on ne demande pas à quelqu'un avec sérieux s'il veut se damner.

« Mais en voilà assez sur ce chapitre. Je suis assurée que l'on sera aussi content de vous là-dessus que dans le reste de votre conduite. Soyez convaincues, mesdemoiselles, que l'esprit, la raison dénués du christianisme ne vous feront prendre que des fausses mesures. Croyez que je sais parfaitement ce que je dis et que je voudrais, par l'amitié que j'ai pour vous, que vous en fussiez persuadées. »

En dépit de l'aménité apparente de Madame, Mlle de Glapion affirme à ses condisciples qu'on les tient désormais dans la défiance. Les qualités pour lesquelles elles étaient l'exemple de Saint-Cyr, non seulement ne sont plus requises mais les font regarder « comme des parias ».

« Des parias ? Glapion ! N'est-ce pas trop dire ?

– Mais enfin, ne le voyez-vous pas ? On s'efforce de nous abaisser à l'égal de notre élévation des années précédentes ! Dans quel but, selon vous, proscrire les "conversations" qu'il était si amusant de composer, en imitant Mlle de Scudéry ? Que faisions-nous de mal ? On inventait des petites saynètes, on tâchait d'illustrer un principe moral, on s'instruisait et s'édifiait en se divertissant. Est-ce que ce n'était pas jusqu'ici l'essence de Saint-Cyr ? »

Anne ne saurait donner tort à Madeleine, et pourtant il lui semble qu'il faut absolument calmer une rébellion, qui n'aura pour elles que de tragiques conséquences. Comment les demoiselles croient-elles qu'elles pourront fléchir même d'un millième de pouce les décrets de Madame, de leurs directeurs. Les lois qui viennent d'une autorité suprême souffrent-elles qu'on en discute ?

« Mais ne croyez-vous pas que l'on veut seulement affermir notre piété ? Madame a peut-être raison de dire que nous sommes devenues froides pour Dieu. »

Les avis de La Haye, heureusement, modèrent un peu les têtes échauffées des jaunes. La petite Normande voit bien, en ces débats nocturnes, que ses compagnes réagissent encore en actrices d'*Esther*, objet de l'intérêt des plus grands. Leurs propos, sans qu'elles s'en aperçoivent, sont gorgés de l'admiration des têtes couronnées qui les ont applaudies. Elles parlent en oublieuses de leur condition, comme des personnes qui seraient en faveur ou soutenues par des puissants. Comme ceux qui peuvent se permettre d'avoir une opinion. Oh ! Anne croit voir nettement leurs illusions qui n'ont, bizarrement, aucune prise sur elle… La fille des Métayer de La Haye parvient seulement à se figurer le renvoi, sans pension, du jour au lendemain, qui accueillera leur insoumission.

Un soir, pourtant, les jaunes, autour du lit de Glapion, ne peuvent plus accepter la moindre parole lénifiante. Et même La Haye, cette nuit, se tait. Aujourd'hui, il semble que leurs directeurs aient voulu donner raison à Madeleine, dans ses affirmations à ses compagnes :

« À force de combattre la "hauteur" de notre raison, vous verrez qu'on ne se satisfera plus que de notre abêtissement. »

Dans la journée, un escadron de sœurs converses menées par Mlle Balbien est passé de classe en classe. Elles se faisaient ouvrir les pupitres et les étagères, et retiraient tous les manuscrits qu'elles y trouvaient hors des copies de prière. À leur premier étage, la chanoinesse, impuissante, a ouvert avec accablement la porte de la salle. Cahiers de dissertation, de maximes, recueils de pensées ont été ainsi réquisitionnés, dans une haine générale de l'écrit, péché originel de l'établissement. Atterrées, bon nombre de demoiselles ont cru entrevoir soudain la main ferme de Mme de Maintenon découdre, point par point, son ouvrage. Mais elles sont le tricot dont la marquise redéfait chaque maille.

Tandis qu'une converse fouillait sans vergogne parmi ses papiers, les entassait avec ceux de ses compagnes, Anne imaginait déjà le bûcher que ses compositions allaient alimenter. Un réflexe déjà ancien lui a fait chercher le regard de Madeleine, dans l'espoir qu'elles se réconforteraient l'une l'autre, d'un coup d'œil solidaire. Mais Glapion, les dents serrées, sans rien voir autour d'elle, tendait l'un après l'autre ses cahiers à Mlle Balbien. Anne devinait les larmes amères que son amie ravalait et qu'elle n'aurait laissé couler pour rien au monde. Un par un, elle a rendu ses poèmes, ses proverbes, chacune de ses rédactions, d'un air de défi qui voulait signifier à la vieille servante de Madame l'infamie de sa tâche.

Avec la visite générale des classes commence alors la « réforme » de l'institut, nommée, revendiquée par ses directeurs : les petits aménagements et la transformation radicale.

Dans chaque classe, les deux grandes tables qui rassemblaient vingt-cinq jeunes filles sont remplacées par de petits bureaux autour desquels les élèves ne peuvent pas être plus de six. Ainsi les maîtresses, selon les nouvelles directives de la marquise, pourront contrôler l'assistance d'un coup d'œil. Chaque division constitue une bande soumise à l'autorité d'une demoiselle désignée comme chef, d'une autre comme suppléante. On crée aussi un nœud couleur de feu pour récompenser les plus méritantes, et un ruban noir – honneur suprême – qui désigne les vingt filles préférées de Madame. Fragmenter leurs forces et introduire entre elles des distinctions ! La règle est simple et vieille comme le monde.

Consternée, Glapion constate que de tristes calculs fondés sur leur fatuité donnent, d'emblée, les résultats escomptés. Avec quel plaisir les demoiselles promues auxiliaires des maîtresses usent de leur pouvoir ! Elles tiennent constamment leurs brigades sous surveillance et font des comptes rendus de leurs incartades à leurs supérieures. Il semble alors à Madeleine qu'une véritable police subalterne ait pris corps dans Saint-Cyr.

Mais la peine de la jaune n'est rien à côté de celle des Dames de Saint-Louis, convoquées une à une devant M. des Marais : mises en demeure de quitter l'établissement ou d'y rester à une mortifiante condition…

Un matin, dans l'infirmerie, Mlle de La Maisonfort, fiévreuse, reconnaît peu à peu la voix à son chevet, qui lui murmure des paroles de réconfort :

« Vous allez guérir, Victoire, n'est-ce pas ? Vous allez guérir parce qu'il le faut. »

La malade paraît alors s'abandonner avec apaisement à la main familière qui humecte son front. Cette main de sœur qui lui exprime une tendresse inaccoutumée. Les joues creusées de la demoiselle, sans doute, avivent les inquiétudes de la chanoinesse. Depuis le carnaval, les médecins eux-mêmes se disent dépassés par le dérèglement de Victoire, stationnaire, rebelle à tout remède. Un soupçon taraude parfois l'enseignante qu'une crise bénigne, passagère, s'est peut-être aggravée du fait de traitements mal appropriés. Tandis qu'elle caresse le visage de l'adolescente, Mme de La Mainsonfort, sans cesse, revient sur la douceur des joues lisses, dénuées de marques de petite vérole. Victoire ne mourra pas de la consomption mystérieuse qui l'a saisie dans les derniers jours du carnaval.

Sylvine semble défier Dieu d'une telle injustice. Porter la charge de la santé ruinée de l'enfant qu'on a fait venir à Saint-Cyr, quel tourment pour l'éternité ! Une dernière lueur de légèreté dans sa nature assure à la jeune maîtresse que la fièvre tombera, aussi soudainement qu'elle est apparue. De façon absurde, la chanoinesse est venue, ce matin, supplier sa sœur de retrouver des forces, comme s'il lui suffisait de désirer se rétablir pour le pouvoir. Une ultime tentative avant d'être séparée d'elle pour six mois.

Encore affaiblie par d'innombrables saignées, Victoire semble suivre, cependant, les doux murmures de l'aînée. Le chagrin de la voix qui chuchote à son oreille imprègne, sans doute, son sommeil agité. Peu à peu les visions malsaines de la léthargie s'effacent devant la conscience qu'une réalité alarmante se déroule, en ce moment même, près d'elle. Comme si Mme de La Maisonfort, par sa mélopée, tentait de se rassurer elle-même avant quiconque. L'inquiétude de la malade, alors, devient lutte, effort désespéré pour sortir de l'engourdissement. Ouvrir, si c'était possible, des paupières scellées par un poids de milliers de livres. Pourtant, l'esprit de Victoire, à présent, pénètre presque complètement le sens des phrases susurrées, ressassées…

« Victoire, il faut vouloir sortir de l'infirmerie, vous comprenez, de toutes vos forces. Vous allez plus mal à mesure que vous restez alitée ; votre état empirera encore si vous ne regagnez pas bientôt la classe… Et moi, je ne vais plus vous voir pendant si longtemps… »

« Où… serez… vous ? » Les trois mots s'inscrivent avec netteté dans la tête de la petite Maisonfort, mais elle ne sait si elle les prononce ou les rêve. Pourtant, aucun écho, aucune réponse de la chanoinesse ne lui parvient, et la demoiselle comprend que ses pensées ne peuvent prendre le chemin d'une bouche plombée. À force d'application, ses yeux enfin s'entrouvrent sur l'infirmerie, les lits blancs et les coiffes des surveillantes : le réel au bout du cauchemar. La lumière du soleil qui inonde la pièce. Au chevet de Victoire, une chaise vide.

« Syl… vine ! »

Cette fois, elle a bel et bien crié. La sœur converse, surveillante de la salle, aussitôt s'approche pour rassurer l'adolescente. Mais où est Mme de La Maisonfort ? Se peut-il que la jaune ait entièrement imaginé la présence, la voix, à ses côtés.

« Votre sœur est partie depuis une heure, mademoiselle… Vous l'avez donc entendue ? »

Une heure pour secouer les murs de la torpeur, une heure qui a paru durer quelques secondes ! Il est donc vrai qu'elle est de plus en plus souffrante et que le mal, peut-être, aura bientôt infiltré tout son corps. La surveillante, réjouie du réveil de l'adolescente, borde son lit, sourire aux lèvres. En parlant, elle plaque d'un geste machinal sa paume sur le front de Victoire.

« Votre sœur a voulu vous dire au revoir car elle va être isolée pour six mois de noviciat. »

L'expression obtuse de l'alitée fait sourire l'infirmière. Elle s'avise soudain que la petite est hospitalisée depuis leur carnaval. Si l'interprète d'Élise retrouvait l'institut aujourd'hui, elle croirait qu'on lui joue un tour, ou bien qu'un maléfice a pétrifié leur ruche bourdonnante. Depuis ce pavillon de soins, à l'écart, les bouleversements de la fondation paraissent impossibles à croire.

« Réjouissez-vous, mademoiselle. Votre sœur va embrasser la vie religieuse. Car nous allons devenir un couvent. »

En un sursaut d'agitation, Victoire semble vouloir se rebeller contre une réalité qui la dépasse, inconcevable. L'absence de vocation spirituelle de sa sœur, les souhaits du monarque, à l'origine même de son institut, ne peuvent s'accommoder d'un pareil discours. Avec une peine infinie, Mlle de La Maisonfort veut s'arc-bouter pour remonter sur son oreiller et mieux s'insurger contre des propos insensés. Mais les lits de la salle, aussitôt, se mettent à tanguer devant ses yeux et l'obligent à se recoucher, épuisée, sans parvenir à prononcer une parole. Commotionnée presque par une nouvelle qui semble – et Sylvine, si elle le savait, bénirait Dieu – cingler sa langueur.

« Ce que vous vouliez. » La petite phrase de la chanoinesse, ce matin, martèle le cerveau de la jeune Travers du Pérou comme la masse d'un sculpteur. Sylvine de La Maisonfort, pourtant, ne pose pas sur Catherine un regard accusateur. Mais qui aujourd'hui, dans leur peine unanime, prendrait le risque de dévisager l'une de ses compagnes ? Chacune d'elles craint trop de perdre courage et de s'effondrer devant leur institutrice. Dans la chapelle de Saint-Candide, l'une après l'autre, les maîtresses déposent aux pieds de la marquise leur croix d'or, leur manteau, les marques de leur première profession. Mieux qu'aucun discours, la cérémonie établit aux yeux des pensionnaires leur nouvelle situation. L'ordre des Dames de Saint-Louis dissous.

Parmi la communauté confrontée au choix de partir ou de se soumettre, seule Mme d'Auzy a souhaité quitter la Maison.

Les enseignantes que les demoiselles voient sortir de l'église paraissent dénudées, pareilles à des oisillons au moment de la mue. Seulement vêtues de leur robe, dépouillées de leurs attributs, leur jeunesse devient flagrante. Si peu de différence les sépare des jaunes !

Est-ce pour cela que Madeleine dort mal cette nuit ? Elle prend fait et cause pour les maîtresses dont on a biffé d'un trait de plume le premier noviciat, comme s'il avait été mal pensé. Madame, venue révéler aux élèves ses futures dispositions, a expliqué qu'on avait à l'excès tourné l'esprit des Dames vers l'enseignement et négligé les pratiques religieuses. « Mais il ne faut pas avoir honte de se rétracter. » La formule doit beaucoup servir à Mme de Maintenon, elle qui, trace par trace, effacera bientôt jusqu'au souvenir de leur origine !

Mais Glapion, elle, lorsqu'elle affirmait vouloir devenir Dame de Saint-Louis, rêvait de cette fonction, aussi « mal pensée » qu'elle puisse l'être. Avec ses vœux simples qui vous permettaient à tout moment de retourner au monde. Être sœur Augustine dans le cloître de Saint-Cyr paraît bien différent ; en dire seulement le titre rend triste à mourir ! Comment les professes se sont-elles laissé convaincre ?

Au coucher, Mme de La Maisonfort a pris congé de ses élèves, sans leur cacher que la mère Priolo, de l'ordre de la Visitation, était arrivée dans Saint-Cyr et que le noviciat commencerait le lendemain. Pendant six mois, l'examen privera l'institut de ses enseignantes.

« Mais réjouissez-vous, car Madame et Mlle Balbien gouverneront la Maison et dirigeront les classes. Donnez-leur de grandes satisfactions.

– Et dans six mois, nous vous retrouverons, n'est-ce pas ? »

Sylvine de La Maisonfort s'est gardée d'encourager la marque d'amitié de Mlle de Lastic. Il fallait que la pensionnaire se sente bien abandonnée pour exprimer ainsi son attachement à une maîtresse ; en cette nouvelle ère de la Fondation, il n'est pas de faute châtiée plus sévèrement.

« Dans six mois, mesdemoiselles, qui sait quelle novice sera acceptée ou refusée ? »

Sur cette interrogation, la chanoinesse a laissé ses adolescentes désolées. À la lueur de l'information, chacune revoyait le regard d'hirondelles mouillées qu'avaient les jeunes maîtresses destituées, au sortir de l'église. Pendant six mois d'instruction, les postulantes devront affronter l'incertitude de leur admission finale. Tout recommencer à la base, faire une croix sur ses précédentes épreuves pour, au bout du compte, se voir déclarer, peut-être, inapte à la profession. N'y a-t-il pas là de quoi se désespérer ?

Après avoir remué la nuit entière ces visions, Madeleine, tandis que l'aube se lève, songe que leurs maîtresses pourraient en parfaite légitimité haïr leur gouvernement.

« Quel dommage que la chanoinesse n'ait pas de vocation ! » À l'époque où elle laissait parler son cœur devant ses chères jaunes, Mme de Maintenon a de nombreuses fois exprimé ce regret. Pourquoi Mme de La Maisonfort alors a-t-elle consenti à renoncer au monde ? Se peut-il que la grâce l'ait visitée tout à coup pour lui montrer la voie du salut ?

À de tels contes bleus, les épaules de Glapion se haussent malgré elle sous ses draps. Il ferait beau voir que Mlle Balbien ou Madame même allègue ces sornettes ! La classe entière a vu que Sylvine s'était retirée deux jours pour se soumettre à un examen de conscience car elle ne pouvait prendre aucun parti. Il a fallu trois ecclésiastiques – dont M. Fénelon – afin de la déterminer dans son choix. Que les prélats aient émis un jugement en tout point conforme aux désirs de Madame, voilà un hasard propre à priver Glapion de sommeil. Est-ce qu'en bonne foi on peut considérer que la voie de l'érudite chanoinesse sur cette terre est celle des sœurs Augustines ?

Oh ! Glapion sait qu'elle n'est pas à même d'en juger et que la parole de trois dignitaires de l'Église ne se met pas en doute. Pourtant, il n'est pas un arrêt récent prononcé prétendument pour le bien de la communauté qui ne lui semble sujet à caution. Chaque mesure paraît n'être qu'une étape de plus dans le sarclage de leur personnalité. Et si la défiance pour les filles de Saint-Cyr aujourd'hui guide Madame et M. Godet des Marais, Madeleine veut, elle aussi, regarder leurs directeurs du même œil soupçonneux.

Un peu avant six heures, son oreille attentive perçoit du bruit dans la cellule attenante à leur vaste chambre : la porte de leur maîtresse s'entrouvre sur son départ. Dans quelques minutes, elle aura rejoint Catherine du Pérou, Marie-Anne de Loubert, les postulantes que les demoiselles ne doivent plus appeler Madame… Pendant six mois, les jaunes les croiseront de loin en loin, réduites au silence, occupées aux tâches les plus ingrates – derrière un balai ou des piles de linge sale.

Mais ses prémonitions apparaissent, en cette aube, à Mlle de Glapion comme un véritable crime, dont leur bienfaitrice rougira un jour. Est-ce qu'il n'est pas affreux d'empêcher quelqu'un de cultiver ses dons ? Quel idéal, quelle raison justifiera l'abaissement de Sylvine, contrainte d'oublier le grec et la philosophie ? Au nom de quoi lui faire négliger le goût des études dans lesquelles elle excellait ? Obliger une personne savante à flétrir elle-même ses lauriers, les renier, les piétiner, paraîtra abominable aux générations futures ! Avant même que les grandes ceintes du ruban noir ne pénètrent dans leur dortoir, Madeleine a repoussé ses draps et quitté son lit.

Réveillée en sursaut, Anne de La Haye, interdite, voit passer devant elle les pieds nus de sa voisine qui s'élancent vers la sortie. Incapable de réagir, la petite Normande se désole déjà du nouveau tour que Madeleine a sorti de son sac à malices. Indifférente au risque, au renvoi – sait-on jamais ? – qui sanctionnera son incartade, Glapion traverse la salle comme une flèche pour rattraper sa maîtresse au sommet de l'escalier. En avoir le cœur net, avant que Mme de La Maisonfort ne disparaisse. Au moins ne pas se reprocher de s'être tue, quand il en était encore temps :

« Madame la Chanoinesse, était-ce pour prendre le voile que vous êtes venue à Saint-Cyr ? Est-ce là utiliser vos compétences ? »

Elle a presque crié, sans contrôler le désordre de ses pensées, et l'enseignante, peut-être, ne va rien y comprendre. Sylvine s'est arrêtée, pourtant, le pied sur la première marche. Mais elle considère avec une sorte d'effroi une échappée hors de tous principes.

Inquiète, sans doute, de voir la «perle de l'institut» devenue si rebelle. La jeune femme fixe aussitôt les deux grandes élèves qui se sont arrêtées au seuil du dortoir, confondues par la scène qui s'y déroule. Madeleine, désespérée, imagine déjà que sa maîtresse va dévaler l'escalier sans lui répondre, plus obéissante encore qu'elle ne le croyait. Mais Mme de La Maisonfort la dévisage, l'air de vouloir lui transmettre, malgré tout, un message capital. Très bas, en articulant chaque mot, elle prononce alors, comme une sentence essentielle, un message crucial qui, seul, pourra aider la jaune :

«Tout est muet, Glapion, pour presque tous. Si Dieu ne donne aucune vocation au-dedans, il donne au-dehors une autorité qui décide.»

Clouée sur place par la déception, Glapion, les bras ballants, regarde Sylvine disparaître. Elle n'a su ni ébranler sa maîtresse dans sa décision ni même lui renvoyer le regard scandalisé des élèves qui l'aiment. Il ne lui reste que l'hymne à la soumissoin que Mme de La Maisonfort a voulu lui psalmodier.

Plus sombre encore que le rapport des grandes à Madame sur sa conduite, la désillusion de Madeleine s'aiguise davantage au fur et à mesure de la journée. L'adolescente a tôt fait de conclure que le précepte répété par Sylvine, telle une prière, vient de ses examinateurs. Pourtant, la chanoinesse ne lui a pas, par dérision, répété cette sentence, Madeleine en jurerait. Il lui faut donc se rendre à l'évidence que la formule, apologie parfaite de l'allégeance, a convaincu, en toute sincérité, la jeune femme la plus brillante de leur Maison.

Le lendemain, Madeleine, suivie de son amie La Haye, monte dans le carrosse de Mme de Maintenon, rempli de hardes, de layettes d'enfants et de couvertures. Aux pieds des deux adolescentes, les miches de pain côtoient les sacs de sel et les gamelles de viande cuite.

Depuis les commencements de Saint-Cyr, la marquise, une fois par mois, fait une tournée de bienfaisance à laquelle elle convie deux élèves, afin de leur donner le goût des bonnes œuvres. Une sortie aux côtés de Madame est un privilège qui, d'ordinaire, récompense les demoiselles les plus méritantes ; aussi le choix de Glapion, ce matin, sitôt après sa désobéissance publique, paraît-il peu compréhensible. La Haye, pourtant, flaire que leur bienfaitrice a voulu provoquer l'occasion d'être isolée assez longtemps avec Madeleine pour venir à bout de sa rébellion. Aux aguets, elle ose à peine lever les yeux sur la grande dame à côté d'elle ; il lui semble qu'une volée de bois vert va fondre à tout moment sur les épaules de sa compagne. Et quel rôle l'institutrice compte-t-elle faire jouer à Anne dans sa réprimande ?

Madame, cependant, ne paraît manifester que l'humeur radieuse des commencements de la Maison. Aujourd'hui, on pourrait croire que sa colère n'était qu'un rêve. Bienveillante, la vieille marquise leur vante l'innocent plaisir de la charité, et la journée, au milieu de leurs affres, ressemble à une parenthèse de bonheur. Par la vitre ouverte, Mlle de La Haye hume de plus en plus librement le grand air déjà chaud pour la saison, la forêt retrouvée : le large, enfin. La poussière scintillante que leur voiture fait voler dans le soleil. Quelles vacances !

À chaque village où elles font halte, des attroupements de femmes qui portent des enfants à demi nus se pressent autour de leur équipage. Françoise d'Aubigné, d'un pas ferme, distille de l'une à l'autre des mots compatissants. Elle s'enquiert de la santé des bébés et, bien que la plupart soient couverts de poux, les cajole avec force caresses. À celles dont le mari a été enrôlé, la presque reine de France confesse qu'elle aussi languit de la guerre et «donnerait tout pour la paix». Elle incite chacune à prendre ses offrandes d'un très bon cœur, sans se croire humiliée par la mendicité :

«N'enviez point le plaisir qu'il y a de faire l'aumône, puisqu'en la recevant vous pouvez avoir autant de mérite devant Dieu.»

Les marques de vénération, les baisers à sa robe sont balayés d'une seule vérité :

«Relevez-vous, ma fille. Dieu veut que les riches se sauvent en donnant leur bien et les pauvres par n'en point avoir, voilà tout !»

Pas à pas, Anne suit leur bienfaitrice, impressionnée par l'arsenal de préceptes que Madame porte avec elle. Elle semble à la jaune se livrer à ses bienfaisances, tel un sauvage dans la jungle, dans son milieu naturel : cuirassée de défenses contre les pièges de l'ostentation, ses théories verrouillées pour ne jamais pécher par délectation de sa propre bonté.

À son imitation, les deux demoiselles se chargent de distribuer les provisions convoyées depuis Versailles, mais l'air farouche de Madeleine inquiète La Haye au plus vif.

Lorsque au milieu de la matinée les dernières réserves viennent à s'épuiser, la marquise ne veut pas abandonner à leur triste sort les miséreuses qui l'implorent. Elle ôte alors son écharpe de lin et la noue elle-même autour du cou frêle et décharné d'une vieille qui la bénit pour l'éternité. D'un geste impératif, Madame invite ses deux accompagnatrices à faire de même. Sans l'ombre d'une réticence, Glapion défait son bonnet et le tend à une gamine qui doit avoir son âge et qui, pourtant, allaite un nourrisson. Aussitôt, la grande jeune fille coupe court aux larmes de la quémandeuse, à ses prosternations devant leurs bonnes grâces, gênée, semble-t-il, par des marques de gratitude qui lui broient le cœur.

Dès qu'elle est seule avec les jaunes, à l'abri dans son carrosse, Mme de Maintenon retrouve ses juvéniles enthousiasmes des saisons précédentes.

« Oh ! murmure-t-elle, souriante, que les œuvres de Dieu sont délicieuses ! Il me semble qu'il n'y a qu'un moment que nous sommes parties. »

Elle chausse, d'un même mouvement, ses lunettes et sort un morceau de tapisserie dont elle tend un pan à ses accompagnatrices. « Occuper ses mains », précepte primordial de la vieille marquise qui, même dans les déplacements du roi, travaille toujours à un ouvrage.

« … À Noisy, déjà, vous vous en souvenez, Glapion, j'écrivais des maximes sur vos cahiers afin de vous apprendre, pauvres demoiselles, à accepter votre condition. Parvenir à aimer l'humiliation de vos familles, tout est là. Vous rappelez-vous encore une de ces en-têtes ? »

Sans l'ombre d'une hésitation, Madeleine, les mâchoires crispées, cite à la file des préceptes ancrés en elle, à l'évidence, pour toujours :

« Les pauvres dorment mieux sur leur paille que les riches sur leurs lits magnifiques. Les riches vous donnent de quoi vivre, donnez-leur vos prières ; c'est ainsi que nous contribuons au salut les uns des autres.

Ne murmurez jamais contre les riches : Dieu a voulu qu'ils le fussent, comme il a voulu que vous fussiez pauvres.

– Eh bien !... Espérons que ces sentences ont pénétré votre cœur autant que votre mémoire. »

À ce qu'il paraît, Mme de Maintenon préfère ne pas relever le ton mécanique avec lequel la jaune lui a débité ses propres phrases. Mais l'insolence de son amie devant le dogme même de leur bienfaitrice pétrifie Anne de La Haye...

À cet instant seulement, elle comprend que Mlle de Glapion refuse le parallèle que la marquise a résolu d'établir entre leur situation et celle des mendiantes des villages. Ce que tente, sans le moindre discours, Françoise d'Aubigné, depuis ce matin, un enfant l'aurait deviné, mais Anne, elle, imbécile heureuse, était trop réjouie pour le percevoir. Leur misère, dont elles doivent l'adoucissement à la seule *charité* royale : voilà la leçon cuisante infligée à Madeleine en réparation de ses fautes ! Rappeler à la fille des Glapion des Routis qui elle est ; la ramener à la réalité dont elle est issue et qui ne saurait s'oublier...

L'air buté de l'adolescente, peut-être, prouve que les reproches de Madame sur leur « hauteur d'esprit » ne sont pas dénués de sens. La Haye, elle, n'aurait pas eu besoin que leur directrice lui étale sous les yeux leur indigence, elle y songe sans cesse. Ce qu'elles peuvent espérer, le sort qui les attend à la sortie de l'institut, Anne n'en a jamais eu d'autre image que les tristes scènes de ce matin, tandis que Glapion – combien de fois son amie l'a-t-elle déploré ? – tenait l'éducation de Saint-Cyr pour un acquis si splendide qu'il l'élevait hors du commun.

« Madame, savez-vous ce qu'est devenu le bébé né à l'infirmerie et pour lequel nous avions fabriqué un trousseau ? »

La Haye connaît assez Madeleine pour pressentir qu'il s'agit d'une contre-attaque. Le regard de sa compagne, cependant, est rivé sur ses travaux d'aiguille, de sorte que l'intention de sa question reste énigmatique. La marquise, peut-être, croit à une rémission d'hostilité de la part de la jaune. Amusée par ce souvenir, elle laisse déjà s'épancher sa tendresse :

« Non. Il doit marcher à présent. Peut-être sa mère a-t-elle essayé de m'aborder à Versailles et a été refoulée. La presse est telle, au palais. Même vous, mes chères filles, je souhaiterais fort vous faire du bien, mais il est vrai que, sorties de Saint-Cyr, vous ne pourrez plus accéder à la porte de ma chambre, les gens vous repousseront, on vous dira : "Madame a à faire ; vous ne pouvez entrer, elle ne voit personne." Rien n'est présentement si méprisé dans le monde que la pauvre noblesse. »

Anne croit sentir une bourrasque s'engouffrer par leurs vitres et siffler à leurs oreilles : un vent de vérité aux arêtes vives, coupante comme de la glace. Mais, pour la première fois, La Haye désapprouve tout à fait l'attitude rétive, hostile de sa compagne. Elle, est reconnaissante à Madame de leur parler d'une manière qui procède de rares moments dans une vie, sans égard pour leur âge, sans les ménager, soucieuse seulement de ne pas les tromper.

Il est vrai qu'elles ne seront plus rien, une fois dévêtues du costume de demoiselle, quels qu'aient été leurs admirateurs aux représentations d'*Esther !* Les seigneurs qui les ont applaudies ne leur jetteront pas un regard. Et pour la marquise, d'autres pensionnaires auront pris leur place. Même si ces évidences sont autant d'aiguilles fichées au travers de la gorge de Glapion, elles n'en sont pas moins réelles.

Leur équipage, à cet instant, est immobilisé par une nouvelle malheureuse, qui court à leur poursuite. Madame fait signe au cocher d'arrêter et descend pour réconforter la pauvre créature, bien qu'elle n'ait plus rien à lui donner. La «perle de Saint-Cyr», les dents serrées, profite aussitôt de cet instant de répit pour chercher, désespérément, l'approbation de sa meilleure amie :

«N'est-ce pas dégoûtant, ce bébé couvert de layette, un jour, et ensuite abandonné à son sort ? N'est-ce pas dégoûtant cette charité qui dépend des heures et des humeurs ? Et ces promesses d'indifférence, n'est-ce pas de même...

– C'est ce qui nous attend, Madeleine, un point, c'est tout. Il ne sert à rien de s'en offusquer. Le mieux est de le savoir, je vous assure.»

Le corps entier de Mlle de Glapion se cabre pour interrompre ce qui doit lui paraître une trahison. Apeurée presque, Anne voit l'insurrection de sa compagne tordre physiquement ses nerfs, ses muscles noués pour la combattre :

«Mais est-ce que Saint-Cyr n'est que ça ? Une œuvre de bienfaisance ? On nous a fait la CHARITÉ du gîte et du couvert, voilà à quoi se résume le projet du roi ? Mais alors, l'éducation des femmes, le christianisme renouvelé dans le royaume, tout n'était que mensonge ?»

Les pieds de l'adolescente qui dépassent de son manteau fendent l'air de coups dérisoires. La sensation de son impuissance, assurément, avive la rage de Madeleine. Aujourd'hui, elle croit être la dernière, la seule, à défendre un idéal auquel toutes ont renoncé. Ô mon Dieu, comme elle préférerait être morte, les années précédentes, ensevelie sous la terre, alors adorée, de l'institut. Et voilà que La Haye, à son tour, paraît la fuir : Anne ouvre la porte de leur voiture pour rejoindre Madame, au désarroi de Mlle de Glapion. Trop confuse, la grande jaune met en effet quelques secondes avant d'entendre seulement les cris qui proviennent du dehors.

Les prières de Mme de Maintenon pour la paix, cette fois, n'ont pas suffi à calmer une mère en furie, à moitié folle, peut-être. La vieille indigente agonit la marquise d'injures ; elle lui hurle que tous l'appellent la catin, la ratatinée, et lui entonne à tue-tête des bribes des chansons injurieuses qui la brocardent :

« … À la fin j'épousais ce fameux cul-de-jatte qui vivait de ses vers comme moi de mon corps. »

Le cocher tente de repousser la provocatrice, mais Madame, pour l'ébahissement de La Haye, veut encore consoler la vieille. Elle détache cette fois sa simple croix « à la Maintenon » et la tend à son agresseuse. La petite Normande, naïve indécrottable, ne peut retenir un cri de protestation :

« Noon !… Que faites-vous, Madame ? »

La marquise, sans s'en soucier, achève son offrande et tourne les talons, venue à bout, finalement, des vociférations de la malheureuse :

« Elle a beau m'injurier, La Haye, je lui ferai toujours plus de bien, car c'est pour l'amour de Dieu et non pour l'amour d'elle que je donne. »

Derrière la vitre du carrosse, Madeleine n'a pas fait un geste. Même la crainte de voir leur bienfaitrice molestée n'a pu secouer la prostration de l'adolescente. Aux yeux de Glapion, leur odyssée de la matinée vient de démontrer son absurdité. La pagaille et le chaos ! Quelle autre conclusion Mme de Maintenon peut-elle espérer de ses actions de bienfaisance ?

Illogiques, désordonnées, ses largesses sont aberrantes dans l'univers de Versailles. Et dangereuses. Elles ouvrent une brèche au sein même de la toute-puissance, béance par laquelle peuvent s'engouffrer des espoirs insensés et les déceptions les pires. Si n'importe qui peut à bon droit nourrir l'espoir d'éveiller la pitié de dieux régnant sur la moitié de la terre, quelle gabegie !

Leur tournée philanthropique achevée dans la haine donne à la jeune fille l'image d'un beau raccourci, qui résumerait à la perfection l'histoire de leur institut changé en cloître.

Sans prononcer une parole, Glapion observe les deux femmes qui remontent dans le véhicule : Anne, abasourdie, et leur institutrice, quasi… minérale, arrimée à ses certitudes comme le lierre à la pierre.

« Nous nous étions promis des plaisirs et voilà des dégoûts, c'est bien là le monde, mesdemoiselles ; et ce qu'il faut en attendre. Souvenez-vous toujours que Jésus-Christ lui-même refusa de prier pour ce monde à la veille de sa mort. »

Les quelques lieues qui les ramènent à Saint-Cyr ne sont plus alors pour Madame que le prétexte d'une diatribe unique, ininterrompue : l'amour de Dieu contre le commerce des humains, haïssables. La tristesse qui guette celles « assez malheureuses pour en passer par le mariage ».

« Il ne vous restera qu'à fuir, dans la solitude, car les hommes, vos plus grands ennemis, chercheront toutes les occasions de vous perdre. Même votre amitié ne pourra se préserver dans la société. »

Pour la première fois, Françoise d'Aubigné, sans le moindre embarras, évoque l'attachement privilégié des deux demoiselles. La blessure des attaques de la démente a aiguisé, plus que jamais, son désir de lucidité : elle leur peint la réalité sans rien enjoliver, comme pour mettre à sac des illusions mensongères.

« Mme de Montespan et moi, n'étions-nous pas dans les plus délicates affinités ? Et pourtant, voyez comme elle m'aurait perdue ensuite auprès du roi si je lui en avais donné les moyens, alors, par la moindre confidence… L'humanité, mesdemoiselles, est si effroyable qu'il faut sans cesse agir, même avec ses intimes, en se gardant de ne leur livrer jamais rien dont elles puissent se prévaloir, si d'amies elles se changent en ennemies. »

Glapion, atterrée, découvre que La Haye, près d'elle, écoute ce discours sans la moindre distance. Elle gobe la noirceur de ces vues comme s'il s'agissait des commandements de Dieu. À nouveau, la mystérieuse sentence de Sylvine de La Maisonfort vient frapper l'esprit de Madeleine. « Tout est muet pour presque tous. Si Dieu ne donne aucun appel au-dedans… » Est-ce que chaque pensionnaire de Saint-Cyr, ainsi, va combler le vide de sa vocation par un abandon inconditionnel à leurs autorités supérieures ?

Un réflexe de survie bouche alors les oreilles de la frondeuse ; sans même braver leur oratrice, sans lui montrer qu'elle rejette, l'un après l'autre, ses propos, l'adolescente parvient à regarder la marquise d'un air docile. Mais une seule consigne la guide : ne rien laisser filtrer. Rendre son cerveau imperméable, opaque, à des visions si morbides qu'elles doivent atteindre vos centres vitaux et détruire à jamais vos enthousiasmes. Les plaies que Françoise d'Aubigné veut leur faire toucher ne sont pas les leurs ! Frémissante d'impatience, Mlle de Glapion piaffe de retrouver le sol de Saint-Cyr pour en convaincre sa compagne d'enfance.

Malheureusement, lorsque enfin leurs chevaux foulent le pavé de la cour du Dehors, Madame souhaite un dernier instant rester seule à seule avec elle. Tandis que La Haye rejoint la porterie, la vieille marquise tente de manifester à sa chère jaune l'attachement particulier qu'elle lui inspire. Sorte d'ultime tentative, de dernière chance dont Madeleine, malgré sa « mauvaise tête », voit bien qu'elle constitue une faveur spéciale.

« Comprenez, mademoiselle, une fois pour toutes, qu'il n'y a nulle ressource en nous. Quelque esprit que nous ayons… Croyez-moi, je ne vous parle que dans votre intérêt. Votre naturel vif, généreux et… incontrôlé sera bien dangereux si vous ne le consacrez à ce qui mérite seul d'être aimé… »

Hagarde, Glapion ne peut plus empêcher la voix grave de la marquise de pénétrer son âme. Il semble que la vieille dame ait le destin de cette adolescente si fort à cœur. Comment Madeleine pourrait-elle ne pas fondre devant une attention si aiguë ? Jamais personne – et Thérèse de Glapion des Routis moins que quiconque – ne lui a parlé ainsi.

« Ne voyez-vous pas que je meurs de tristesse dans une fortune qu'on aurait peine à imaginer et qu'il n'y a que le secours de Dieu qui m'empêche d'y succomber ? »

Sans plus aucune distance, toutes hiérarchies abolies, Madame étale aux yeux de Madeleine le plus intime de son expérience. Quel parallèle Françoise d'Aubigné veut-elle établir entre la jeune fille et sa propre vie ? Se peut-il qu'elle croie retrouver en Madeleine le visage ancien de sa jeunesse ?

« J'ai été jeune et jolie, Glapion, j'ai goûté des plaisirs, j'ai été aimée partout. Dans un âge un peu plus avancé, j'ai passé des années dans le commerce de l'esprit ; je suis venue à la faveur, et je vous proteste, ma très chère enfant, que tous les états laissent un vide affreux, une inquiétude, une envie de connaître autre chose, parce qu'en tout cela rien ne satisfait entièrement… »

La marquise a suspendu sa phrase, comme s'il lui fallait rassembler ses dernières forces de persuasion. Mais chacun des mots qu'elle prononce d'une voix faible, épuisée, semble emboutir sur une forge le cerveau de Madeleine :

« On n'est en repos, Glapion, que lorsqu'on s'est donné à Dieu. »

Dans le corridor, derrière la porte de la clôture, La Haye attend Madeleine. Des réminiscences des saisons antérieures affleurent, lorsque Anne guettait le retour de la privilégiée, honorée par Madame, choisie comme aide dans ses secours aux villageois. Mais la demoiselle qui la rejoint aujourd'hui présente un visage opposé à celui d'alors. Effondrée, Glapion est secouée de sanglots convulsifs, irrépressibles. Il lui faut rassembler une énergie considérable pour parvenir à grommeler seulement quelques mots intelligibles.

« Ne vous inquiétez pas, La Haye, je ne sais pas… pourquoi je pleure… Mais je vous en prie, ne la croyez pas… pas un mot… Son histoire ne sera pas forcément la… nôtre… »

L'énergie consacrée à lutter en silence, durant la matinée entière, doit se déverser soudain. Aussitôt passé le seuil de Saint-Cyr, Madeleine, pas même triste, n'a pu endiguer un flot de larmes auquel elle ne comprend rien. Et pourtant, elle a tant à dire à Anne, des révélations ressassées qui n'attendaient que ce moment d'intimité…

« À dix-huit ans, Anne, on a marié Madame à un gnome, estropié, ignoble, vous saviez cela ? Mais pourquoi, nous, ne pourrions-nous pas… dans le monde… »

« Quoi donc ? Être heureuses ? Être aimée d'un page de la maison de Mlle de Montpensier ? » Atterrée, La Haye n'ose pas prononcer un mot des pensées qui la traversent. Comment d'ailleurs intervenir parmi les borborygmes de Glapion, bien moins bribes de discours que soulèvements du corps. Révélation tragique à la conscience d'Anne que les espoirs de son amie d'enfance sont désespérément accrochés à un fantôme.

« Je sortirai de cette maison, Anne, et vous aussi… Un jour, le carnaval reviendra. Un jour, M. Racine finira bien sa pièce et nous jouerons à nouveau. Et cette fois, nous répondrons aux lettres, n'est-ce pas ? »

Malgré sa détresse, Mlle de La Haye n'a pas la faiblesse d'acquiescer. Elle essaie d'avancer seulement en regardant droit devant elle. Vite être au milieu de leurs condisciples pour se débarrasser d'un remords qui la tue. Pourquoi a-t-elle interrogé Mme de La Maisonfort ? Comment dorénavant portera-t-elle le poids d'un secret dont elle sait qu'il anéantirait Glapion ? Lâche, la petite pensionnaire marche de plus en plus vite, précipite le retour à leur brigade, dans la classe jaune, pour forcer Madeleine à se taire.

La veulerie, cependant, n'a qu'une faible empreinte sur l'esprit de la demoiselle. Après avoir, quelques heures, envisagé les solutions les pires – s'en remettre à Mlle Balbien, à Madame, aux confesseurs de la fondation –, la fille de Nicolas de La Haye s'arme de courage. À la lueur de la lune, le dortoir des jaunes – pour la dernière fois, qui sait ? – abrite une conversation secrète, Madeleine, éveillée en plein rêve, écoute ce que sa voisine dit devoir lui apprendre. En un long murmure, Mlle de La Haye déchiquette, par lambeau, l'espoir conçu par l'interprète de Mardochée. Elle ramène sa compagne bien-aimée à une nuit semblable à celle-ci, déchirée soudain des cris du brodeur. À partir de ce fil, l'écheveau vient presque seul avec ses mots terribles, assassinat et exil.

L'oratrice, malgré sa vaillance, ne pourrait pas regarder Madeleine à cet instant, même dans l'obscurité. Lorsque son récit devient trop dur à poursuivre, elle attrape les longues phalanges de la demoiselle chérie ; par bonheur, Glapion ne se dégage pas ; elle ne tourne pas son désespoir contre celle qui lui révèle la vérité. Elle laisse sa main, glacée, dans la paume frêle qui tente de la réconforter.

Au bout d'un désert de silence, une voix atone chuchote dans le vide :

« Qu'allons-nous faire, Anne ? »

La menotte chaude, humide, resserre davantage sa pression :

« Rester ensemble… Je ne sais rien d'autre, mais ça, au moins, je peux le garantir, Madeleine, je ne te quitterai plus… »

Un reniflement trivial, comme une faute de goût, accueille cette déclaration maladroite, la seule que La Haye ait pu prononcer. Madeleine ne dira plus rien cette nuit. Les yeux clos, elle paraît dormir d'un sommeil de pierre dont son amie, aux aguets, surveille sans bouger la respiration.

Le lendemain, Sa Majesté vient entériner de façon officielle devant la communauté ses nouvelles intentions. Les demoiselles, derrière la grille du chœur, sont suspendues aux lèvres de leur bienfaiteur. La présence de Sa Majesté dans leur chapelle se répand bientôt jusqu'à l'hôpital. Dans la salle des convalescentes, Victoire de La Maisonfort, debout, plantée sur ses pieds, veut aussitôt s'habiller. Elle implore Mme de Buthéry, leur surveillante, de la laisser sortir, puisqu'elle est tout à fait guérie... La «petite chanoinesse» veut entendre la vérité. Les souhaits premiers du prince étaient si opposés aux dispositions qu'on lui décrit aujourd'hui. Pour les croire, il lui faut les entendre de la bouche du souverain. Elle pénètre dans l'église au moment où le monarque a presque achevé son discours.

« ... Ce n'est pas un couvent que nous avions voulu faire... On dira donc que nous avions mal pris nos mesures, on rira même de nous, mais qu'importe. Que le peuple critique tout ! Pour nous, allons au plus grand bien ! »

Le roi de France, dans son grand âge, promène sur l'assemblée un regard confiant et résolu, propre – ainsi l'a voulu Madame – à éteindre les derniers doutes dans les esprits les moins sereins.

« Cependant, afin de ne pas oublier votre origine, je voudrais que les religieuses de Saint-Cyr continuent à s'appeler Madame entre elles et non ma Sœur. »

L'institutrice s'approche de Sa Majesté, d'un air indulgent pour cette simple concession. Aux yeux de toutes, elle invite le souverain à exprimer encore plus avant ses desseins – mais pourquoi sa question résonne-t-elle alors de façon si affectée, si fausse ? Une sorte de démonstration de bateleuse qui tâcherait d'exposer, comme à la foire, les souhaits du roi, en prenant les demoiselles à témoin.

« Ce qui doit faire grand plaisir à Votre Majesté, c'est que certainement le plus grand nombre des pensionnaires de Saint-Cyr vivra et mourra dans l'innocence et que quantité se consacreront à Dieu pour toute leur vie.

– Ah ! réplique alors le monarque – parole éternelle gravée à jamais dans les mémoires des Dames –, si je pouvais donner autant d'âmes à Dieu que je lui en ai ravies par mon mauvais exemple... »

Près de Madeleine de Glapion, Victoire de La Maisonfort a relevé la tête vers l'orateur. Elle ne craint plus soudain d'examiner son visage révéré. « Dieu te guérisse ! Le roi te touche ! » La demoiselle croit voir ses visions bouleversées brutalement. Les traits du souverain qu'elle découvre sont seulement, malgré la poudre, ceux d'un homme usé. Non pas Dieu descendu sur terre, mais un vieillard effrayé à l'approche de la mort, qui fait dépendre d'elles son salut.

« Je souhaite que notre Maison, Madame le leur a souvent répété, soit le moyen que Dieu m'a donné de me sauver. » Après cette matinée, les demoiselles peuvent renchérir : leur sacrifice contribuera au rachat des péchés du roi... Une profession pour une âme perdue ! Vestales d'un ordre nouveau, les interprètes d'*Esther* s'inclineront l'une après l'autre devant le vœu royal. Seule Claire Deschamps de Marsilly connaîtra le sacrement du mariage, la compagnie d'un époux ; M. de Villette – cinquante-huit ans…

Plus tard, lorsqu'elles seront devenues bleues, lorsque le temps sera venu de choisir leur avenir, les petites actrices souhaiteront, une à une, prendre le voile. Une à une, elles se coucheront sous le drap mortuaire qui manifeste le retrait du monde.

Glapion et La Haye sœurs Augustines vouées au cloître de Saint-Cyr. Les autres résolues à ne plus vivre dans cet établissement, même s'il leur faut, pour cela, quitter leurs meilleures amies. Après tant de discours sur l'humilité, ces jeunes filles demanderont d'embrasser un ordre plus sévère, plus mortifiant. Charlotte d'Ablancourt : Visitandine. Lastic, Veilhenne, Victoire de La Maisonfort : Carmélites.

Plus tard tout cela, lorsqu'il n'y aura plus d'autre issue. Pour l'instant, ceintes encore du ruban doré, il leur faut défaire pièce par pièce leurs derniers souvenirs de gloire. Pour mieux « perdre l'idée des amusements », Mme de Maintenon veut leur faire découdre, de leurs propres mains, les tuniques de M. Bérain : le reposoir du jeudi saint a besoin d'une tapisserie nouvelle. Quant aux pierreries du roi, elles orneront une niche pour l'exposition du saint sacrement !

Deux hivers plus tard, M. Racine aura achevé sa nouvelle tragédie. Malheureusement, sa gloire, à cette époque, ne peut plus rien en attendre. Le roi s'est incliné devant les nouvelles décisions de la marquise, de M. des Marais : « N'acceptez aux représentations aucun homme, ni pauvre, ni prêtre, ni laïque, je dis même un saint s'il en est sur la terre. »

Dans le jardin du cloître, les actrices d'*Esther* regardent celles d'*Athalie* se diriger vers la cour du Dehors. En privé, pour la seule personne du souverain, les nouvelles pensionnaires de quatorze ans vont jouer leurs rôles, dans un cabinet retiré de Versailles, vêtues de leurs habits ordinaires.

Quel vent de folie, alors, vient frapper les cerveaux ébranlés de jeunes femmes à présent ? D'un élan unanime, les grandes demoiselles se précipitent sur leurs cadettes et les ornent du peu d'accessoires qu'elles possèdent. Leurs derniers rubans, leurs ceintures, les bagues qu'on a autorisées à certaines, chaque colifichet passe des mains des aînées à celles des petites. Acharnées comme des démentes à se dépouiller. Masquer de façon absurde, grotesque, le dénuement de ces actrices sans aucun fard. Penser, le cœur stupidement serré, que ces jeunes filles ne connaîtront jamais des transes comparables à celles de leurs souvenirs, et vouloir tout de même les leur insuffler.

Le Registre des Dames de Saint-Louis – le regard aveugle de Catherine du Pérou – consignera la scène comme le gage de l'absence d'amertume des interprètes d'*Esther* : leur ravissant désir de montrer leurs jeunes compagnes sous leur plus beau jour.

Cette déraison collective est bien la seule faute à mettre au compte des grandes, jusqu'à leurs vingt ans. Irréprochables, disciplinées, la plupart gagneront le nœud couleur de feu et même le ruban noir. Mlle Balbien, après seulement six mois de reprise en main, a déjà pu conforter Mme de Maintenon par cette étrange formule :

« Rassurez-vous, Madame, nos filles n'ont plus le sens commun. »

De nombreuses années plus tard, dix ans peut-être après la profession de Mme de La Haye et de Glapion, un prince hongrois et sa suite passent, un jour d'hiver, la porte de la clôture. Complaisante, Madame les mène par les allées afin qu'ils puissent rapporter jusque dans leur pays le modèle de la fondation. Agglutinées aux carreaux, les demoiselles, recluses à l'intérieur des bâtiments, tentent d'apercevoir les visiteurs. Alors que leurs éducatrices, pour la plupart, n'ont aucune curiosité pour les intrus.

Dans la cellule de Mme de La Maisonfort, à cet instant, quelques religieuses préfèrent écouter avec recueillement la lecture des ouvrages quiétistes de Mme Guyon. Grâce à cette nouvelle doctrine qui vous transcende hors de vous-même, Sylvine affirme avoir trouvé, enfin, la résolution de ses doutes. Au moyen de ses prières, la chanoinesse dit vivre, désormais, une union continuelle avec le Créateur. Fervente, presque fanatique, elle tâche, autant qu'elle peut, de répandre ce dogme parmi la communauté sous l'œil tolérant de la marquise, encore indécise sur ces idées.

Mme du Pérou, elle, trop concrète pour de telles théories, se tient à distance de ces séances d'extase. Chaque fois que Sylvine lui conte leurs transes, Catherine, en son for intérieur, se dit que Mme de La Maisonfort rassemble autour d'elle tous les cerveaux dérangés du couvent. À cette heure, elle avance à pas pressés sur le chemin de l'hôpital, préoccupée seulement de rejoindre au plus vite Mme de Glapion. Mme de Maintenon leur a trahi un secret si incroyable. Catherine a pensé aussitôt qu'elle devait en divertir

Madeleine, au milieu de la triste vie que la jeune femme s'impose. Glapion, à présent, ne quitte plus jamais le chevet des demoiselles qu'on transporte, presque chaque semaine, à l'infirmerie. Depuis dix ans, elle s'évertue à découvrir, auprès des médecins, les secrets de leur savoir, puisque, après tant de travaux inutiles, il est clair qu'on ne peut pas corriger les erreurs de construction de M. Mansart, puisque l'humidité de leurs bâtiments causera toujours de nouvelles épidémies...

Aujourd'hui, Madeleine est presque capable, seule, sans l'aide d'aucun archiatre, de soigner les invalides. Chaque soir, Mme de La Haye vient la visiter. Elle s'applique à l'égayer en lui racontant les anecdotes du jour, elle répète les drôleries que les petites dont elle est la maîtresse ont dites pendant la classe. Avec son amie d'enfance, uniquement, Madeleine cesse d'être l'« âme du purgatoire » que Madame, désolée, a nommée un jour. Près d'Anne, Glapion semble sortir de sa mélancolie constante. Elle écoute la sœur avec un plaisir sincère, comme si, au milieu de la tristesse de ces murs, la maîtresse des rouges lui apportait sa seule lueur de joie.

C'est pourquoi, en ce jour, Mme Travers du Pérou se réjouit de l'amuser, à son tour, avec sa confidence. Dès qu'elle passe la porte de l'infirmerie, Catherine découvre l'infirmière absorbée par sa tâche. Elle va de lit en lit pour donner aux petites malades le bouillon de leur dîner. Près d'elle Mme de Buthéry la seconde du mieux qu'elle peut. Un aveu de Glapion, fait à du Pérou, il y a quelque temps, lui revient alors à l'esprit. « Saint-Cyr, au moins, m'aura permis cela : la possibilité d'apprendre à soigner. Une chance que nulle autre congrégation, sans doute, ne m'aurait donnée. » En s'épanchant, la religieuse, pourtant, paraissait si triste. Il semble que Madeleine se dévoue aux infirmes pour partager leurs souffrances, par une sorte de mortification.

« Savez-vous, madame, qui se trouve parmi l'escorte du prince hongrois ? Vous ne devinerez jamais… »

Après un temps de suspens, l'indiscrète résout son énigme :

« L'ancien page de Mlle de Montpensier… Vous vous souvenez ? Celui qui vous avait écrit… au temps d'*Esther*… avec tant d'impudence. »

Cela semble déjà si loin. Animée, elle rit déjà du curieux hasard.

« Comment le savez-vous ? »

Le ton de la voix n'a pu dissimuler sa dureté. À la grande surprise de Catherine, Mme de Glapion ne sourit pas de cet ancien souvenir. Elle semble plus pâle que jamais, comme vidée de son sang. Devant cette émotion visible, Mme du Pérou, confuse, s'embrouille dans son explication.

« C'est… C'est Madame qui l'a dit à la communauté. Il paraît qu'il a servi pendant des années à l'étranger, et puis il s'est fait connaître à son retour en France. On dit que… il est devenu très pieux… Imaginez, il s'apprête à entrer à la Trappe, sans doute pour réparer ses fautes passées… »

Catherine, déconcertée, ose à peine demander encore :

« Mais… vous ne trouvez pas plaisante cette réapparition ? »

Mme de Glapion, à présent, a retrouvé sa maîtrise. Elle sourit à Catherine, si évidemment déçue par l'effet de sa révélation. Elle lui assure que l'aveu l'amuse et qu'elle se réjouit de le savoir.

« Malheureusement nos malades ont besoin de moi… Je vais donc vous laisser avec regrets… »

Consciente d'être congédiée, Mme du Pérou, déconfite, quitte le pavillon.

Dans la chapelle, Mme de La Haye implore Dieu du repos de sa sœur de Glapion. Depuis les propos de Madame, elle craint à tout instant que son amie finisse par apprendre la présence entre leurs murs… Depuis des années, Anne, chaque jour, s'applique à égayer sa compagne, à l'assurer que leur vie est heureuse… « Ô mon Dieu, je vous en supplie, faites que cette visite ne compromette pas l'équilibre, même fragile, dans lequel vit Madeleine. Que ce rappel du passé ne ravive pas son émoi. Ni ses chagrins ni ses regrets. »

Derrière la fenêtre de l'hôpital, Mme de Glapion, aux cent coups, scrute le cortège qui foule leurs allées. Le cœur cognant dans sa poitrine, elle tente de retrouver parmi ces étrangers la silhouette de l'adolescent blond. Elle l'a si peu entrevu et il y a si longtemps… Et encore, seulement à travers la grille de leur église. Probablement doit-il avoir beaucoup changé… Un par un, la suite du prince hongrois passe devant l'infirmerie. Adultes tous, endurcis par les combats, les cheveux presque toujours foncés. Aucun d'entre eux ne ressemble aux souvenirs de la jeune femme. Aucun d'entre eux ne paraît guetter l'apparition d'une figure aimée.

Madeleine comprend alors que son soupirant, aujourd'hui, ne pourrait pas la reconnaître. Pas plus qu'elle. Même s'ils ont, l'un pour l'autre, bouleversé leurs destins, il n'empêche qu'ils sont de parfaits étrangers, qu'ils n'ont jamais échangé le moindre mot. Il est trop tard pour faire connaissance, au temps de leur maturité. Leur vie à présent est presque passée…

16 mars 1706

Derrière la vitre de son appartement, Mme du Pérou, transie, frissonne, sans pouvoir se maîtriser. Une aube dorée, pourtant, radieuse, éclaire enfin le ciel de Saint-Cyr. Mais une nuit de récit ininterrompu, jusqu'à l'assoupissement de son auditrice, épuisée de fatigue, a infiltré dans le corps de la religieuse la courbature du manque de sommeil et du froid.

Une vive lueur soudaine lui reflète un instant un visage blême, exsangue, dont la supérieure aussitôt se détourne. Comme elle a l'air vieux, ce matin ! Les traits détruits, déjà, à trente-neuf ans... Faire face aujourd'hui à sa responsabilité de prieure est, plus que jamais, au-dessus des forces de Catherine ; où trouver la fermeté d'annoncer à la communauté ce qui, à l'aurore, a brisé son courage ?

Peu avant que le soleil ne se lève, dans leur maison encore plongée dans la pénombre, Anne de La Haye a rendu son dernier soupir. Fauchée, à trente-deux ans, la chaleureuse maîtresse des rouges. Châtiment incompréhensible d'un destin sans malveillance, consacré depuis si longtemps aux classes enfantines...

Dans la brume du petit jour, Mme de Maintenon foule leurs allées encore silencieuses. Suspendue, Mme du Pérou fixe obstinément cette silhouette qui approche – seul point d'ancrage auquel la mère supérieure, hagarde, puisse s'arrimer.

Soixante et onze années d'une vie harassante rendent sans doute le trajet de la marquise fort pénible. Un instant, Madame s'immobilise et Catherine, inquiète, se figure que leur bienfaitrice va chanceler. Mais non. Rien, pour l'heure, n'arrêterait la marche inexorable de la vieille dame vers leurs bâtiments. Campée sur ses pieds, elle tente seulement de retrouver son souffle oppressé par un air vif, annonciateur de la fin de l'hiver. Avec application, Françoise d'Aubigné replace sous sa coiffe une mèche de cheveux blancs détachée par le vent et continue sa route – emblème, aux yeux de Mme Travers du Pérou, de la vaillance, exemple auprès duquel la religieuse peut remâcher sa honte.

Exténuée, la supérieure de Saint-Cyr doit rassembler ses dernières ressources pour répéter à la marquise les tristes paroles que l'une des converses de l'hôpital est venue lui rapporter tout à l'heure. Annoncer le premier mot de la fin d'Anne de La Haye suffit à étrangler la gorge de la religieuse. Mais il lui faut, pourtant, poursuivre. Avouer sa faute, son écœurante impuissance ; ne pas avoir su protéger la fille préférée de Mme de Maintenon.

« ... Elle a passé la nuit entière au chevet de la malade. »

Silence.

Certitude effroyable que Catherine vient de s'enfoncer dans un abîme, où chaque pas lui sera plus difficile.

« ... En proie au délire, elle a, semble-t-il, parlé la nuit entière à Mme de La Haye, qui n'est pas revenue une fois à la conscience...

– Vous a-t-on rapporté le sens de ses phrases ? »

Face à la violence contenue de Madame, la supérieure s'est figuré leur chapelle. Au confessionnal, devant un prêtre, elle devrait bien se contraindre à continuer.

« Il semble qu'elle regardait sa compagne avec de plus en plus d'envie et l'implorait de l'emmener avec elle. À la fin…

– À la fin ? »

Les yeux baissés, Catherine, tremblante, aurait voulu adopter un ton détaché ; surtout, ne pas se soucier de la rage qui avait dénaturé la voix de Madame. Encore un sursaut et elle aurait fini son épreuve ; tout serait répété, même le pire. L'absurde et le dérèglement.

« Quand Mme de Glapion a vu son amie à l'agonie… enfin, il semble qu'elle a voulu chercher à mourir avec elle en aspirant la mort sur ses lèvres.

– Ensuite ?

– On l'a arrachée du lit de la mourante ; mais elle continuait, en sanglots, à prier Dieu de la retirer du monde. Plus calme, elle est revenue une dernière fois pour regarder Mme de La Haye inanimée et elle a basculé brusquement sur le sol, évanouie. »

À cette confession, Mme de Maintenon ne laisse pas éclater sa colère, malgré son désarroi. Avec assez de sang-froid pour ménager sa supérieure, l'institutrice n'a pris pour cible que leurs visions chimériques ; la couronne de feu autour du front de Madeleine, aberration aussi criante que la mort baisée sur la bouche de Mme de La Haye.

« Quand comprendrez-vous donc, mes chères filles, que le romanesque, le pathétique, le sublime ne comptent pour rien dans une vie. »

Le destin de celle qui le leur assure sans relâche,
pourtant, pourrait sembler pétri de ces épithètes : née
dans une prison, parvenue au plus haut degré de la
faveur. Mais puisque Françoise d'Aubigné affirme que
son sort, si miraculeux qu'il soit, est une épreuve de
chaque jour, comment douter de sa parole ?

… Dès l'aube, la Marquise s'est rendue à l'hôpital
auprès de Mme de Glapion pour tâcher de lui porter
secours et la réconforter.

La plume de Mme du Pérou court sur leur Registre,
comme pour se débarrasser, en quelques lignes, d'une
page atroce de leur existence. Abandonnée, effrayée du
poids de sa solitude, Catherine, après que Madame l'a
quittée, va s'asseoir à son bureau. Accomplir sa tâche
avec scrupule, remplir sa fonction de mémorialiste, la
religieuse sait qu'il n'y a pas, pour elle, d'autre moyen
de faire face au désarroi.
Comment Mme de Glapion pourra-t-elle désormais
survivre sans son amie d'enfance ? Privée aussi des
religieuses que l'infirmière chérissait le plus – Sylvine
de La Maisonfort, Marie-Anne de Loubert –, renvoyées
pour hérésie quiétiste, condamnées en même temps que
les ouvrages de Mme Guyon.
La suite, les réponses à de telles questions, grâce à
Dieu, ne sont pas du ressort de la supérieure. Malgré
son grand âge, la main ferme de la marquise sait, mille
fois mieux que du Pérou, tenir leurs rênes. En ces jours
d'épidémie, Madame a une réponse immuable, unique
directive propre à soulager leur affliction ; tourner leur
âme en détresse vers le Créateur et non vers les créatures.
Éreintée, Mme du Pérou s'est affaissée à son
bureau, dans la contemplation muette de son Registre.

Sa main lasse, distraite, fait défiler les feuillets qui témoigneront pour l'éternité de leur histoire... sans rime ni raison, incohérente.

Peut-être Catherine n'aurait-elle pas dû, la nuit entière, se pencher sur leur passé. Tenir avec soin dans leur grimoire le compte quotidien des défuntes ; consigner la nuit d'agonie d'Anne de La Haye dans un livre rempli à son début de vivats et d'exaltation... Comment ne pas trouver ça absurde ? D'une telle injustice ! Pour la première fois, le corps de la mère supérieure, ce matin, se soulève d'une révolte qui l'aveugle, la rend folle. Mais contre quoi se rebeller ? Qui incriminer ?

Un jour, quand chacune d'entre elles sera ensevelie dans leur cimetière, quand Saint-Cyr, peut-être, n'existera plus, quelqu'un alors feuillettera les pages de leur livre et y trouvera un sens. Voilà le seul espoir que puisse concevoir la prieure, hébétée, devant ses lignes innombrables. Car elle, qui les a écrites pourtant, croit n'y comprendre rien. Rien...

Dormir.

Bâillonner ses souvenirs et s'endormir. Tel est le seul recours de la religieuse harassée... Laisser l'engourdissement l'apaiser de sa volupté... Bonheur des ultimes secondes de l'assoupissement. Préfiguration du repos éternel, lorsque tout nous apparaîtra lumineux et clair. Lorsqu'un Dieu bon nous prendra dans ses bras pour mettre fin à nos épreuves et nous en révéler le sens.

Le déferlement incontrôlé des rêves a-t-il déjà pris la supérieure de Saint-Cyr ? Une dernière lueur de conscience le lui assure, tandis que le sommeil enfin l'envahit, telle une écolière, couchée sur leur registre, les bras autour de son visage, à même le bois clair du pupitre.

Après quelques semaines, dans le pavillon des convalescentes, Mme de Glapion ouvre les yeux, consciente d'une présence à ses côtés. Le beau sourire ému et tendre de la marquise, à son chevet, lui apparaît alors comme le premier signe de son retour à la vie. La vie après Anne.

Sans rompre le calme du lazaret, le regard chaleureux de la marquise promet à Madeleine de veiller sur elle sans répit, désormais. Exténuée, l'infirmière parvient à peine à répondre à une marque d'amitié, dont elle sent, pourtant, confusément le réconfort.

La vie commune, l'avenir des deux femmes semblent contenus dans leur silence respectueux. Lien indissoluble du dresseur et de son ourse ; fruit d'une éducation constante, opiniâtre, commencée plus de vingt ans auparavant.

Désormais, Madame nommera Madeleine haut et fort sa chère compagne et sa confidente. Après le décès du roi, Mme de Maintenon, réfugiée à Saint-Cyr, ne quittera presque plus la « seule de ses affections qui ne l'ait pas déçue ». Plus paisible chaque année qui l'éloigne de sa jeunesse, Mme de Glapion sera élue en 1716 – dernière satisfaction de la marquise avant sa mort – mère supérieure du cloître de Saint-Cyr. Elle le demeurera jusqu'à cinquante-cinq ans, terme de sa vie.

Paris, 1991.

Dans une heure de rêve, ô manoir solitaire
Je ne puis contempler ton faîte centenaire
Ni quitter du regard le sol que nous foulons
Sans joindre quelques pleurs à mes songes
arides
Et penser qu'autrefois des colombes timides
Ont vécu dans cette aire où poussent des
aiglons.

(Poésie anonyme d'un élève
de l'école militaire de Saint-Cyr, 1813)

BIBLIOGRAPHIE

XVIIᵉ SIÈCLE

Périodiques

Registres de l'Académie française, éd. Doucet, Paris, Didot, 1895, 3 vol.

Le Mercure galant (revue mensuelle dirigée par DONNEAU DE VISÉ), 1685-1690.

Correspondances et Mémoires

DANGEAU (marquis DE) : *Journal*, éd. Soulié, Dussieux, Paris, Didot, 1854-1860.

HÉBERT (François) : *Mémoires du curé de Versailles (1686-1704)*, éd. G. Girard, Paris, Les Éditions de France, 1927.

LA FAYETTE (Mme DE) : *Mémoires de la Cour de France pour les années 1688 et 1689*, éd. Eugène Asse, Paris, Librairie des bibliophiles, 1890.

MAINTENON (Mme DE) : *Lettres*, éd. Marcel Langlois, Paris, Letouzey et Ainé, 1935-1939, 5 vol.

Conseils et instructions aux demoiselles pour leur conduite dans le monde, Paris, Charpentier, 1857, 2 vol.

Lettres historiques et édifiantes adressées aux Dames de Saint-Louis, éd. Lavallée, Paris, 1856, 2 vol.

Conversations inédites, notice de M. de Monmerqué, Paris, J.J. Blaise, 1828.

MANSEAU : *Mémoires*, éd. Taphanel, Versailles, Bernard, 1902.

PRIMI VISCONTI : *Mémoires sur la Cour de Louis XIV*, traduits par J. Lemoine, Paris, 1909.

QUESNEL (P. Pasquier) : *Correspondance*, éd. Mme Le Roy, Paris, Perrin, 1900, 2 vol.

SAINT-SIMON : *Mémoires*, éd. Boislile, G.E.F., Paris, 1879-1928, 41 vol.

SÉVIGNÉ (Mme DE) : *Lettres*, éd. Monmerqué et Mesnard, G.E.F., Paris, Hachette, 1862-1866, 14 vol.

SOURCHES (marquis DE) : *Mémoires*, éd. Cosnac et Bertrad, Paris, Hachette, 1882-1893, 13 vol.

SPANHEIM (Ézéchiel) : *Recueil de caractères de diverses personnes considérables de la Cour de France. Relation de la Cour de France*, éd. Schefer, Paris, Société de l'histoire de France, 1882.

Œuvres

BOSSUET : *Maximes et réflexions sur la comédie* (1694), reproduit dans URBAIN et LÉVESQUE, *L'Église et le Théâtre*, Paris, Grasset, 1930.

RACINE : *Œuvres complètes*, éd. R. Picard, Paris, Gallimard (Bibliothèque de la Pléiade), 1960.

Manuscrits

La Cassette ouverte de l'illustre créole ou les Amours de Mme de Maintenon, 1691, à Villefranche, chez David du Four.

Mémoires recueillis par les Dames de Saint-Cyr, Bibliothèque de Versailles.

D'HOZIER (Charles-René) : *Preuves de noblesse des demoiselles auvergnates admises dans la Maison de Saint-Cyr*, Riom, Jouvet, 1911 (Bibliothèque nationale).

Preuves de noblesse des demoiselles bretonnes admises dans la Maison de Saint-Cyr, Versailles, 1911 (Bibliothèque nationale).

Preuves de noblesse des demoiselles du Poitou admises dans la Maison de Saint-Cyr, Vannes, 1902 (Bibliothèque nationale).

XVIIIᵉ SIÈCLE

D'AUMALE : *Mémoires et lettres inédites*, Paris, Calmann-Lévy, 1902-1904.

CAYLUS (Mme DE) : *Souvenirs*, Le Temps Retrouvé VI, Paris, Mercure de France, édition annotée par B. Noël, 1986.

LANGUET DE GERGY : *Mémoires inédits sur Mme de Maintenon* (1740), Paris, Plon, 1863.

RACINE (Louis) : *Mémoires sur la vie de Jean Racine*, Lausanne et Genève, Bousquet, 1747, 2 vol.

VOLTAIRE : *Le Siècle de Louis XIV*, Œuvres Historiques, éd. Pomeau, Paris, Gallimard, 1957 (Bibliothèque de la Pléiade).

XIXᵉ SIÈCLE

GRÉARD (Octave) : *Mme de Maintenon : extraits de ses lettres, avis, entretiens, conversations et proverbes sur l'éducation*, Paris, Hachette, 1884.

L'Éducation des femmes par les femmes, Paris, Hachette, 1886.

JACQUINET (Paul) : *Mme de Maintenon dans le monde et à Saint-Cyr*, Paris, Belin, 1888.

LAVALLÉE (Théophile) : *Histoire de la Maison royale de Saint-Cyr*, Paris, Furne, 1853.
Mme de Maintenon et la Maison royale de Saint-Cyr, Paris, Plon, 1862.

NOAILLES (Paul, duc DE) : *Histoire de la Maison royale de Saint-Louis établie à Saint-Cyr*, Paris, Imprimerie de Lacrampe, 1843.

Réans (de) : « *Les Femmes de Saint-Cyr* » (*Femmes de France* n°s 24, 25, 26), Paris, P. Lethielleux éditeur (Bibliothèque de Versailles).

Taphanel : *Le Théâtre de Saint-Cyr*, Paris, Versailles, Cerf et Fils, 1876.

XXe SIÈCLE

Belet (Laurence) : *Contribution à l'étude du temporel de la royale Maison de Saint-Louis, établie à Saint-Cyr*, 1931 (réserve de la Bibliothèque nationale).

Bluche (François) : *Louis XIV*, Paris, Fayard, 1986.

Bray (René) : *Nicolas Boileau, l'homme et l'œuvre*, Paris, Nizet, 1962.

Chandernagor (Françoise) : *L'Allée du roi, souvenirs de Françoise d'Aubigné, marquise de Maintenon*, Paris, Julliard, 1981.

Fleury-Vindry : *Les Demoiselles de Saint-Cyr*, Paris, H. Champion, 1908.

Goubert (Pierre) : *Louis XIV et vingt millions de Français*, Paris, Fayard, 1989.

Hastier : *Louis XIV et Mme de Maintenon*, Paris, Fayard, 1957.

Kauko Kyyro : *Racine et Mme de Maintenon*, Helsinki, Imprimerie de la société de littérature finnoise, 1949.

Mermaz (Louis) : *Mme de Maintenon ou l'Amour dévot*, Lausanne, Éditions Rencontres, 1965.

Monery (Dr A.) : *Mme de Maintenon, infirmière*, Paris, Société française d'imprimerie et de librairie, 1911.

Orcibal : *La Genèse d'« Esther » et d'« Athalie »*, Paris, Vrin, 1950.

Picard (Raymond) : *La Carrière de Jean Racine*, Paris, Gallimard, Bibliothèque des Idées, 1961.

Pilon (Edmond) : *Mlle de La Maisonfort*, Paris, Plon-Nourrit, 1922.

Prévôt (Jacques) : *Mme de Maintenon, la première institutrice de France*, Paris, Belin, 1981.

Souance (comte de) : *Une supérieure de la Maison royale de Saint-Louis : Catherine Travers du Pérou*, Bellême, Imprimerie de G. Lévayer, 1906.

Périodiques

Miroir de l'histoire, décembre 1954.

TABLE

RÉALISATION : IGS CHARENTE PHOTOGRAVURE À L'ISLE-D'ESPAGNAC
IMPRESSION : BRODARD ET TAUPIN À LA FLÈCHE
DÉPÔT LÉGAL: OCTOBRE 2006. N° 90108 (37636)
IMPRIMÉ EN FRANCE

Les Grands Romans

Collection Points